크라이스트 클론

크라이스트 클론

4권 황금시대의 독재자

초판1쇄 인쇄 | 2003년 7월 10일
초판1쇄 발행 | 2003년 7월 14일

지은이 | 제임스 보사이너
옮긴이 | 유영일
펴낸이 | 신성모

편집 | 정종화, 김윤창, 김영미
영업·홍보 | 최승필
관리 | 이영하

펴낸곳 | 북&월드
등록 | 2000년 11월 23일 제10-2073호

서울시 서대문구 창천동 68-68 기린하우스 A동 501호
전화 (02) 326-1013 팩스 (02) 326-0232
이메일 onlybook@hanmail.net

ISBN 89-90370-53-1 03840
        89-90370-49-3 03840 (세트)

ⓒ북&월드, 2003. Printed in Seoul Korea

• 책값은 뒤표지에 표기되어 있습니다.
• 파본은 구입하신 서점에서 교환해 드립니다.

4

황금시대의 독재자

크라이스트 클론

제임스 보사이너 지음 · 유영일 옮김

T H E   C H R I S T   C L O N E

북&월드

차 례 ·

1
두려움을 먹고 번성하는 신

예루살렘 연설 이후

대다수의 사람들에게, 크리스토퍼가 예루살렘 성전에서 행한 연설에서 묘사한 미래상은 언뜻 감이 잡히지 않았다. 크리스토퍼가 엄청난 능력의 소유자라는 것은 확실했다. 전 세계 사람들이 그의 부활을, 요한과 코헨을 너무나 쉽사리 물리쳐 버리는 것을, 그리고 행성을 뒤덮은 식물들을 놀라운 속도로 자라게 하는 것을 지켜본 터였다. 하지만 다가올 세상의 놀라운 변화와 인간의 진화에 대한 크리스토퍼의 계시는 희망의 비전을 그려주었을 뿐이었다. 대다수의 사람들은 생존하는 것 자체가 힘겨운 상황이었기 때문에, 크리스토퍼가 말한 것 같은 그런 변화가 실제로 일어나리라고는 상상하기가 어려웠다.

소행성 사건과 메뚜기 떼, 크리스토퍼의 부활, 마일너가 보여준 기적 등 지금까지 일어난 일들로 보건대, 크리스토퍼가 언급한 테아타인들에 대한 이야기는 오히려 받아들이기가 어렵지 않았다. 많은 사람들이 이미 외계인의 존재를 믿고 있었고, 따라서 야훼와 예수가 테아타인이라는 폭로는 놀라운 계시로서보다는 고대로부터 감춰졌던 수수께끼에 대한 해답이 이제야 주어진 느낌이었다. 수백 미터에 이르는 빛과 빛 알갱이들이 여기저기에 나타나 떠돌고, 심지어는 군중들 사이를 누비고 다님으로써 그 말에 대한 신빙성을 더해주었다. (언론이 〈빛에게 관통당했다〉고 표현한 느낌을 경험한 당사자들은, 약간은 간질거리는 느낌과 함께 에너지가 고양되었다고 했다.) 군중들이 경이로움 속에서 지켜보는 가운데 크리스토퍼는 성전의 뾰족탑으로 갑자기 날듯이 뛰어올랐다. 하지만 떨어져서 죽기는커녕 기이한 빛 알갱이에 둘러싸여 공중에 매달려 있는 것처럼 보였다. 그로 인해 사람들은 육체의 형태를 취할 수 있는 〈빛의 존재〉로서의 능력을 확실하게 볼 수 있었다. 더구나 크리스토퍼는 그런 기이한 존재들 가운데서도 탁월한 존재라는 것이 분명해 보였다. 나중에 뉴욕 행 비행기 속에서 크리스토퍼는 데커에게, 그 빛 알갱이들이 예전에는 천사라고 불렸던 존재들이라고 설명해주었다. 그들은 인간은 물론 어떠한 형상이든 취할 수가 있다고 했다.

그럼에도 사람들은 바로 자신들이 강력한 영적 존재로 변모해가는 인류 진화의 한 부분이라는 것을 받아들이기가 어려워했다. 수억 년 이상 동안 진화가 계속되어왔다는 개념은 어렵지 않았지만, 그들 자신이 거대한 진화적 도약의 증인이자 한 부분이 될 것이라는 개념은 매혹적인 것임에도 얼른 실감이 되지 않았다. 텔레비전에서 그 주제를 놓고 토론했던 심리학자들은, 사람들이 경험하고 있는 염려와 혼동을 방금 복권에 당첨된 것을 알게 된 사람들의 흥분에 비유했다. 믿고 싶어하면서도, 일찍이 이런 일을 겪어본 적이 없는지라 어떻게 해야 할지를 알지 못하고 있다는 것이었다.

1천 년 동안 수명을 누리는 사람들에 대한 크리스토퍼의 언급도 혼동을 더해주었다. 그는 나중에 행한 연설에서도 이렇게 장수를 누릴 수 있는 길이 〈머지않아 공개될 것이지만 아직 그때가 온 것은 아니〉라고 말함으로써 궁금증만 더해주었을 뿐이었다. 데커도 이 점이 궁금했다. 그는 나중에 인간이 어떻게 1천 살의 수명을 누리게 되느냐고 크리스토퍼에게 물어보았다. 크리스토퍼는 약간의 설명을 해주었다. 사람들이 진리에 새롭게 눈뜨고 삶의 새로운 패러다임에 익숙해지려면 1년 정도의 시간이 걸릴 것이며, 그때가 되면 사람들에게는 〈영생을 얻게 되는 성찬식〉이 주어질 것이라고 했다.

세상 사람들이 이해할 수 없는 것은 한두 가지가 아니었다. 다만 알고 있는 것이 있다면, 요한과 코헨은 죽었으며 지구는 기적적으로 회복되고 있는 중이라는 사실뿐이었다. 크리스토퍼가 손을 쳐들자 놀라운 속도로 성장했던 식물들은, 그가 손을 내리자 다시 정상에 가깝게 느려졌지만, 어느 모로 보나 지구는 회복기에 접어들어 있었다. 꽃이 피고, 풀이 자라고, 잎사귀가 우거지고, 덩굴이 뻗어나갔다. 황폐화되다시피 한 지역조차 다시 싱그러운 푸름으로 채워지고 있는 중이었다. 지구가 경험한 파괴와 죽음에도 불구하고 살아남은 대다수의 사람들은, 확실히 이해할 순 없었지만, 크리스토퍼와 그가 약속한 것들을 간절히 믿고 싶어했다. 세상은 살아남았고, 다시 한 번 희망의 싹이 움트고 있었다.

야훼의 예언자들의 죽음과 지구의 회복을 축하하는 잔치가 여기저기에서 벌어졌다. 사람들은 요한과 코헨의 공포 시대가 종말을 고한 것을 기념하기 위해 서로 선물을 주고받았다. 예루살렘에서는,

적어도 나흘 동안은 시신을 만져서는 안 된다는 크리스토퍼의 경고에도 불구하고, 군중들이 흩어진 지 얼마 안 되어 시청 위생과 인부들이 시신을 처리하려고 나왔다. 결과는 끔찍했다. 시신을 만진 세 명의 인부가 그 즉시 화염에 휩싸였다. 카메라맨들과 기자들에 의해 포착된 몸서리나는 장면들은, 크리스토퍼가 한 말들이 얼마나 어김없는 진실인가를 여실하게 보여주었다.

어느 면에서 보면, 시신들은 일종의 소름 끼치는 트로피인 셈이었다. 크리스토퍼에게는 아니었지만 지구인들에게는, 특히 요한과 코헨의 가르침을 확고하게 거부했던 이들에게는 더욱 그랬다. 두 사람의 시신이 치워져서 완전히 묻히게 될 때까지 사람들은 불안과 긴장을 늦출 수가 없었다. 따라서 다음 사흘 동안 지구의 새로운 삶과 인류의 희망을 위한 축전은, 예루살렘 거리에 누워 있는 두 구의 생명 없는 시신이 온전한 축제가 되지 못하도록 불침번을 서고 있는 꼴이 되고 말았다.

크리스토퍼는 뉴욕의 UN에서 사무총장으로서의 공식 업무를 시작했다. 안전보장이사회의 멤버들 대부분을 포함한 다수는, 그가 세계 정부를 더욱 강력하게 이끌어주기를 바랐다. 하지만 크리스토퍼는 자신의 목적은 선의의 독재자가 되는 데에 있는 것이 아니라, 〈인류가 스스로 자신을 다스리고 홀로 설 수 있는 단계로 나아가도록 이끄는 데에 있다〉고 하면서 이를 정중하게 거절했다.

「저는 장차 지구인들의 진보를 향하여, 세계의 회복을 위하여, UN과 안전보장이사회와 함께 일해 나갈 것입니다.」

그럼에도 불구하고 크리스토퍼는, 중동과 동부 아시아의 절멸로 인해 절실하게 요구된 그 지역의 관리인로서의 권한은 수락했다. 물론 안전보장이사회의 서유럽 대표로서도 역할을 계속해나가기로 했다.

예루살렘 연설에서 약속했듯이, 그가 사무총장으로서 행한 첫번째 조치 중의 하나는 뉴에이지의 도래를 반영하는 역법을 채택하도록 권고안을 내는 것이었다. 그 안은 만장일치로 받아들여졌다. 기왕의 AD 2023년이 뉴에이지(New Age)의 앞글자를 따서 NA 1년으로 바뀌었고, 크리스토퍼가 부활한 3월 11일은 새로운 역법의 〈설날〉이 되었다.

크리스토퍼의 권력이 막강해진 데 대해 모두가 환영했던 것은 아니었다. 예언자들의 죽음을 모두가 축하했던 것도 아니었다. 코움담마 파타르(KDP) 멤버들과 그 추종자들은 확실히 그랬다. 하지만 그들은 죽은 자신들의 지도자들을 애도하는 것도 아니었고, 어딘가로 숨어 들어간 것도 아니었다. 소수의 KDP는 자신에게 합류해달라는 크리스토퍼의 제안을 받아들였을 것이라고 보는 것이 타당할 것이다. 은혜를 베풀고 받아들일 것이라는 그의 제안은 예루살렘 연설에서 세 차례나 반복되었고, UN 취임 연설에서도 다시 언급되었다. 누가 보더라도 관대한 제안이었다. 하지만 KDP는 희망과 평화를 담은 크리스토퍼의 메시지와는 대조적으로, 더 큰 재난이 임박했다고 선언하면서 지금까지의 관행에서 조금도 벗어나려 하지 않았다. KDP의 14만4천 명 회원들 중 3분의 1은 이스라엘에 있었고, 나머지는 세계의 다른 지역에서 전도 활동을 계속해나갔다. 이스라엘의 KDP는 통상적인 말씀의 전파와 비난을 그친 대신, 이스라엘 사람들에게 동쪽의 요르단 광야로 피신하라고 말하기 시작했다.

NA 1년(AD 2023년) 3월 15일 오후 9시 27분 예루살렘

　요한과 코헨이 죽은 지 사흘째 되는 날 저녁이었다. 동트기 전부터 떨어지던 가는 빗줄기가 4시 무렵까지 계속되어, 메말랐던 대지가 축축하게 젖어 있었다. 대기는 봄날의 신선한 기운이 가득했다. 유대교 성전은 해가 진 이후라 조용하긴 했지만, 성전 꼭대기에서 행해진 크리스토퍼의 연설 이후로 날마다 떠들썩했다. 대제사장 카임 레빈의 대변인은 UN과 크리스토퍼에 대한 항의 문서를 전달했고, 레빈은 크리스토퍼와 로버트 마일너에 대한 비난을 연일 퍼부어 댔다. 마일너와 크리스토퍼가 제단과 성소를 더럽혀버렸기 때문에, 날마다 드리는 제의는 드릴 수가 없게 되었다. 대제사장을 더욱 격노하게 했던 것은 십계명이 씌어진 돌판을 파괴한 일이었다. 제사장들과 레위인들이 대거 동원되어 부서진 작은 조각들을 맞추어보려고 했지만, 잘게 부서진 것은 그렇다 치더라도, 구경꾼들이 많은 부분을 주머니에 넣어가지고 돌아간 것으로 드러났다. 조각 맞추기는 거의 희망이 없었다.

　KDP는 여전히 적극적이었다. 사람들에게 이스라엘에서 피난을 떠나라고 말하는 한편, 크리스토퍼 굿맨을 히브리어로 표기하면 그 숫자가 666에 해당하며, 요한계시록에 따르면 그것은 적그리스도를 의미한다[1]고 기회가 닿는 대로 역설했다.

　성전 계단의 발치에는 요한과 코헨의 시신이 그대로 방치되어 있었다. 시신들은 아직도 기이한 파워가 남아 있는지 시간이 경과해도

---

1) 요한계시록 13:18.

전혀 영향을 받지 않고, 벌레가 끓는 일도 없이, 부패의 흔적을 찾아볼 수가 없었다. 사흘 전에 시청 위생과 인부들이 죽은 이래로는 아무 일도 일어나지 않았지만, 몇 대의 카메라가 삼각대 위에 설치되어 두 구의 시신을 지켜보고 있었다. 지루하기 짝이 없는 일에 배치된 운수 사나운 카메라맨들은, 카메라가 정지된 장면을 기록하고 있는 동안 카드놀이로 시간을 죽이고 있었다.

카메라맨들이 카드놀이에 신경이 팔려 있는 가운데, 세 명의 10대 소년들이 자기들보다 어린 소년 한 명을 놀려대면서 시신 쪽으로 다가가고 있었다. 나이가 더 든 녀석들 중 하나가 막대기 하나를 더 어린 쪽을 향해 내밀면서 시체를 한 번 건드려 보라고 윽박질렀다. 다른 두 명도 합세하여 나이 어린 소년을 밀어붙였다.

패가 좋지 않아서 시큰둥해진 카메라맨 중의 하나가 고개를 들고는 소년들을 보았다.

「헤이, 저것 봐.」

그가 동료들에게 턱짓을 하며 말했다.

패거리들 중 하나가 소년들에게 저리 가라고 외치려고 자리에서 일어서는데, 다른 두 명이 제지했다.

「가만 놔둬 봐.」

그들 중의 한 명이 슬그머니 자리에서 일어나 움직이면서 말했다. 또 한 명의 사내도 카메라가 놓여 있는 삼각대를 향해 발꿈치로 살금살금 걸어가고 있었다.

죽은 예언자들에게서 등을 돌린 상태인 네번째 사내는 자신의 좋은 패를 써먹지 못하게 방해하는 일이 무엇인가를 살펴보려고 고개를 돌렸다. 그는 무슨 일인가를 금방 알아차리고, 말을 잇지 못한 채

소년들을 물리치려다가 제지를 당한 카메라맨을 바라보았다. 제지를 당한 카메라맨은 어깨를 한 번 으쓱해 보이고는, 자신도 카메라 쪽으로 가려고 자리에서 몸을 일으켰다. 불과 몇 초 만에 카메라맨들은 자신들의 방송사에 상황을 알렸다. 아직 소년들이 방송사가 정규 방송을 중단하고 생중계를 하기로 결정할 정도로 시신들 가까이로 다가간 것은 아니었지만, 방송사들은 어쨌든 조만간 그 결정을 내려야 할 형편이었다. 만약 생중계가 되는 도중에 소년들이 짓궂은 장난을 멈춰버린다면, 방송사들은 난처해질 것이 분명했다. 따라서 어떤 의미에서는 방송사들도 소년들과 마찬가지로 배짱과 담력 시합을 하고 있는 셈이었다. 어떤 방송사도 너무 빨리 치고 나가 자칫 웃음거리가 되고 싶어하지 않았지만, 그렇다고 다른 방송사에 선수를 빼앗겨서도 곤란한 일이었다.

곧이어 결단의 순간이 왔다. 시신으로부터 20미터쯤 떨어져 있던 소년들은 갑자기 얼어붙은 듯 걸음을 옮겨놓지 못했다. 그들은 카메라맨들이 보지 못한 것을 보고 있었다. 소년들의 표정을 뒤쫓던 카메라맨들은 소년들의 눈길이 심상치 않은 것을 즉각 알아차렸다. 두 구의 시신에서 광채가 나기 시작한 것이었다.

방송사들은 즉각 생중계에 들어갔고, 소년들은 겁을 먹고 달아났다. 시신들이 내뿜는 광채는 점점 강렬해지더니, 눈이 부셔서 카메라맨들이 쳐다볼 수 없을 정도가 되었다. 한 사람은 선글라스를 꺼내려고 주머니를 만졌지만, 빛이 너무 강렬해서 선글라스를 써봤자 아무 소용이 없을 거라는 걸 깨달았다. 고개를 돌릴 수밖엔 다른 도리가 없었다.

수백만의 시청자들이 무서워 떨며 텔레비전을 보고 있었다. 불과

4일 전어 UN 앞에서 일어났던 것과 똑같은 드라마를 지켜보게 될 것이 확실했다. 불과 몇 초도 안 되어, 세상 사람들이 가장 두려워하던 일이 현실화되고 말았다. 요한과 사울 코헨, 두 예언자가 생명을 되찾아 예루살렘 거리 한가운데에 버티고 선 것이다.

멍한 충격 속에서 세상 사람들은 지나간 3년 반 동안 자신들이 견뎌냈던 공포와 고통을 되살리지 않을 수 없었다. 요한과 코헨이 죽자 최악의 상황이 다 끝난 것 같았다. 하지만 그들이 다시 돌아왔으니, 그들과 그들의 신이 야기할 잔혹한 공포도 재현될 것이 틀림없었다. 그 심각함이 어느 정도일지는 누구도 감히 상상조차 하고 싶지 않았다.

도망치느라 바쁜 카메라맨들이 챙기지 않아도, 삼각대에 장치된 카메라들은 계속해서 사건을 담고 있었다. 요한과 코헨은 무릎을 꿇고는 기도를 하기 시작했다. 불길한 장면이 아닐 수 없었다. 두 사람이 이 지상에 어떤 저주를 내릴지는 누구도 알 수 없는 일이었다.

그때 천둥이 치는 듯한 소리가 나더니, 사흘 전에 세상 사람들에게 크리스토퍼가 연설을 할 때와 똑같은 우주적 언어가 울려 퍼졌다. 마치 하늘 자체가 말을 하는 것 같았다.

「이리로 올라오라.」

그게 메시지의 전부였다.

메아리가 사라지자 두 사람은 자신들이 들은 것이 천둥이 치는 소리일 리 없다고 생각했다. 의심은 순식간에 증발되었다. 두 사람은 자리에서 일어나서 자신들 위에서 빛나는 별들을 바라보았고, 밤하늘 속으로 육신을 지닌 채 빨려 올라갔다. 다른 치들보다 저돌적이고 무모하기까지 한 카메라맨 중 하나가 자신의 카메라 쪽으로 되돌아와서는, 하늘로 올라가는 예언자들을 향해 카메라를 돌려놓았다. 다른 카메라맨들 역시 잽싸게 뒤따라와서 자기들의 카메라도 천천히 상승해가고 있는 실루엣을 향하게 했다.

공포와 두려움에 떨던 카메라맨들이 떨리고 있는 것은 자신들의 신경만이 아님을 깨닫기까지는, 한순간도 걸리지 않았다. 화면이 움직이는 것을 본 그들은, 곧 지구 자체가 떨고 있다는 것을 깨달았다. 진동은 그들이 반응할 수 있는 이상으로 빨라지더니, 카메라와 삼각대와 남자들을 땅바닥에 쓰러뜨렸다.

NA 1년(AD 2023년) 3월 18일 오전 10시 50분 뉴욕

데커는 서두르지 않고서도 UN 사무국 건물의 강당에 도착할 수 있었다. 회의가 시작되려면 아직 10분이 더 남아 있었다. 데커는 그동안 어슬렁거리면서 눈에 띄지 않고 앉을 자리를 찾아볼 생각이었다. 크리스토퍼가 그에게 참석해달라고 요청했고 거기에 응한 터였지만, 둘 사이의 친밀함에도 불구하고 완전히 마음이 편한 것만은 아니었다. 하지만 데커가 강당 안으로 들어서자 여러 사람들이 큰 소리로 반기면서 박수를 보내주었다. 다양한 삶의 경험으로 인해 그도 어느덧 유력 인사 중의 한 명이 된 것이다. UN에서 그의 위상은 그리 대단할 것까진 없다고 할 수 있었다. 때로 그의 발언이 찬사를 받은 적도 있지만 자랑거리로 내세울 만한 것은 아니었다. 하지만 분명히 강당에 그냥 걸어 들어가는 수준은 아닌 것 같았다. 데커는 고개를 끄덕여 정중하게 감사의 뜻을 표했다.

「이쪽으로 오세요.」

뒤쪽에서 친근한 목소리가 들렸다. 잭키 한센이었다. 데커가 들어선 문 쪽에 그녀가 있었던 것이 우연인지 계획된 것이었는지는 알 수 없었다.

「가이아 여사님은 당신이 단상의 여사님 옆자리에 앉아주시기를 원하세요.」

잭키는 루시어스 트러스트의 총재이자 이 모임의 스폰서인 가이아 러브를 지칭하고 있었다.

두 사람이 앞자리까지 가는 데에는 꽤 시간이 걸렸다. 지나쳐가는 길목에 있던 사람들 모두가 데커와 악수를 하고 싶어했다. 등을 가볍게 두드려주는 사람도 있었다. 뉴에이지 계열의 자연 종교에 심취해 있는 것으로 여겨지는 30대 중반의 한 여성은, 크리스토퍼를 아이 때부터 키워온 이 사람에게 특별한 찬사를 표현했다. 그녀는 허리띠를 슬그머니 풀어놓고 있다가, 데커가 몇 걸음 앞으로 다가오자 허리띠를 바닥에 떨어뜨림과 동시에 긴 옷을 흘러내리게 했다. 잘 빠진 몸매가 완전 누드로 드러났다. 번쩍이는 플래쉬 속에서 그녀는 달려와서 데커를 두 팔로 끌어안더니, 아직 온기가 남아 있는 자신의 긴 옷으로 그를 휘감아버렸다. 데커는 세상이 많이 변했다는 것을 실감했다. 데커의 젊은 시절에 비하면, 몇몇 보수적인 종교 그룹을 제외하면, 오래된 터부들은 흔적도 찾아볼 수 없게 되었다. 세상 대부분에서는 누드가 너무나 일반화되어 있었다. 액세서리 몇 개만 걸치는 부분 누드는 이미 흔해빠졌고, 완전히 벌거벗는 것도 이젠 드문 일이 아니었다. 해변이나 공원에서 섹스를 하는 커플이나 그룹을 보는 것도 더 이상 진기한 경험이 되지 못했다. 그럼에도 구닥다리인 데커에게는 여인의 환영 행위가 어리둥절할 뿐이었다.

「가이아 여사님이 호손 씨를 기다리고 계세요.」

잭키가 여인에게서 데커를 잡아끌면서 말했다.

가이아 러브에 대한 존경심에서인지, 잭키의 큰 키에 위압당해서인지는 알 수 없었지만, 여인은 마지못한 듯 데커를 놓아주었다. 데커는 심장 박동이 높아져 있었고, 그런 상황에서 으레 생겨나기 마련인 신체 반응이 이제 막 나타나고 있었지만, 어색한 상황에서 풀려나게 되어 얼마나 다행인지 몰랐다.

강당에 모인 사람들은 뉴에이지 운동의 주요 지도자들이었다. 데커는 그렇게 많은 사람들이 뉴에이지의 도래에 대비해왔다는 사실이 믿기지 않을 정도였다. 각국의 지도자들, 국제사법재판소의 임원들, 텔레비전과 영화계의 인사들, 스포츠계의 인물들, 노동계 지도자들, 세계교회협의회의 전 임원진, 로마 가톨릭 및 그리스 정교회의 주교들과 추기경, 그 외 다수의 종교 지도자들로 성황을 이루고 있었다.

가이아 러브 여사가 돌린 초대의 변은 〈뉴에이지의 도래를 축하하고 친교의 시간을 갖자〉는 것이었다. 하지만 데커는 악수와 인사와 미소를 나누는 사람들을 둘러보면서, 보이지 않는 근심의 그늘을 읽을 수 있었다. 앞으로 나아가면서 얼핏얼핏 들은 대화 속에는 예루살렘에서 있었던 요한과 코헨의 부활과 뒤따랐던 지진에 관한 내용이 섞여 있었다. 강당 앞쪽에 당도했을 때, 데커는 가이아 러브가 이스라엘에서 일어난 일에 관해 무엇인가 말하고 있다는 것을 알아차렸지만, 정확히 어떤 내용인지는 들을 수가 없었다.

지진은 예루살렘에 심각한 피해를 야기하여, 시가지의 10퍼센트가 파괴되었고, 사망자가 7천여 명에 달했다. 크리스토퍼는 지진이 일어난 직후에 텔레비전과 라디오 방송을 통해 이것이 새로운 공포 시대의 시작을 알리는 징조는 결코 아니라고 확신시켰다.

「요한과 코헨은 다시 오지 않을 것입니다. 그들의 부활은 두려움을 먹고 번성하는 한 신이 두려움을 조장하고자 획책한 것입니다. 저는 여러분에게 침착성을 유지해주실 것을 호소합니다. 요한과 코헨은 사라졌으며, 돌아오지 않을 것입니다! 그들은 자신들이 일치단결된 인류의 의지에 대적할 수가 없다는 것을 잘 알고 있기에, 두려움을 조장하는 야훼를 섬기고 있는 것입니다.」

연설 이후의 여론조사는 대다수가 크리스토퍼의 말을 믿고 있는 것으로 나타났다. 하지만 사람들의 마음은 논리를 따르지 않았다. 지진 때문에 가족과 친척들을 잃은 사람들을 비롯한 수백만의 이스라엘 사람들은, 죽음과 파괴를 야훼의 악의적인 본성을 증거하는 것으로서 받아들이기보다는 그의 능력의 증거로서 받아들였다. 그런 능력 자체가 자신들의 예배를 받기에 합당한 증거이기라도 한 양 오히려 더 그를 예배하는 경향을 띠게 된 것이다. 더욱 터무니없는 것은 대제사장과 그의 추종자들이 요한과 코헨의 부활을 기뻐했다는 사실이었다. 그들은 요한과 코헨이 죽기 전에는 그들을 증오했었다. 요한과 코헨의 추종자들인 KDP 역시 증오의 대상이었는데 이제는 달라졌다. 〈내 원수의 원수는 친구〉라는 속담대로, 요한과 코헨의 부활은 크리스토퍼의 능력에 대한 직접적인 도전으로 받아들여졌다. 요한과 코헨의 기이한 삶의 방식과 가르침에도 불구하고, 그들이 죽음에서부터 일으켜져서 하나님께 부름을 받고 하늘나라로 올라간 것은 명백한 사실이었다. 게다가 이스라엘의 역사 속에서는,

웬일인지 살아 있는 예언자들보다는 고인이 된 예언자들을 훨씬 더 관대하게 대하는 경향이 있었다. 요한과 코헨이 죽었다고 볼 수는 없었지만 적어도 눈앞에서 사라지고 없는 것은 분명했다. 다른 요인도 있었다. 예언자는 자기 고향에서 대접을 못 받는다는 격언은 두 사람의 경우에도 틀리지 않았지만, 그 예언자가 외부인들에 의해서 공격을 당할 때는 사정이 달랐다. 그때에는 고향 사람들이 모두 나서서 그를 옹호하게 마련이다. 오랜 세월 동안 요한과 코헨에게 강한 적대감을 품어왔던 사람들의 마음이 이번 일을 계기로 달라진 것이다.

데커가 가이아 러브와 의례적인 인사말을 주고받는 사이, 거대한 강당이 일시에 조용해졌다. 시끄럽게 떠들던 사람들이 갑자기 말을 끊고, 사무총장 크리스토퍼가 입장하는 것을 지켜보았다. 로버트 마일너가 뒤따르고 있었다. 데커에게는 강당의 분위기가 갑자기 어떤 회의라기보다는 영적인 밀담을 주고받는 자리처럼 여겨졌다. 크리스토퍼에 대한 사람들의 달라진 반응에 익숙해지기까지는 상당한 시간이 걸렸다. 크리스토퍼와 마일너가 단상으로 가는 동안 강당 안은 물을 끼얹은 듯 조용했다. 그러다 그가 단상에 오르자 거대한 강당 안에서 오직 한 사람의 박수 소리가 울려 퍼졌다. 아무도 합세하지 않자 박수 소리는 곧 그치고 말았다. 박수 소리의 임자는 분명히 멋쩍어하고 있을 것이 틀림없었다. 누구도 확신할 수는 없는 일이었지만, 신이라고 할 수 있을 존재를 박수로서 맞이한다는 것은 아무래도 부적절하다는 것을 모두가 이심전심으로 느끼고 있었던 것이다.

강당 안의 긴장을 감지한 크리스토퍼가 재빨리 마이크 앞으로 다가가 외로운 박수 소리에 반응하는 발언을 했다.

「고맙습니다. 제가 적이 아닌 동지들 사이에 있다는 것을 확인시켜주시다니 기쁩니다.」

반사적인 웃음소리가 침묵을 깼고, 곧이어 박수갈채가 강당을 떠나보낼 듯이 울려 퍼졌다. 크리스토퍼가 미소를 짓자 그의 뒤쪽에 있는 거대한 비디오 스크린에 감사해하는 그의 얼굴이 나타났다.

「동지들이여, 이 경사스러운 만남의 자리에 잘 오셨습니다.」

강당 안이 다시 조용해지자 그가 입을 열었다. 연설 초고 작성자로서 지내는 동안 데커가 터득한 것 중 하나는, 연설자는 박수갈채를 얻기 위해서 유도하는 발언은 가급적이면 줄여야 한다는 점이었다. 이번의 경우에도 그것은 예외 없이 확인이 된 셈이었다. 환영의 말에 대한 갈채가 잠잠해지자 크리스토퍼가 계속했다.

「저는 방금 안전보장이사회의 회의를 마치고 오는 길입니다. 모임의 주요 의제는 이스라엘의 상황이었습니다. 여러분 모두가 아시다시피, 지진 참사 이후로 UN은 이스라엘에 의료 지원팀 파견과, 질서를 확립하고 시가지를 재건하기 위한 지원군 파견 등 여러 가지 제안을 해왔습니다. 하지만 에크슈타인 정부는 우리의 제안을 퉁명스럽게 거절했습니다.」

그가 이스라엘의 수상을 거론했다.

「이러한 거부는 특히 세 가지 점에서 곤란을 야기해왔습니다. 첫째는, 우리가 날마다 뉴스 보도에서 보듯이 고통의 강도입니다. 둘째로는, 에크슈타인 정부가 현 위기를 다루는 데에 실패하는 동안, 코움 담마 파타르 회원들이 추종자들 수천 명을 요르단의 메마른 사막으로 이끌어 또 다른 위기를 획책하고 있다는 점입니다. 셋째로는, 에크슈타인 자신의 발언에 나타나 있듯이, UN 원조에 대한 그의 명백한 거부는 완고한 종교적 편견과 그의 정당 내부에 있는 과격한 종교집단에 대한 그의 충성심에 기반을 두고 있다는 점입니다.

이스라엘 국민들에게 다행스러운 것은, 이스라엘 정당의 모든 멤버들이 에크슈타인처럼 이스라엘의 대제사장의 영향 아래 있는 것은 아니라는 점입니다. 우리는 불과 몇 시간 전에 골다 라이너가 주도하는 사회민주당이 여섯 개의 다른 소수 정당과 연합하는 데에 성공했다는 소식을 들었습니다. 그럼으로써 선거를 치르지 않을 수 없게 된 것입니다.」

새로운 뉴스에 가이아 러브가 잭키 한센과 데커에게로 몸을 기울이며 흥분하여 속삭였다.

「골다는 훌륭한 친구예요. 그녀는 우리가 믿을 만한 사람이에요.」

크리스토퍼는 연설을 계속했다.

「한편, 상황이 상황이니만큼 라이너 씨는 정부의 비상 대권을 장악하고, 안전보장이사회에게 즉시 이스라엘에 대한 원조를 인가해 달라고 공식적으로 요청해왔습니다. 저는 안전보장이사회가 만장일치로 원조안에 동의했다는 것을 기쁜 마음으로 알려드립니다.」

세계가 겪어온 갖은 수난에도 불구하고 이스라엘에 대한 크리스토퍼의 발언이 그토록 많은 관심과 흥분을 야기할 수 있다는 것이 데커에게는 기이하게 여겨졌지만, 어쨌든 강당 안은 박수와 축하로 열기가 달아올랐다. 그 뉴스는 거기 모인 사람들에게는 그가 생각하는 것 이상으로 의미심장한 것임에 분명했다. UN 회원국이 아닌 유일한 나라였던 이스라엘[2]이 원조를 요구함으로써, 자신이 아닌 나머지 세상을 결국 인정하게 된 셈이라는 것이 그런 열기를 이끌어낸 것일까. 데커로서는 그렇게밖에 생각할 수 없었다. 어쨌든 사람들이 그렇게 열광하는 이유를 데커는 선뜻 납득할 수가 없었다.

크리스토퍼의 연설은 한 시간 반 동안이나 계속되었다. 지금까지 그가 한 연설 중에서 가장 긴 편이었다. 이스라엘에 대한 원조 건에 이어, 광기로 인해 텅 비어 버린 나라들에 다시 사람이 살 수 있도록 하기 위한 계획의 대강을 설명했다. 재난 지역이 고국인 사람들로 하여금 고국으로 이주케 하여 그들의 사회를 재건토록 한다는 줄거리였다. 크리스토퍼는, 이 목표를 달성하자면 여러 세기가 걸릴 수도 있다는 점을 인정했지만, 인간의 수명이 고작 수십 년에 한정되지 않을 날이 곧 올 것이라는 점 또한 지적했다. 안전보장이사회에서는 이주를 장려하기 위해서 실질적인 장려금을 지급하고, 토지를 무상으로 제공할 것을 만장일치로 가결시켰다.

「또한 안전보장이사회는, 새로운 UN 본부를 재난 지역 내에 건설하자는 권고안을 내기로 했습니다. 총회의 동의를 전제로 하는 사항이긴 하지만, 새로운 UN 본부는 궁극적으로는 70년 이상 된 뉴욕의 이곳 복합 건물을 대체하게 될 것입니다. 저는 이 프로젝트에 특별히 마음이 설렙니다.」

크리스토퍼는 미소를 짓고 사람들을 둘러본 후 연설을 계속했다.

「불굴의 인간 정신을 보여주기 위해서, 새로운 UN 본부는 광기가 시작된 바로 그 지역에 세워지게 되는 것입니다. 그 지역은 인류 역사상 실로 의미심장한 장소이기도 합니다. 40억 년 전 테아타인들의 우주선이 착륙하여 지구에서의 삶을 시작한 곳이 바로 그곳이기 때

---

2) 이스라엘은 안전보장이사회가 재구성된 이후 UN에서 탈퇴했다..

문입니다. 에덴 동산이라 불렸던 전설 속의 자리도 바로 그 근처입니다. 그 자리에서 인류는 최초로 야훼의 지배에서 벗어나 독립을 확립했고, 또 다른 신이 될 운명의 길을 걷기 시작했습니다. 인류가 최초로 협력하여 커다란 도시와 탑을 건설한 곳도 그 근처로 알려져 있습니다. 폭군 야훼에 의해 무너져버리긴 했지만 말입니다. 또한 느부갓네살이 한때 세계를 지배했던 것도 이 도시에서였습니다!」

강당은 환호로 들끓었다. 크리스토퍼가 말하고 있는 도시가 어디인지를 모두가 다 알았기 때문이었다. 이라크 국민들에 의해 이미 수십 년 동안 부분적으로 재건되고 있는 중인 바빌론이 바로 그곳이었다. 데커는 다시 한 번 군중들의 흥분과 열기가 불가해하게 느껴졌다. 그에게는 단지 부동산의 문제일 뿐인 것이 왜 그들에게는 그토록 흥분을 몰고 오는 사안인지 이해할 수가 없었다.

NA 1년(AD 2023년) 3월 1일 오전 6시 1분 예루살렘

「우리의 사명은, 엄격한 인도주의를 바탕으로 하고 있습니다.」

파크 장군이 다윗 호텔 로비에 모인 기자들에게 말하기 시작했다. 다윗 호텔은 UN 평화유지군의 임시 본부로 쓰이고 있었다.

「골다 라이너 수상의 지원과 협력으로, UN군은 도착과 동시에 신속히 배치되었습니다. 이스라엘 전역에 배치된 UN군은 현재 5만 이상입니다. 어젯밤 식량과 의료품이 도착, 즉시 배분되기 시작했습니다. 한 가지 문제만이 남아 있습니다. 두려움과 히스테리에 사로잡힌 KDP는 위기를 맞은 이곳을 돕기 위해 온 UN군을 실제로는 침략군이라면서 이스라엘 민중을 선동하고 있습니다. 그들은 이미 수천에 달하는 이스라엘 시민을 요르단 광야로 이끌어냈는데, 신빙성이 없긴 하지만 그 숫자가 이스라엘 인구의 6분의 1에 달한다는 조사도 있을 정도입니다. 〈현대의 출애굽〉이라고 보는 사람도 있습니다. 그들의 목적은 UN 침략군으로부터 피난하고, 최근 요르단의 인구가 급격히 감소한 점을 이용하여 그 나라에 불법적으로 정착하는 데에 있는 것으로 보입니다.

우리 모두 KDP가 이스라엘을 떠나기를 내심 바라고 있다고 생각합니다만, 이스라엘 민간인에 의한 요르단 영토의 침입을 방지하기 위해, 우리는 국경에 인접한 모든 도로를 봉쇄했습니다. 하지만 그들의 히스테리는 우리가 생각했던 것보다 훨씬 컸습니다. 도로가 봉쇄되자 KDP와 그 추종자들은 강과 사막을 통해 요르단으로 향하기 시작했습니다. 오랜 가뭄으로 요르단 강이 얕아져서 들키지 않고 강을 건너기도 훨씬 쉬워졌습니다.」

파크 장군은 수행원에게 고개를 끄덕여 그 지역의 위성사진이 나타나도록 지시했다.

「피난하는 이스라엘 사람들은 일곱 무더기로 나뉘어 국경 전역으로 흩어져서 요르단으로 진입하고 있습니다.」

파크 장군은 그 지역을 가리켜 보였다.

「도보로 험한 국경을 넘고 있기에, 짐작되는 바로는 메마른 광야에서 대다수가 사흘 내지 닷새 이상은 견뎌내기가 어려울 것 같습니다. 이런 비극을 막기 위해서 6개 대대의 UN군들이 요르단의 앗샤우바크 시 서쪽 3킬로미터 지점으로 이동했습니다. 가장 규모가 큰 난민들이 거기에서 야영을 하고 있습니다.」

장군이 다시 위성사진을 가리켰다.

「우리는 이번 군사 작전을 〈토끼몰이〉라고 명명했습니다.」

그는 씨익 웃어 보였다.

「우리의 목적은 각각의 야영지를 에워싸고, 필요로 하는 비상식량과 음식을 공급해주면서, 사람들을 이스라엘로 돌려보내는 데에 있습니다. 붙잡은 KDP 멤버들은 민간정부 당국이 범죄 여부를 추궁할 수 있도록 억류해둘 계획입니다.」

파크 장군은 지시봉을 접어서 주머니에 집어넣었다.

「서너 가지 질문만 받도록 하겠습니다.」

여기저기에서 기자들이 질문을 외쳐댔지만, 파크 장군은 모두 무시하고 뒤쪽의 한 여기자를 가리켜 보였다.

「KDP가 저항하지 않을까요? 저항을 한다면 어떻게 하실 작정입니까?」

「우리의 정찰대가 파악한 바로는 조직적인 방어를 하고 있진 않으며, 무기류를 소지하고 있다는 증거도 아직 나오지 않았습니다. 두려움과 혼동에 휩싸인 민간인 무리들일 뿐이며 전혀 조직적이지 않습니다.」

그가 권위적으로 말을 이었다.

「어쨌든 만약 저항을 만나게 된다면, 먼저 우리 자신을 방어하는 데에 치중할 것이고, 그런 다음엔 우리의 사명을 완수하기 위해 필요한 조처를 모두 취할 것입니다.」

「요한과 코헨이 갖고 있던 것과 비슷한 능력을 KDP가 가졌을 가능성은 없을까요?」

다른 기자가 여기자의 첫 질문에 상관되는 것을 물어왔다.

「KDF 멤버 중의 누군가가 그런 능력을 보여주었다는 기록은 아직까지 없습니다. 그들이 해낼 수 있었던 최악의 일은… 민중을 혼란에 빠뜨린 것뿐입니다.」

그는 뒤쪽 말에 무게를 실어서 대답했다.

「이스라엘 국민의 6분의 1 정도가 KDP를 따라 요르단으로 갔다는 사실이 정말 맞습니까?」

또 다른 기자가 물었다.

「너무 높게 잡은 것 같습니다. 10내지 12퍼센트 정도 되는 것 같습니다. 하지만 수십만인 것은 틀림없습니다. 어떻게 그렇게 많을 수 있을까요? KDP가 일반 민중들 사이에 그렇게 많은 추종자를 가졌다는 조사 보고는 지금까지 없었습니다. 우리는 그중 KDP의 핵심 지지자들은 3분의 1에서 2분의 1에 지나지 않고, 나머지는 성전을 모든 인종에게 개방한다는 결정에 반발하는 극보수주의 성향의 유대인들과 민족주의자들인 것으로 믿고 있습니다. 이곳에 온 UN군이 침략군이라는 KDP의 주장을 믿고 따라나선 민간인들도 있을 것입니다.」

「에크슈타인 전 수상과 카임 레빈 대제사장이 이스라엘을 떠난 사람들 속에 끼어 있다는 것이 사실입니까?」

다른 기자가 물었다.

「특정한 개인에 관한 질문에는 답변드릴 수가 없습니다.」

파크 장근이 대답하고는 다른 기자를 가리켰다.

「당신들은 왜 유대교 성전을 점령했습니까?」

유대교 저통의 신문사 소속인 모양이었다. 그의 얼굴 표정에는 분노가 선연히 나타나 있었다.

파크는 즉각 선택을 잘못했다고 후회했지만, 그런 것을 표정으로 나타낼 정도로 어수룩한 사람은 아니었다.

「성전을 안전하게 지키라는 명령에 따라서입니다. 굿맨 사무총장님이 직접 그렇게 지시하셨습니다. 라이너 수상 각하의 절대적인 협력으로, 사무총장님은 9년 전 당신이 이곳에 오셨을 때 하신 약속을 지키고자, 질서가 회복될 때까지는 성전을 안전하게 지켜야 한다고 지시하셨습니다. 질서가 회복된 이후에는, 국적이나 종교에 상관없이 모든 사람들에게 다시 개방될 것입니다.」

질문자는 골다 라이너가 이례적인 방법으로 정부의 통제권을 장악해놓고는 왜 아무런 선거도 치르지 않는지를 울부짖는 듯한 목소리로 물었지만, 파크는 이를 무시하고는 재빨리 다른 질문자를 가리켰다.

「사무총장이 〈토끼몰이〉 작전을 승인했나요?」

「〈토끼몰이〉는 전술상의 한 방법일 뿐 전략적인 것이 아닙니다. 전술상의 모든 결정은 제가 합니다.」

오전 6시 15분   요르단 앗샤우바크 서쪽

UN군이 장갑차를 앞세워 이스라엘 사람들의 캠프 4백 미터 가까이에 신중하게 접근해가자, 공중에서는 한 떼의 헬리콥터가 떠서 캠프 위에 전단을 뿌리기 시작했다. UN군의 의도를 담은 전단에는 캠프 사람들에게 진정하라고 하면서, 무기를 갖고 있다면 이를 UN군에 자진해서 양도하라는 내용이 담겨 있었다. 저항하지 않는 한 누구도 해치지 않을 것이라는 약속도 들어 있었다. 모두에게 음식과 물이 제공될 것이고, 이스라엘에 안전하게 돌아갈 수 있도록 호위하겠으며, 나이든 분들과 불편하신 분들을 위해서는 버스가 준비될 것이라고는 조항도 들어 있었다.

앞장섰던 장갑차들이 멈춰 섰고, 그 안의 병사들은 남은 거리를 도보로 가기 위해 장갑차에서 내려섰다. 사람들이 너무 놀라지 않도록 하기 위해, 그들은 장갑차 안에 소총을 남겨둔 채 권총만 소지하고 가라는 명령을 들은 터였다. 별도의 명령이 없는 한 권총도 꺼내지 않도록 되어 있었다.

병사들이 더 가까이 움직여가자, 캠프 가까이에 있던 세 사람이 그들을 향해 재빨리 걸어왔다. 책임자와 이야기를 하고 싶어하는 것이 분명했다. 지휘자인 할런 맥코비 장군은 그들의 의도를 알아보기 위해 병사들에게 멈춰 서라고 명령하고는, 이스라엘 파견단이 있는 쪽을 향해 지프를 몰았다.

쌍안경을 통해 보니, 세 사람은 과연 장군이 의심했던 대로였다. 이마에 단 표식으로 보아 그들은 KDP 멤버들이 분명했다. 의무적으로 말을 걸어보긴 하겠지만, 그래 봤자 건질 것은 아무것도 없으리라는 것이 뻔했다.

「당신의 병사들에게 되돌아가라고 하시오. 우리가 여행을 계속할 수 있도록 말이오.」

장군의 지프가 그들 앞에 멈추자, KDP 한 명이 단호하게 말했다.

「그렇게는 할 수 없소.」

「당신들이 우리가 서 있는 이 지점을 넘어온다면, 하나님께서 당신의 병사들 모두에게 벌을 내리실 것이오.」

맥코비 장군의 대답에, 다른 KDP가 선을 그어 보이며 경고했다.

「우린 어느 누구도 해칠 의향이 없소. 하지만 당신들 모두가 이스라엘로 돌아가는 데에 동의하지 않으면 안 됩니다.」

맥코비 장군이 설득해보려 했다.

「우리야말로 당신이나 당신의 군대에 어떠한 해도 끼치지 않기를 바랍니다. 하지만 우리가 갈 길을 계속 갈 수 있도록 허용해줘야만 합니다.」

세 사람의 KDP는 그 말만을 남긴 채 돌아서더니 자기들의 캠프를 향했다.

「저항하지 마시오!」

그들 뒤에 대고 맥코비 장군이 경고했다. 잠시 반응을 기다렸지만 아무 반응이 없자, 그는 군대에게 계속 진군하라는 명령을 내렸다.

2분도 안 되어 앞장선 병사들이 KDP와 만난 지점에 이르렀다. 장군은 잠시 숨을 크게 몰아쉬었다. 그들이 KDP가 말한 선을 넘었는데도 아무 일도 일어나지 않았다. 그들은 곧 캠프 전방 1백 미터까지 다가갔다. 그들 앞에는 1백 명 이상의 KDP 멤버들이 이스라엘 사람들과 UN군 사이에 육신의 장벽을 형성하고 있었다. KDP 뒤에서는 캠프 사람들 모두가 일의 진전을 지켜보면서 걱정스럽게 기다리고 있었다. 아무 말도 없었고, 아무 소리도 들리지 않았지만, KDP 멤버들은 약속이라도 한 듯 모두 땅바닥에 엎드려서 그들의 하나님께 통성 기도를 하기 시작했다. 바로 그때였다. 아무런 예고도 없이 병사들이 딛고 있는 땅이 갑자기 흔들리더니, 모래 사태가 일어난 것처럼 병사들과 그들의 모든 장비를 일거에 삼켜버렸다. 발버둥치며 비명을 질렀지만 아무 소용이 없었다. 불과 몇 초 만에 상황은 완전히 끝나버렸다. 27개국에서 파견된 7천2백 명의 남자들과 여자들을 삼켜버린 땅은 천연덕스럽게 입을 다물었다. 한 명의 병사도, 한 점의 군사 장비도 남아 있지 않았다.

*

크리스토퍼는 일주일도 안 돼 두번째로, 세계를 향해 진정하라는 내용의 호소문을 내보냈다. 파크 장군이 자신과 상의도 하지 않고 〈토끼몰이〉 작전을 실행한 사실에도 불구하고, 크리스토퍼는 발생한 일에 대한 책임을 자신에게 돌렸다. 파크 장군은 전술적인 결정을 할 권한이 전적으로 자신에게 있다고 믿고 그렇게 행동했다. 그 작전이 본질상 전술적인 것이냐 전략적인 것이냐에 대해서는 논란의 여지가 있었고, 따라서 파크 장군은 자신의 웃선들과 상의를 했어야 마땅했지만, 죽은 사람을 다시 살려내어 따질 수는 없는 노릇 아닌가. 늦긴 했지만, 크리스토퍼로서 할 수 있는 최선은 UN군으로 하여금 자신의 명령이 없는 한 KDP 멤버들과 상대해서는 안 된다는 명령을 하달하는 것뿐이었다. 하지만 질서가 확립될 날이 반드시 올 것이며, 사망자들이 정의를 위해 싸운 사실은 길이 기억될 것이라고 크리스토퍼는 호소했다.

KDP를 따랐던 첫번째 무리들은 용기백배하여 목적지에 다다랐다. 위성사진에 나타난 바에 따르면, 그들의 목적지는 요르단 남서쪽에 위치한 모압 족과 나바테아 족이 살았던 페트라라는 고대 도시였다. 데커는 그 이름이 너무나 익숙하게 들려 밤새도록 뒤척이면서 기억 창고를 뒤적였다. 그가 그 말을 들었던 것은 23년 전 로젠 가의

부엌에서였다. 어느 날 밤에 몰래 엿들은 대화 속에서 페트라라는
말이 언급되었던 것이다.

2
불가사의한 기적들

NA 1년(AD 2023년) 10월 2일 오후 8시 40분   영국 런던 앨버트 홀

토미 에드워즈는 마술사가 여자 조수에게 최면을 걸어 무대 위로 공중부양시키는 것을 지켜보고 있었다. 오늘은 토미의 15번째 생일이었고, 할아버지와 함께 공연을 보러온 터였다. 할아버지는 나름대로 상당한 재주를 가진 아마추어 마술사였다. 최근에 토미는 할아버지에게 배운 소매치기 기술을 여러 모로 실습해보는 중이었지만, 잘 되지 않아서 고민이 많았다. 공중부양은 여러 차례 보았지만, 오늘 마술사가 부리는 재주는 특별한 것 같았다. 바로 그때였다. 휙 하는 돌풍이 불더니 이상한 기운이 그를 덮쳐왔다. 마치 꿈속에서처럼, 그는 그 마술사가 할 수 있는 것을 자신도 할 수 있다는 것을 느꼈다. 눈속임으로서가 아니라 진짜로. 왠지 한 점 의심도 없이 할 수 있다는 생각이 드는 것이었다. 순수한 의지의 힘만으로 그 여자를 공중부양할 수 있다는 생각이.

공중에 떠 있는 여인 쪽을 바라보면서 그는 집중하기 위해 실눈을 했다. 그러고 나서는 생각의 힘으로 그녀의 위치를 관객들 쪽으로 더 잡아당겼다. 그녀를 공중에 매달고 있는 철사줄이 딸깍 하고 소리를 냈다. 관객들은 처음에는 무슨 일이 일어나고 있는지 알아채지 못한 채, 그것이 마술사의 속임수 중 일부분일 거라고 생각했다. 물론 마술사는 뭔가 일이 잘못되어가고 있다는 것을 즉각 알아차렸다. 최면에서 깨어난 그의 여자 조수 역시 그 점에서는 마찬가지였다. 그녀는 자신을 매달고 있는 것으로 여겨지는 철사줄을 움켜쥐려 했지만, 허공을 휘저었을 뿐 아무것도 잡히지 않았다.

NA 1년(AD 2023년) 10월 4일 오후 3시 55분 뉴펀들랜드 버게오

피터 슈바이처는 짭짤한 바다 냄새가 나는 공기를 깊이 한 번 들이쉬고는 자기 집 문을 열었다. 태어난 이후 계속 살아온 집이었다. 아버지 역시 그와 마찬가지로 어부였으나 12년 전 사고로 돌아가셨다. 그 이후 어머니 역시 돌아가셔서 무척 외로웠지만, 그는 여성들 근처에만 가도 워낙 부끄러움을 많이 타는 성격이었다. 어느 날 고교 시절 친구였던 데보라라는 예쁜 여자가 함께 외출하자고 꼬드기기 전까지, 10여 년 동안 그는 외로움 속에 살았다.

그로부터 2주일도 안 되어 그들은 결혼했다. 피터에게는 꿈같은 일이었다. 그로부터 1년 반이 지나자 데보라의 아버지가 돌아가셨다. 그녀의 어머니는 피터의 온순한 성격을 믿고는 딸과 사위 집으로 이사를 왔다. 그때 이후로 피터는 평화를 숨쉬어본 적이 없었다. 끊임없는 잔소리와 불평으로 일관하는 장모 때문에 모든 것이 망가 저버렸다. 문을 열고 들어서자 장모가 기다리고 있었다는 듯이 덤벼들었다.

「왜 이렇게 일찍 들어오지? 해가 지려면 아직 한 시간이나 남아 있지 않은가? 도대체 어떻게 된 어부가 그 모양이야? 게을러 빠져서 일을 그 따위로 하니 집안 꼴이 이 모양이지.」

피터는 장모가 쳐들어오기 이전의 시절을 떠올렸다. 데보라는 저녁마다 따뜻한 포옹과 키스로 그를 맞아주었다. 하지만 그녀의 그런 모습은 엄마의 존재 앞에서 자취를 감춘 지 오래였다. 피터는 장모의 날카로운 이빨을 어떻게든지 무시하려고 애쓰는 게 고작이었다. 하지만 오늘은 달랐다. 뚜렷한 이유도 없이 감히 장모를 맞대면할 용기가 솟아났다. 장모의 눈을 똑바로 들여다보면서 자신도 놀라 기절할 정도로 대담한 말을 서슴없이 내뱉었다. 그는 장모에게 입 닥치라고 외치면서, 일주일 동안 한 마디 말도 해서는 안 된다고 엄포를 놓았다.

이때 데보라가 들어오다가 남편의 높아진 언성을 듣고는, 필시 심각한 싸움이 시작된 거라고 생각하며 뛰어 들어왔다. 하지만 놀랍게도 어머니는 아무런 대꾸도 하지 않았다. 아니, 더욱 놀라운 것은, 어머니가 구언가 말을 하려고 더듬거렸지만, 한마디 말도 입 밖으로 나오지 않았다는 사실이었다. 데보라는 남편에게 눈짓을 보내 설명해주기를 바랐지만, 피터는 단지 미소만 지을 뿐이었다. 피터 자신도 이유를 알 수 없었지만 어쨌든 가슴이 터지도록 즐거운 일이 아닐 수 없었다.

NA 1년(AD 2023년) 10월 6일 오후 8시 40분 메릴랜드 스노힐

「좋아, 이젠 눈을 감고, 내가 뜨라고 말할 때까지는 눈을 뜨지 마.」

단 하이랜드가 아내인 베트에게 말했다. 다섯번째 결혼기념일이었다. 그는 메릴랜드 주 동부 해안에서 하룻밤을 보내기로 하고 민박을 예약해둔 터였다. 문제가 있다면 길을 찾기가 만만치 않다는 점이었다. 그래서 그는 베티에게 눈을 감으라고 하고는, 소읍의 거리를 오르내리며 번지수를 찾아 헤맸다. 베티의 도움을 요청하려는 순간, 기적같이 찾고자 하는 집이 나타났다.

「좋아, 이젠 눈을 떠도 돼.」

옛 빅토리아풍의 저택 앞에 차를 세우며 그가 말했다. 베티는 아무 반응도 보이지 않았다.

「눈을 떠도 괜찮다니까.」

「아, 미안해. 깜박 잠들었던 모양이야.」

그녀는 하품을 하는 척했다. 그러다 고풍스런 그 집을 보고는 눈을 크게 떴다. 숨이 멎을 것처럼 놀라며 그녀는 믿을 수 없다는 듯 그 집에서 시선을 떼지 못했다.

「맘에 들어?」

단이 물었다. 하지만 그녀의 모습에서 맘에 드는 정도가 아니라는 것을 읽을 수 있었다.

「예전에 여기 와본 적이 있어…….」

그녀는 말을 이으려다가 주변을 둘러보고는 고쳐 말했다.

「여기에서 살았어! 여기가 내 집이었다구!」

예기치 못했던 반응이었다. 단은 10대 시절부터 베티를 알고 지내

왔었다. 그가 아는 한 그녀는 메릴랜드 주의 스노힐에는 한 번도 와 본 적이 없었다. 하지만 그녀가 뭔가 그럴듯한 설명을 하겠지 하고 기다렸다.

「그러니까 당신 말은 이렇게 생긴 집에서 살았다는 뜻이야?」

「아냐! 내가 이 집에서 살았다니까!」

그렇게 고집한 그녀는 잽싸게 차에서 내려 주변을 둘러보았다.

「언제 살았다는 거야?」

그는 시동을 끄고는 그녀를 뒤따랐다.

「몰라. 하지만 살았던 건 분명해!」

그녀는 자기 주장을 뒷받침할 만한 기억을 찾아 헤매는 눈치였다.

「저 길 너머에는 워싱턴 가가 있어. 거리를 두 개 지나면 콜린스 가고. 거기에 잭 삼촌과 올리브 아줌마가 살았어.」

「뭐라고? 눈을 감고 있으라고 했더니, 거리 이름을 다 훔쳐본 모 양이군 그래.」

단이 핀잔을 주었다.

「아냐. 난 눈을 감고 있었어.」

단은 그런 식으로 말다툼을 벌이고 싶지 않았다. 눈을 뜨고 보지 않았다면 어떻게 그걸 안단 말인가.

「실눈을 하고 봤겠지.」

그가 중얼거렸지만 베티는 아무 대꾸도 하지 않았다. 대신 그녀는 현관 앞 계단 쪽으로 뛰어 올라갔다. 노크도 하지 않고 그녀는 안으 로 들어갔다. 단이 따라오도록 문을 열어둔 채로.

「많이 바뀌었네. 가구가 달라졌어. 저쪽에 문이 있었는데 지금은 여기에 있네. 분명해, 분명히 그랬어!」

「베티, 그렇게 뛰어다니지 마. 아무리 민박집이라고 해도 그렇지.」

하지만 베티는 그의 말을 무시했다. 그러곤 무언가를 골똘히 생각하는 듯하더니, 돌아서서 좁은 복도를 따라 아래로 내려갔다. 단이 바짝 뒤따랐다. 복도가 끝난 곳에 60대 중반의 여자가 앞치마를 두른 모습으로 서 있었다.

「어서들 오시우.」

앞치마로 손을 훔치면서 그녀가 말했다. 소리도 없이 사람이 들어와서 놀란 모양이었지만, 내색을 하지 않으려고 애썼다.

베티는 이미 쪽문을 열고 복도를 나가고 있었다.

「하이랜드 부부입니다.」

단이 당황해하며 집주인 여자에게 말했다.

「아, 그러시군요. 당신들이 잘 지내야…….」

말하다가 그녀는 고개를 돌리고 삐걱대는 소리를 내며 계단을 내려가는 베티 하이랜드를 향해 외쳤다.

「거긴 지하실이우.」

베티의 행동을 최대한 호의적으로 받아들이려고 애쓰며 여인이 말했다.

「욕실은 현관 바로 아래쪽에 있어요.」

하지만 부부는 더 이상 그녀의 말을 듣고 있지 않았다. 그들을 뒤따라 지하실로 내려간 그녀는 베티와 단이 어둠 속에서 헤매지 않도록 스위치 있는 곳으로 갔다.

「베티, 도대체 뭘 하고 있는 거야?」

「여기야! 난 알아!」

남편의 질문에 베티는 여전히 돌벽을 더듬거리며 대답했다. 그러다가 돌연 그녀가 행동을 멈추었다.

「여기 있어.」

그녀가 무슨 비밀을 속삭이듯이 낮은 목소리로 말했다. 단과 집주인은, 베티가 돌 하나를 앞뒤로 흔들어 빼내는 것을 지켜보는 수밖에 없었다. 이제 곧 모든 것을 입증할 수 있게 될 거라는 듯 그녀가 돌을 빼낸 구멍 안으로 손을 집어넣었다. 하지만 한참 더듬거려도 원하는 것을 찾을 수가 없는 모양이었다.

「여기 없네.」

단이 뭐라고 말릴 말을 찾는 사이, 집주인 여자가 주저하면서 물었다.

「찾고 있는 게 뭐죠?」

「금합요! 아우구스투스한테 받은 금합이요. 목걸이에 매다는 금합!」

베티 하이랜드가 거의 외치다시피 말했다.

「이거, 대단히 죄송합니다.」

단이 집주인 여자에게 사과했다.

「아우구스투스?」

하지만 집주인은 아랑곳하지 않고 이상한 억양의 이름을 확인했다.

「맞아요.」

베티가 대답했다. 그녀는 더 이상 눈물을 참을 수가 없었다.

「그 사람들은 그이가 바다에서 실종되었다고 말했어요. ⋯우린 그가 죽었다고 생각했어요. 1년 뒤, 아빠 저더러 미카 존슨과 결혼하라고 우기셨어요.」

그녀는 어느새 흐느껴 울고 있었다. 도대체 무슨 말을 하는 건지 이해할 수가 없던 단 하이랜드는, 어쨌든 그녀를 위로해야겠다고 생각하고는 아내를 두 팔로 안았다. 베티는 흐느끼면서 못 다한 이야기를 계속했다.

「그런데 미카와 결혼한 지 사흘 뒤에 아우구스투스가 돌아온 거예요.」

베티 하이랜드는 남편을 쳐다보고는 집주인 쪽으로 시선을 돌렸다. 그녀는 용서를 구하는 표정이었다. 목소리도 죄책감과 절망에 젖어 있었다.

「제가 할 수 있는 건 아무것도 없었어요. 그이를 떠나보내야만 했어요. …이미 결혼한 몸이었으니까요. 다시는 그를 만날 수가 없었어요.」

베티는 훌쩍이면서 눈물을 훔쳤다.

「며칠 후, 아우구스투스의 동생이자 저와 친한 친구인 레기나가 저를 찾아와서는… 그 금합을 주었어요. 그걸 늘 소중히 간직했지만, 미카에게는 보여주고 싶지 않았어요. 그래서 헐거워진 그 돌 밑에다 감추어뒀던 거예요.」

「여보, 다 좋아요, 하지만 그건 꿈속의 일일 거요. 오래 전에 그런 영화를 보았거나.」

단이 위로하려고 했다. 베티는 그것이 미친 소리처럼 들릴 거라는 걸 알았지만, 그녀 자신은 그것이 진짜라는 걸 의심할 수가 없었다.

「이리 와봐요.」

집주인 여자가 베티에게 말하더니, 몸을 돌려 지하실을 오르기 시작했다. 그녀는 좁은 계단을 오르며 뒤따르는 베티와 단에게 말했다.

「내 남편 윌은 지금 옆집에서 뭘 좀 고치고 있는 중이라우. 그이와 내가 이 집을 모두 뜯어고쳤다우. 이런 모양이 되는 데에 꼬박 6년이 걸렸어요. 구석구석 손때가 안 묻은 데가 없는 집이우. 하지만 지하실 벽에 헐거운 돌이 있다는 걸 안 것은 작년이었어요.」

집주인 여자는 그들을 부엌으로 이끌었다.

「윌이 시멘트를 덧입히려다가 이걸 발견한 거예요. 뭐든지 대충 넘어가는 법이 없는 그이가 구멍 속에 시멘트를 채워 넣으려고 하다가 이걸 만진 거죠.」

서랍 속에서 헝겊에 싸인 것을 끄집어내면서 집주인이 말했다. 그녀가 그것을 풀자 고풍스런 목걸이와 금합이 모습을 드러냈다.

「바로 그거예요!」

베티가 금목걸이를 향해 손을 뻗치며 외쳤다.

「그걸 발견한 뒤로 윌은 그 구멍에 시멘트를 메우지 않고 그대로 놓아두었어요.」

베티 하이랜드가 조심스레 그 금합을 열었다. 안에는 수염이 무성한 20대 초반의 남자 사진이 들어 있었다. 뒷면에는 글자가 새겨져 있었다. 단이 큰 소리로 읽었다.

「언제까지고 널 사랑할 거야.」

그 밑에는 아우구스투스라는 이름자가 새겨져 있었다.

NA 1년(AD 2023년) 10월 8일 오전 10시 32분　스페인 키퓨엔테스

메르세데스 자비에르는 눈을 뜨자마자 즉시 자리에서 일어났다.

뭔가가 이상했다. 두 달 된 라우엘 때문에 3시 이래로 줄곧 깨어 있다가 불과 15분 전에 잠이 든 터였다. 라우엘은 거의 일곱 시간 동안이나 줄창 울어대다가 간신히 잠이 들었다. 하지만 뭔가가 이상했다. 그녀는 어떻게 그걸 알게 되었는지 스스로에게 묻지 않을 수 없었다. 메르세데스는 있는 힘을 다해 아기 방으로 달려갔다. 담요가 아기의 목 주변에 엉켜 있어서, 얼굴이 창백하게 질려 있었다.

「라우엘! 라우엘!」

담요를 잡아 젖히면서 그녀가 외쳤다.

라우엘 자비에르는 숨을 헐떡이며 앙앙 울어댔다. 엄마의 절묘한 예감이 아기를 살린 것이다.

NA 1년(AD 2023년) 10월 10일 오후 11시 47분　뉴올리언스

브라이언 올슨은 〈떠오르는 태양〉 카지노에서 행운의 크랩스 놀이(주사위 두 개로 하는 노름의 일종. - 역주)를 하고 있었다. 하지만 말이 〈행운의 놀이〉이지, 행운은 전혀 따라주지 않았다. 지금까지 그는 두 시간도 안 되어 2주치 이상의 임금을 잃은 터였다. 긴장하여 땀이 밴 손으로 주사위를 붙잡고는 기(氣)를 불어넣은 다음, 주사위를 막 던지려고 할 때였다. 지금까지 불운을 가져왔던 불안과 초조가 갑작스레 사라지고, 확신과 자신감의 신선한 기운이 덮쳐왔다. 논리적으로 설명할 수 있는 일은 아니었지만, 브라이언 올슨은 원래 논리적인 인간이 아니었다. 그는 테이블 아래로 손을 뻗쳐 자신이 가진 돈을 모두 다음번 주사위에 걸었다. 모두 2백40달러였다.

어떤 것에 대해서도 그런 확신을 가져본 적이 없는 브라이언이었다. 그는 눈을 감고는 상아색 정육면체를 내던졌다. 마음속에 4와 3이라는 숫자가 떠올랐다.

「7, 이기셨습니다.」

진행자의 목소리였다.

「더 갑시다.」

다시 주사위를 굴리면서 브라이언이 말했다. 이번에는 5와 6이 떠올랐다.

「11, 또 이기셨습니다.」

「한 번 더 갑시다.」

브라이언이 다시 말했다. 이번에는 5와 2가 떠올랐다.

　10분도 안 되어 브라이언 올슨은 16만8천 달러를 땄다. 그러자 카지노 지배인이 그에게 관심을 보였다. 지배인은 그에게 감사를 표하고는 그를 문 앞에까지 배웅해주었다.

NA 1년(AD 2023년) 10월 11일 오전 8시 43분　테네시 라파예트

　2년 반 동안 시티즌 뱅크에서 일해온 에스더 쉬럼은 잭 콜비의 마음을 얻기 위해서 〈작업〉에 들어간 상태였다. 잭은 이번에 새로 온 은행장으, 사실 그녀는 초등학교 4학년 때부터 그의 마음을 사로잡으려고 애써온 터였다. 여러 해 동안 공을 들였건만 아무 일도 일어나지 않았다. 친절하게 대해주긴 했지만 그녀의 갖은 노력에도 진정한 마음을 알아주진 않았다. 동료들은 에스더가 잭 콜비에 대해

관심을 갖고 있다는 것을 잘 알고 있었지만, 모두들 재미 삼아 지켜볼 뿐 적극적으로 나서주는 사람이 없었다. 그녀로서는 잭에 대한 감정과 그의 일관된 무반응을 어떻게 생각해야 할지 난감할 때가 한두 번이 아니었다. 모르는 척하긴 해도 동료들이 킬킬댄다는 것을 너무나 잘 아는 그녀는 잠을 못 이루며 서글퍼하곤 했다.

잭은 출근길이면 앞문에서부터 자기 방까지 가는 동안 만나는 이들과 인사를 주고받았다. 그래서 에스더는 자리가 다른 쪽이었는데도 어떻게든 근처에서 얼쩡거려서 그와 마주치려고 애썼다. 그런데 왠지 오늘 아침은 기분이 묘했다. 어쩐지 그가 자신의 마음을 알아줄 것 같은 터무니없는 예감이 들었다. 알 수 없는 자신감으로 그녀는 거의 몸이 달아오를 지경이었다. 이런 기분을 느낀 것이 처음은 아니었지만, 그건 너무도 오랜 과거의 일이었다. …9년 전이니까, 중학교 3학년 때였다. 댄스파티가 열리던 날 밤, 그녀는 잭이 어느 누구도 아직 선택하지 않았다는 것을 알았다. 그가 찍어주기를 몸 달아 고대하는 여자애들이 한둘이 아닌데도 그랬다. 그런데 여자애들 몇 명이 그녀에게 한 말에 따르면, 그는 그녀를 마음에 두고 있는데도 부끄럼을 많이 타서 말을 못하고 있다는 것이었다. 이상한 자신감이 그녀를 사로잡았다. 그녀는 잭과 함께 댄스파티에 갈 거라고 친구들에게 공표했다. 댄스파티가 열리는 밤이 되었는데도 잭의 요청을 듣지 못한 그녀는, 자신이 직접 고른 드레스를 차려입고는 잭의 집으로 가서 노크를 했다. 잭은 그녀가 누구인지조차 모르는 것처럼 행동했다. 라파예트 같은 소읍에서는 있을 수 없는 일이었다. 나중에 그 이야기를 들은 친구들은 그녀가 너무나 〈평범하게 생겨먹어서〉 그랬을 거라고 말했다. 아무튼 그럼에도 불구하고 그녀는 대담하게 댄스파티에 함께 가자고 제안했다. 잭은 고맙지만 갈 수 있는 형편이 못 된다고 정중하게 거절했다. 텔레비전으로 야구 경기를 봐야 한다는 것이었다. 그러고는 1초도 더 생각할 여지가 없다는 듯 면전에서 문을 쾅 닫아버렸다. 그녀가 학교에 다시 다닐 배짱과 용기를 회복하는 데에는 일주일이 소요되었다.

오래 전의 일인데도 그날 밤의 아픔이 생생하게 되살아났다. 결정적으로 가슴 아팠던 것은, 그의 집 현관 계단에서, 누가 왔느냐는 엄마의 질문에 잭이 〈아무도 아니에요〉라고 대답한 것을 들은 것이었다.

에스더는 주변을 둘러보았다. 잭은 막 도착해서 자기 방을 향해 걸어오고 있었다. 이제 곧 그녀 앞을 스치고 지나갈 것이었다. 옛날의 수치심이 떠오르는 바람에 그녀는 도저히 그를 대면할 수가 없었다. 아침의 자신감은 싹 달아나 버리고 없었다. 도망치듯 서둘러 돌아서 가는 도중에 그녀는 그만 발을 헛디뎌 넘어지고 말았다. 그 바람에 주머니에서 동전 몇 개가 짤랑거리며 떨어지더니 사방으로 굴러다녔다. 그녀는 당황해서 얼굴이 붉어진 채 몸을 일으키고는 동전을 줍기에 바빴다. 동료들의 웃음소리가 귓가에 울려 퍼졌다. 울음이 터지기 일보 직전이었으나, 잭 콜비가 도와주려고 멈춰 섰다. 그녀는 울지 않으려고 입술을 깨물고는, 그가 동전을 넘겨주기만 하고는 그냥 가주기를 바라는 마음뿐이었다. 하지만 두 사람의 눈이 마주쳤다.

그의 눈이 너무나 놀라워하고 있었다. 그녀는 너무나 창피했지만 시선을 돌릴 수가 없었다. 두 사람은 몇 발자국 떨어진 자리에 쪼그리고 앉아 몇 초 동안 그대로 있었다. 마침내 잭이 침묵을 깨뜨렸다.

「에스더?」

그가 확신할 수 없다는 듯이 물어왔다.

「네?」

최악의 상황에 대비하면서, 그녀가 신중하게 대꾸했다.

「용서하세요. 제가 이렇게 빤히 쳐다보는 걸 말이에요.」

눈을 떼지 않은 채 그가 말을 이었다.

「지금껏 당신을 알고 지내왔으면서도, 당신이 이렇게 아름다운 줄은 미처 몰랐어요. 왜 그랬을까요?」

여기저기서 쑤군대는 소리가 들려왔고, 바닥 위를 굴러가는 동전 소리가 다시 들렸다.

NA 1년(AD 2023년) 10월 12일 오전 11시 56분 일본 삿포로

3주일 전에 화재가 나서 다 타버린 곳에 새로운 아파트 공사를 하느라 톱질과 못질하는 소리가 요란했다. 지리적인 여건으로 인해, 삿포로는 2년 반 전 해일이 닥쳤을 때에도 피해가 경미했었고, 지금은 일본 내에서 가장 빨리 성장하는 도시가 되어 있었다. 10월은 이런 공사를 시작하기에 적절한 시기가 아니었지만, 하루를 흘려보낸다는 것은 수십만 엔의 임대료를 앉아서 까먹는다는 것을 뜻했다. 그래서 공사판은 24시간 쉬지 않고 주야 교대로 돌아갔다. 회사에서는 한겨울이 닥치기 전에 공사를 마칠 수만 있다면 추가적인 보너스를 지급할 것이라고 공표했다.

우치무라 나조와 교대를 해줄 밤 근무자가 갑작스레 병이 나서 어제 저녁 나오지 않는 바람에 우치무라는 24시간 이상을 내리 근무하지 않으면 안 되었다. 주변의 요란한 소음에도 불구하고, 우치무라는 자꾸만 눈꺼풀이 감겨왔다. 톱날이 그의 오른쪽 넓적다리를 쩨고 지나간 것을 알아차렸을 때는 한순간 뒤였지만 이미 늦었다. 그는 톱을 떨어뜨리고는 바닥을 굴렀다. 상처를 움켜쥐고 비명을 지르는 동안 피가 베니어판 마루를 흥건히 적시고 있었다.

현장 감독이 앰뷸런스를 부르고, 주변 사람들이 우르르 몰려들었지만 별 도움이 되지 못했다. 그래도 누군가가 나서서 티셔츠를 벗어 지혈대를 만들었다. 우치무라를 붙들고 있기가 쉽지 않아서 몇 사람이 힘을 합해야 했다. 한 사람이 피가 흥건한 바닥에 무릎을 꿇고 상처 위로 헝겊을 동여매기 위해 다가앉았다. 그가 우치무라의 다리를 가볍게 스치자 갑자기 비명소리가 멎었다. 예기치 않은 반응에 놀란 그가 우치무라의 표정을 살폈다. 그다지 고통스러워하는 기색이 아니었다. 바지를 찢고 상처 난 곳을 살펴본 그는 그 까닭을 알 수 있었다. 하지만 도무지 무슨 일이 일어난 것인지 감을 잡을 수가 없었다. 방금까지도 호수처럼 뿜어져 나오던 피가 완전히 멎어 있었던 것이다.

*

세계 도처에서 비슷한 일들이 수백 건 이상 발생했다. 사람들은 자기도 모르게 전생을 기억했다. 크고 작은 사건들의 징후를 미리 알아차린 사람들도 많았다. 소수이긴 하지만 마음으로 물체를 움직일 수 있게 된 사람도 있었다. 어떤 이들은 다른 사람의 행동이나 마음가짐을 바꿀 수 있는 능력을 얻기도 했다. 주변 사람들의 생각을 읽을 수 있게 된 사람들도 적지 않았다. 치유 능력이 생겨난 사람들도 있었다. 그런 일들은 완전히 무작위적으로 발생하여 비교적 짧은 기간 동안 지속되었다. 그런 힘을 경험한 사람들은 대개 심한 피곤을 느꼈고, 그러고 나면 능력이 사라지고 없었다. 그런 사건들에 대한 기사가 타블로이드판 신문에 나오기 시작했다. 하지만 8백 명 이상의 사람들이 주택복권의 아홉 개 숫자를 모두 맞히는 대박이 터졌을 때는, 신문은 이제 더 이상 추문이나 퍼뜨리고 다니는 종이 쪼가리가 아닐 수 있게 되었다. 앞날을 내다보는 일도 이젠 더 이상 영매만의 고유 영역이 아니게 되었다. 크리스토퍼가 예언했던 인간 종족의 대변혁이 시작된 것이다.

3

바빌론의 성

NA 1년(AD 2023년) 10월 24일(UN의 날) **뉴욕**

뉴욕 센트럴 파크에 모인 거의 50만에 육박하는 사람들이, 마이애미 출신의 뉴에이지 밴드가 연주하는《징후》라는 제목의 경쾌한 음악을 듣고 있었다. 어떤 이는 몸을 흔들고, 어떤 이는 발을 두드려가며. 그들이 거기 모인 것은 UN 창립 78주년을 기념하기 위해서였다. 전형적인 가을 날씨였다. 하늘에는 점점이 하얀 구름이 떠가고 있었다. 불과 일곱 달 전에 인류가 절멸의 위기를 맞았었다고는 도저히 믿기지 않을 정도였다. 인류는 이제 살아남았을 뿐만 아니라, 진화의 큰 걸음을 내딛을 찰나에 있었다. 장대한 모험이 이제 막 시작되고 있었다. 몇 주일 전에 시작된 영적인 사건들은 점점 더 빈도가 잦아졌다. 물론 처음이라 그래서인지 영적인 파워가 24시간 이상 지속되는 경우는 한 건도 없었다. 오늘 오후 공원에 모인 사람들 중에서도 수백, 아니 수천 명이 과거 몇 주일 이내에 그런 능력을 경험한 적이 있었다. 스무 명 정도는 바로 이 순간에 그런 경험을 하고 있는 중이었다.

군중들의 가장자리에 있는 한 나무 밑에서는, 두 여자가 전생의 일을 떠올리며 회상에 잠겨 있었다. 남자였던 여자들은, 남북전쟁 당시의 제2차 불런 전투에서 함께 싸우다가 장렬하게 전사했었다. 다른 곳에서는 30명 정도 되는 사람들이 열다섯 살 정도 되는 소녀의 전생 이야기에 열심히 귀를 기울이고 있었다. 소녀는 법전을 편찬한 것으로 유명한 함무라비 왕의 궁전에서 일하는 환관이었다면서, 그때 터득한 지식과 지혜를 그럴듯하게 늘어놓았다. 그리 멀지 않은 곳에서는 한 노숙자가 자신이 갑자기 유명해졌다는 것을 실감하고 있었다. 언제까지 계속될지는 알 수 없는 일이었지만 치유 능력을 갖게 된 것이었다.

무대에서는 공연이 1차 끝났고, 행사의 주관자인 뉴욕 시장이 나와서 크리스토퍼 굿맨 UN 사무총장이 방금 도착했다고 알렸다. 크리스토퍼는 〈UN의 날〉 기념 연설을 위해, 기이한 영적 파워가 출현하기 시작한 이후로 대중들 앞에 처음으로 모습을 드러냈다. 그런 만큼 그가 무슨 말을 할지 세상 전체가 궁금해하고 있었다.

크리스토퍼가 마이크 앞에 서는 순간, 군중들의 시선이 일제히 그의 머리 위 하늘로 쏠렸다. 거의 구름 한 점 없는 하늘에 반짝이는 하얀 빛이 나타나더니 점점 더 커져서, 무대 전체를 오히려 왜소하게 만들어버렸다. 보도진들은 텔레비전 카메라로 장관을 잡아내느라 바빴고, 수백만이 경이로움 속에서 크리스토퍼를 지켜보고 있었다. 카메라가 크리스토퍼의 얼굴 표정이 찌푸려진 것을 포착할 수 있었다면, 사람들은 이것이 그가 연출한 것이 결코 아님을 알아차릴 수 있었을 것이다.

어떻든 아무도 그 일이 정확히 언제 일어났는지 확신하지 못했지만, 가둘거리는 그 빛은 왠지 친근하게 느껴지는 형상으로 바뀌었다. 사람의 모습이었다. 윤곽이 뚜렷한 것은 아니었지만 분명 한 남자의 모습이었다. 그 형상은 뉴욕에 빌딩이 하나 들어선 것처럼 기다랗고 거대했다. 순수한 백색으로 된 하늘거리는 긴 옷을 입고 있었다. 나중에 어떤 사람들은 날개가 달려 있었다고 주장하기도 했지만, 그렇지 않았다고 하는 사람들이 훨씬 더 많았다. 현장을 기록한 방송사에서는 부정도 긍정도 하지 않았다.

다음 순간 크리스토퍼가 지체하지 않고 마이크 앞에 나섰다.

「세계의 시민 여러분, 두려워하지 마십시오. 이것은 야훼가 보낸 사자로서, 여러분을 놀라게 하여 여러분이 가야 할 운명의 길을 방해하기 위해서 온 것입니다.」

크리스토퍼의 말이 끝나자마자 그 존재가 말했다.

「하나님을 두려워하고 그분께 영광을 돌려라. 하나님께서 심판하실 때가 이르렀다.」

천둥이 울리는 것 같은 목소리였다. 크리스토퍼가 예루살렘에서 연설했을 때와 마찬가지로 우주 언어를 사용하고 있었다.

「하늘과 땅과 바다와 물의 근원을 만드신 이를 경배하라.[3]」

그 말과 함께 빛은 나타났을 때보다 더 신속하게 사라져버렸다. 세상 사람들 거의 모두가 그 광경을 텔레비전으로 지켜보았음에도, 기이한 그 존재는 지구인들 모두가 그 메시지를 받아들이기를 원하고 있음이 분명했다. 그날이 다 가도록 세계 각지의 2천여 개 도시

에 그 존재가 다시 출현하여 메시지를 반복했다.

크리스토퍼는 뉴욕에서 두려워할 것은 아무것도 없다는 것을 세상 사람들에게 거듭 강조했다.

「야훼는 이런 행위를 통해서 자신의 절망감을 표출하는 것입니다. 두려워하고 경배하라는 요구를 통해서 그는 자신의 본성을 보여주었습니다. 우리는 그를 두려워해서는 안 됩니다. 그는 우리의 신이 아니기 때문입니다. 인류는 신을 필요로 하지 않습니다. 왜냐하면 우리 자신이 신이 될 것이기 때문입니다. 어느 누구에게도 절하거나 두려워할 필요가 없습니다. 우리는 야훼의 위협에 굴복해서는 안 됩니다. 천사의 입에서 나온 것이든, 코움 담마 파타르의 입에서 나온 것이든, 두려워해서는 안 됩니다.」

후자는 최근에 취해진 KDP의 행보를 염두에 둔 언급이었다. 소수의 KDP는 수십만의 이스라엘 사람들과 함께 페트라에 남아 있었지만, 대다수는 바깥세상으로 다시 돌아간 뒤였다. 수많은 경찰 조직이 동원되어 최선을 다했음에도, KDP 멤버들은 자기들의 마스터인 요한과 코헨과 마찬가지로 행방이 묘연했다.

「야훼는 고압적으로 요구하고 있지만, 거기에는 아무런 힘도 없습니다. 제 말이 진실인지 아닌지 두고 보십시오. 일주일이고, 한 달이고, 1년이고, 지켜보십시오. 야훼는 더 이상 예배를 강요하지 않을 것입니다. 그는 그럴 능력이 없습니다! 그의 요구는 공허하고, 그의 위협은 속이 텅 비어 있습니다! 야훼는 자신의 나날이 얼마 남지 않았다는 것을 잘 알고 있습니다. 그는 여러분이 여러분 자신의 신성을 자각하기 시작했다는 증거를 보게 되었습니다. 인류는 야훼나 어떤 다른 신을 필요로 하지 않습니다. 우리의 유일신은 바로 우리 자신이어야 합니다!」

크리스토퍼의 연설은 계속되었다.

NA 2년(AD 2024년) 3월 11일(새해)　예루살렘

크리스토퍼의 예언대로, 야훼는 자신을 경배하라는 어떠한 요구도 더 이상 하지 않았다. KDP 멤버들과 소수의 근본주의적인 그리스도교 교회에서 야훼를 경배하자는 간절한 호소가 이어지긴 했지만, 그것도 잠시뿐이었다. 그 이상의 어떤 것을 할 수 있는 능력이 그들에게 있었는지는 모르지만, 그들은 그런 능력을 발휘하지 않았다. 첫번째로 맞이하는 뉴에이지의 설날이었다. 빛의 존재가 뉴욕에 나타난 지 거의 다섯 달이 다 되어가는 시점에서 볼 때, 세상은 이제 크리스토퍼가 한 말을 신뢰하기 시작한 것 같았다.

첫번째 설날을 기념하는 전 세계적인 축제가 열리기로 되어 있었다. 낡은 시대의 설날을 대체하는 것을 넘어서서, 이번 설날 축제는 변화에 저항하는 사람들에게 뉴에이지의 실제를 실감할 수 있도록 여러 프로그램이 기획되었다. 텔레비전 다큐멘터리는 크리스토퍼의 삶을 재평가하는 프로를 내보냈고, 1년 전 크리스토퍼가 권력의 정상에 오르기 전에 있었던 끔찍한 파괴와 죽음의 실상을 다시 한 번 상기시켰다.

하지만 예루살렘만큼 규모가 크고 성대한 축제를 벌인 곳은 없었다. 예루살렘은 크리스토퍼가 야훼로부터 인류의 독립과 자주를 선언했던 곳이니 만큼 인류 역사가 새롭게 열린 인큐베이터였다고 할 수 있었다. 예루살렘, 그중에서도 특히 성전은, 당연히 설날 축제의 중심지가 되어야 했다.

　지나간 1년 동안 많은 변화가 있었다. 골다 라이너 수상의 호소에도 불구하고, 요르단의 페트라로 가는 유대인들의 행렬은 간헐적으로 이어졌다. 이미 간 사람은 돌아올 줄을 몰랐지만, 적어도 그 숫자가 줄어든 것만큼은 분명했다. 아이로니컬하긴 했지만, 라이너 수상은 종교적인 열성분자들이 사라지고 없는 이스라엘 국회에서 일하기가 한결 쉬워졌다고 심경을 토로한 적이 있었다. 이스라엘 정부만이 융통성이 많아진 것은 아니었다. 예루살렘은 모든 민족과 국가에 열려 있는 명백한 국제도시가 되었다. 성전 또한 마찬가지였다. 국적이나 종교에 근거하여 출입이 통제되는 일은 더 이상 없게 되었다. 성전의 어느 곳이든 모두가 자유롭게 드나들 수 있었다. 지성소도 예외가 아니었다. 크리스토퍼가 그 자리를 떠난 상태 그대로 보관된 성궤는 뚜껑이 비스듬하게 열려 있어서, 크리스토퍼가 돌판을 제거했으며, 야훼의 율법은 새로운 계약으로 대체되었음을 세상에 상기시켜주었다. 인류는 이제 바야흐로 청년기를 지나 뉴에이지의 완숙기에 접어듦으로써, 정의와 자유를 바탕으로 한 자기신뢰의 시대를 열어가고 있는 것이다.

　크리스토퍼, 데커, 로버트 마일너는 헬리콥터로 예루살렘에 도착함으로써 사람들에게 1년 전의 일들을 상기시켜주었다. 그들이 예루살렘에 온 것은 설날 축제뿐만이 아니라, 크리스토퍼의 동상이 세워져 그 제막식에 참가하기 위해서이기도 했다. 동상은 UN이 비용을 대고, 로버트 마일너가 추진하고, 이스라엘 정부가 승인한 것이었다. 동상은 사실 크리스토퍼의 예루살렘 연설이 있은 지 30일 후,

유월절 주간의 여섯번째 날에 크리스토퍼가 참석하지 않은 상태에서 세워졌지만, 상징적으로, 또 이스라엘의 관광사업을 촉진하기 위하여, 설날 축제의 일환으로 〈공식적인 제막식〉이 제안되었던 것이다.

동상은 크리스토퍼의 실물 크기보다 약간 더 컸다. 위치는 그가 예루살렘 연설을 행한 성전 뾰족탑 위에, 모두에게 잘 보이는 자리에 세워졌다. 그리하여 성전 방문객들은 그날 실제로 예루살렘에 있었던 사람들처럼 그의 모습을 볼 수 있었고, 그의 예루살렘 연설을 동상 가까이의 스피커를 통해 들을 수 있었다. 연설은 하루 세 차례, 해뜰 때와 정오와 해질 때 방송되었다.

NA 2년(AD 2024년) 10월 24일(UN의 날) 이라크 바빌론

안전보장이사회가 바빌론에 새로운 본부를 짓자는 안을 통과시킨 지 19개월이 조금 더 경과되었다. 고대 느부갓네살 왕의 궁전이 재건축되는 곳에서 그리 멀지 않은 곳에, 새로운 본부의 주 건물이 모습을 드러냈다. 내부 공사가 많이 남아 있었고, 복합 건물의 나머지 아홉 개 건물들은 아직 건축 중이었다. 하지만 〈UN의 날〉은 1년에 한 차례뿐이고, 새로운 건물의 준공식을 하기에는 더없이 좋은 기회였다. 주 건물에 가장 먼저 이사 올 기구는 세계보건기구(WHO)가 될 것이었다. WHO 사무국은 완공되려면 아직 몇 개월을 기다려야 하는 다른 건물에 자리할 것이었기 때문에, 왜 그런 결정이 내려진 것인지에 대해서는 충분히 설명되지 않고 있었다. WHO가 주 건물로 이사를 한다는 것은, 1월에 건물이 완공되면 또 이사를 해야 하기 때문에 지각없는 짓이 분명했다. 하지만 무슨 이유에서인지 크리스토퍼에 의해 그런 결정이 내려지자, 아무도 토를 달고 나서는 이가 없었다.

유프라테스 강의 지류인 힐라 강 위에 자리한 바빌론 시는, 현대적인 힐라 소읍의 북쪽, 바그다드 남서쪽 88킬로미터 지점에 자리한, 저명한 고대 도시 중의 하나이다. 고대 도시는 최소 13평방킬로미터에서 최대 576평방킬로미터에 이른 것으로 평가되었다. 바빌론에 대해 가장 먼저 기록을 남긴 저술가는 그리스의 헤로도토스로, 드넓은 평원 위에 사방 1백20스타디움(대략 22킬로미터)의 크기였다고 되어 있다. 바빌론이 역사적으로 부각된 것은 유프라테스 강이 수메르의 고대 도시인 키쉬에서 서쪽으로 물길을 틀었을 때인 BC 3천 년대였다. 그때 이래로 바빌로니아의 역사는 다섯 시기로 명확히 구분된다. 함무라비와 그의 후계자들이 통치했던 나라의 수도였던 고대 바빌론은, BC 689년 앗시리아 왕인 산헤립에 의해 거의 파괴되었다. 산헤립의 아들이자 후계자인 에살핫돈이 다스렸던 10년 동안 같은 자리 위에 새로운 도시가 건설되었지만, 혁명으로 인해 다시 파괴되었다. BC 626년에서 BC 562년에 이르는 기간에는 나보폴라살과 그의 아들인 느부갓네살이 바빌론을 재건하여 전성기를 누렸다. 도시의 거대한 성벽과 〈공중 정원〉(세계 7대 불가사의 가운데 하나로 꼽히며 실제로는 공중에 떠 있는 것이 아니라 높이 솟아 있다. 즉 지구라트에 연속된 계단식 테라스에 만든 옥상 정원으로 유프라테스 강물을 펌프로 끌어올려 물을 댔다. - 역주)이 건축된 것도 느부갓네살의 통치 기간 중이었다. BC 275년에 그 도시의 거주민들이 티그리스 강 위에 자리한 셀루시아라는 새 도시로 이주함으로써, 고배 바빌론의 역사는 막을 내린다.

1970년대에 집권한 이라크의 사담 후세인 대통령은 〈20세기의 느부갓네살〉로 자처하면서, 오일을 판 수백만 달러를 들여 도시의 재건에 나섰다. 도시를 건설하는 데에 쓰인 수백만 장의 벽돌 위에는 그의 이름이 새겨졌고, 모퉁이를 돌아설 때마다 어김없이 느부갓네살과 후세인을 나란히 새긴 기념 명판을 만날 수 있게 되어 있었다.

광기가 그 지역 사람들을 전멸시킨 지 1년 반이 지난 지금, 그곳에는 이라크가 고향인 이주민들만이 살고 있었다. 3만8천8백 명에 달하는 기술자들과 건설 노동자들이 한꺼번에 쏟아져 들어오는 바람에 도시는 갑자기 활기를 띠게 되었다. 노동자 가족들과 다른 9천2백 명에 달하는 보조 인력까지 합해 현재 바빌론의 인구는 5만5천을 육박했다. 주변국들이나 이라크의 나머지 지역과 비교할 수 없이 번잡한 도시가 된 것이다. 사실 이스라엘을 제외하면, 주변국들에는 거의 사람이 살지 않고 있었다. 두 나라의 오랜 적대관계를 고려해 볼 때, 이라크에 지금 살고 있는 인구의 6분의 1이 이스라엘인이라는 것은 놀라운 일이 아닐 수 없었다. 하지만 UN 통치 아래의 새로운 이라크는, 새로운 이스라엘과 마찬가지로 모든 나라 모든 인종에 개방된 나라였다.

*

크리스토퍼 굿맨은 기자단 일행과 함께 시내 관광으로 그날을 시작했다. 이어서 세계 각지의 귀빈들이 크리스토퍼의 리더십을 찬양

하는 연설을 했고, 새로운 UN 본부 프로젝트에 참가한 사람들에 대한 공로패가 주어졌다. 열광적인 환호 속에서 크리스토퍼는 인간의 영혼을 기리면서, 이 프로젝트 자체가 〈변덕스러운 영적인 압제자들에게 굴하지 않는 최상의 상징〉이라고 선언했다. 수백만이 시청하는 가운데, 그는 그 도시의 역사적, 영적 중요성을 상기시켰다. UN에서 있었던 뉴에이지 지도자들의 모임에서 연설한 내용을 반복하면서, 그는 이렇게 말했다.

「40억 년 전 테아타인들의 우주선이 최초로 착륙하여 지구에서의 삶을 시작한 곳이 바로 이 부근입니다. 인류가 최초로 야훼로부터의 독립을 선언한 에덴 동산도 이 근처에 있습니다. 바로 이 자리에서, 인류는 최초로 한데 모여 거대한 도성과 웅장한 바벨탑을 건설하고자 했습니다. 야훼가 그들을 흩어버리기 전에 말입니다.」

크리스토퍼가 짤막한 역사 교육을 마무리했다.

「그리고 야훼가 광기를 풀어놓음으로써 세계 인구의 3분의 1을 짐승처럼 도살한 만행을 시작한 곳 또한 여기에서 멀지 않습니다.」

크리스토퍼는 바빌론에 새로운 본부를 짓기로 한 UN의 결정은 야훼의 통치로부터 인류가 온전히 해방된 것을 결정짓는 행위에 다름 아니라고 했다.

연설을 마친 크리스토퍼는 거대한 가위를 들어올려, 새로운 본부 입구 앞에 둘러진 붉은 리본을 자를 준비를 했다. 뉴에이지의 두번째 해임에 틀림없었지만, 변하지 않고 남아 있는 전통도 적지 않았다. 크리스토퍼는 리본을 자르는 역할을 일종의 유머로서 받아들였다. 한쪽 팔이 없어서 로버트 마일너의 도움을 받은 크리스토퍼가 리본을 자르려고 손을 뻗었을 때였다. 갑자기 군중들 뒤에서 누군가가 외쳤다.

「저기 봐!」

모인 사람들의 시선이 모두 그리로 쏠렸다. 그리고 모두가 볼 수 있었다. 새로운 구조물 바로 위쪽에, 가물거리는 빛이 점점 커지더니 형태를 띠기 시작했다. 1년 전 뉴욕의 센트럴 파크에서 있었던 일과 너무나 흡사했다.

「무너졌도다. 무너졌도다. 큰 도시 바빌론이 무너졌도다. 바빌론은 자기 음행으로 빚은 진노의 포도주를 모든 민족에게 마시게 한 도시다!⁴)」

그 빛은 메시지를 반복하고는 사라져버렸다.

예전처럼, 모든 장면이 텔레비전 카메라에 포착되어 지구 전역에 방송되었다. 그리고 다시 한 번, 지구 전역의 사람들에게 개인적으로 메시지가 전달되는 일이 벌어졌다. 세계 2천여 도시에 천사가 나타나서 메시지를 반복한 것이다.

바빌론에서는 모든 눈과 카메라가 다시 크리스토퍼에게 돌아갔다. 잠시 침묵하던 크리스토퍼는, 첫번째 천사에 대해 반응하던 것과는 판이하게 큰 소리로 웃기 시작했다. 그 웃음은 전염성이 있어서, 왜인지 영문을 모르면서도 대다수의 시청자들 역시 웃음을 터뜨리기 시작했다. 크리스토퍼는 한순간 웃음을 멈췄으나, 다시 웃어젖히면서 방금 자신이 목격한 것들을 믿을 수 없다는 듯이 고개를 흔들어댔다. 마침내 그가 입을 열었다.

「한 가지 분명한 것은, 야훼는 스포트라이트를 은근슬쩍 훔쳐가는

---

4) 요한계시록 14:8.

비법을 너무나 잘 터득하고 있다는 점입니다!」

이젠 모두가 다 웃음을 터뜨렸다.

「하지만 이런 광대극이 우리를 놀라게 할 순 없을 것입니다.」

크리스토퍼는 자신의 성한 쪽 주먹을 하늘을 향해 흔들면서, 야훼를 향해 외쳤다.

「당신은 우리를 겁먹게 하지 못할 것입니다! 인류는 당신에게든 어떤 다른 폭군에게든, 다시는 무릎을 꿇지 않을 것입니다!」

수천 개의 주먹들이 크리스토퍼의 동작과 함께 쳐들어 올려졌다. 그와 동시에 분노의 함성이 도시 전체에 메아리쳤다. 크리스토퍼가 군중을 향해 돌아서면서 말했다.

「야훼는 알고 있습니다. 새로운 UN 본부를 이곳 바빌론에 지음으로써, 인류는 그의 면전에 결정적인 타격을 가한 것입니다. 지구가 자신의 손아귀에서 빠져나가고 있다는 것을 깨달은 그는, 날이 갈수록 점점 더 절망하고 있습니다.」

군중들이 다시 환호를 보냈다.

「그는 절망 속에서, 어리석게도 우리를 겁주려고 시도하고 있습니다. 그렇게 해보았자 웃음거리밖에 되지 않는다는 것을 아직 모르고 있는 것입니다. 주변을 둘러보십시오. 야훼의 앞잡이들이 목청 높여 주장하듯이, 바빌론은 결코 무너진 것이 아닙니다. 바빌론은 꿋꿋이 서 있습니다! 그리고 야훼가 이 행성 위에서 기만적인 주장을 포기하지 않으면 안 되게 될 그 날까지, 아니 그 이후에도 오래도록 꿋꿋하게 서 있을 것입니다!」

그러고는 크리스토퍼와 마일너가 의식용 가위를 움직여 리본을 자르자 우레와 같은 박수가 쏟아졌다. 새로운 UN 본부 건물이 공식적으로 문을 연 것이다.

전과 마찬가지로, KDP와 점점 그 수가 늘어가는 그리스도교 근본주의자들은, 민중들과 크리스토퍼 사이에 의심과 두려움의 쐐기를 박으려고 시도했다. 천사가 언급한 바빌론에 대한 경고는 현재 상태에 대한 것이 아니라 가까운 미래에 대한 경고라는 것이다.

NA 3년(AD 2025년) 2월 3일 오전 10시35분 이라크 바빌론

데커 호손은 새로운 UN 본부 식당의 구석 테이블에서 늦은 아침 식사를 하고 있었다. 벨기에식 와플과 베이컨이 가득한 접시를 비우고 고개를 들어보니, 크리스토퍼가 미소를 지으며 다가오고 있었다. 데커는 손을 흔들고는 웃어 보였다.

「아침은 먹었니?」

「사무실에서 도넛으로 때웠어요.」

크리스토퍼가 대답하고는, 곧바로 자신이 거기 온 용건으로 들어갔다. 그는 데커에게로 몸을 기울이고는 아무에게도 들리지 않을 정도로 나직하게 속삭였다.

「아저씨는 영생의 비밀을 알고 싶지 않으세요?」

데커는 눈썹을 치켜떴다.

「성찬을 말하는 거구나?」

거의 2년 전에 들은 적이 있는 크리스토퍼만의 용어였다. 크리스토퍼가 고개를 끄덕였다.

「거기에 대한 거라면 난 이미 알고 있잖니?」

데커가 무관심을 가장하며 말했다.

「무엇을요? 어떻게요?」

크리스토퍼가 놀라서 헐떡이는 시늉을 했다.

「너도 알다시피 난 한때 기자였잖니.」

크리스토퍼가 의자를 끌어당겨 자리에 앉았다.

「전 비밀이 그렇게 새나간 줄은 몰랐네요. 우리는 매우 조심했거든요.」

크리스토퍼는 잠시 데커를 빤히 바라보았고, 둘 다 미소를 지었다.

「그런데 어떻게 그렇게 많이 알게 되신 거죠?」

「사실, 많이 아는 건 아냐. WHO에서 쉬쉬하면서 극비리에 진행하고 있는 대형 프로젝트라는 것 정도지 뭐. 넌 이 〈성찬〉이 인류의 수명을 극적으로 늘려줄 것이라고 했다면서? 내 생각에는, 굿맨 교수님이 죽기 전에 추진하고 있었던 것과 비슷한 모종의 과업을 WHO가 이어받아서 계속해온 것 같은데?」

데커는 막연한 느낌을 확인하겠다는 듯 크리스토퍼의 얼굴을 빤히 바라보았다.

「꽤 가깝긴 하네요. 하지만 정답은 아니에요. 해리 할아버지가 하셨던 것은 훨씬 더 까다로운 거였어요. 할아버지는 훨씬 쉬운 방법이 있다는 것을 모르시고 계셨지요.」

「무슨 뜻이니?」

크리스토퍼의 말에 상체를 앞으로 기울이며 데커가 물었다. 사실은 관심이 있다는 것을 나타내버린 셈이었다.

「꽤 오래 전 일이긴 하지만, 5년 전 파키스탄의 난민촌에 갔을 때를 기억하실 거예요.」

데커가 고개를 끄덕였다.

「거기에서 보낸 마지막 날, 아저씨가 저를 보러 제 텐트로 오셨어요. 전 그때 아저씨한테 말했지요. 죽음의 손아귀를 벗어나고자 애쓰는 사람의 죽음을 보았노라고 말이에요.」

데커는 그 일을 떠올리며 고개를 끄덕였다.

「한센 사무총장이 비행기 사고로 죽게 된 날이었지.」

「제가 본 환상 속에서는 누군가 한 사람이 더 있었어요. …죽음을 기꺼이 받아들이려는 사람.」

크리스토퍼는 말을 하면서 어깨를 움찔했다.

「그때는 그 의미를 이해하지 못했어요. 그래서 아저씨가 그 당시 제게 물으셨을 때, 전 뭐라고 대답해야 할지 알지 못했지요. 그런데 이제야 이해하게 되었어요. 그건 요한이었어요.」

데커는 즉각 그것이 요하난 바르 세배데, 곧 사도 요한을 지칭한다는 것을 알 수 있었다.

「아저씨한테 말한 적이 있을 거예요. 제가 십자가 처형을 당할 당시, 요한이 사도들 중에서는 유일하게 저를 만나러 왔었다고요. 처음에 저는 배신한 데 대한 용서를 구하러온 줄로 알았어요. 하지만 물론 아니었지요. 나를 조롱하기 위해서 온 것도 아니었어요. …아저씨는 성배(聖杯)의 전설을 아시지요?」

「물론이지. 네가 최후의 만찬에서 사용했던 그 컵을 가리키는 것이잖니. 어렸을 때 〈원탁의 기사〉에 관한 이야기를 읽었던 기억이나. 성배를 과연 찾을 수 있을까, 궁금해하면서 말이야. 물론 성배를 찾진 못하지.」

데커가 손가락으로 이마를 톡톡 치면서 대꾸했다.

「성배에 관한 전설 중의 하나는, 요한이 십자가를 진 예수를 만나러 가면서 성배를 가지고 갔었다고 되어 있어요.」

데커는 이번에는 최대한 기억을 되살리려는 듯 이맛살을 찌푸렸다.

「거기에 관해서라면 나도 생각나는 게 있어. …그 전설에는 요한이 방울방울 떨어지는 네 피를 그 컵에다 담았다고 되어 있어.」

오래도록 잊혀졌던 기억이 데커의 의식 속으로 돌아오고 있었다. 그는 기억이 옳은지를 확신하기 위해서인 듯 이따금씩 말을 멈추었다.

「전설에 따르면…….」

데커가 어물거리면서 입을 열었다. 그때 갑자기 현재의 대화 내용과 상관되는 연결점이 불쑥 떠올랐다. 크리스토퍼가 진실로 암시하고 있는 것은 그렇다면 바로…….

「진설에 따르면, 누구든지 그 성배의 피를 마신 사람은 영생을 얻을 것이다!」

크리스토퍼가 고개를 끄덕였다. 그는 데커의 전설에 관한 기억이 정확하다는 것 이상을 확신시켜주고 있었다. 크리스토퍼는 불현듯 떠오른 데커의 생각에 동의하는 것이 분명했다. 굿맨 교수가 추진하던 유전자 공학처럼 복잡한 작업을 거치지 않아도 된다는……. 해리 굿맨 교수가 추구했던 영생의 기적, 즉 모든 질병에 대한 완전한 면역과 빠른 치유 능력이, 그 피를 수혈하는 것만으로도 얻어질 수 있는 것이다.

「요한은 그 피를 마시면 영생을 얻게 되리라는 것을 알고 있었어요. 그래서 그것을 놓고 야훼와 거래를 했던 것 같아요.」

크리스토퍼가 결론을 내렸다.

「하지만 넌 〈죽음을 기꺼이 받아들이려는 사람〉고 하지 않았니? 그건 그가 죽기를 원했다는 말처럼 들리는데?」

「그랬을 거예요. 하지만 왜인지는 알 수가 없어요. 인류를 배반하고 야훼의 손을 들어준 데 대한 죄책감 때문이 아니었나 싶어요. 혹은 2천 년이 지나고 나니 삶이라는 것이 지루해졌기 때문이 아닐까요?」

데커는 크리스토퍼가 한 말을 숙고하면서, 더 궁금한 화제로 돌아갔다.

「피를 마시게 되면, 마일너처럼 되는 거니?」

로버트 마일너는 90대 중반인데도 올해로 72세가 되는 데커보다 훨씬 젊어 보였다.

「수혈을 받을 수도 있고, 마실 수도 있어요.」

14년 전 로버트 마일너가 죽을 위기에 처해서 크리스토퍼의 피를 수혈했던 일이 저절로 떠올랐다.

「왜인지는 아직도 수수께끼지만, 우리는 그 피를 수혈한 후 로버트에게 일어난 일들을 바탕으로 연구를 시작했어요. 원래는 입으로 마시는 것보다는 주사가 훨씬 적은 양으로 더 많은 효과를 낸다고 알려져 있어요. 하지만 거기에 새로운 유전공학 기술이 더해짐으로써, WHO는 평균 사이즈의 알약 두 개만 복용해도 50밀리리터를 주사하는 것과 똑같은 효과를 내는 방안을 강구하게 되었지요.」

「알은 두 개만 드세요, 그러면 아침이 가뿐할 겁니다, 이런 식이군.」

데커의 농담에 크리스토퍼가 웃음을 터뜨렸다.

「충분히 그럴 거예요. 왜인지는 확실히 알 수 없지만, 알약을 복용하고 나서 2주만 지나면, 인간의 면역 체계가 믿을 수 없을 정도로 튼튼해져요. 한 달이 되면 모든 박테리아와 바이러스가 불러오는 장애를 완전히 견뎌낼 수가 있게 되고, 과거에 앓았던 질병들이 깨끗이 사라지고 말아요. 지원자들에게 시험이 진행 중이라서 말하기엔 아직 이를지 몰라도, 로버트에게서 볼 수 있는 것과 마찬가지로 노화가 역전되는 현상도 기대할 수 있을 거예요.」

「벌써 인간들을 대상으로 하는 시험이 진행되고 있다고?」

데커가 깜짝 놀라 묻자 크리스토퍼는 고개를 끄덕였다.

「물론 성찬이 다리가 부러지거나 칼로 베이는 것 같은 우발적인 사고나 상해를 막을 순 없지만 상처가 났을 때 치유는 놀랄 만큼 빨라지게 될 거예요. 그리고 상해로 인해 죽는 것까진 어쩔 수 없겠지만, 그런 일만 없다면 영체(靈體)로의 진화를 완성시키기에 충분할 정도로 수명을 늘려줄 거예요. 그때가 되면 상해를 입는 일조차도 없어지게 될 거고요.」

「정말 꿈같은 일이군.」

데커가 감탄조로 말했다. 그러다 불쑥 떠오르는 생각이 있었다.

「그런데 네가 그렇게 피를 흘려야 한다는 것이 좀 어렵지 않을까?」

「그 피는 저에게서 직접 나오는 것이 아니에요. WHO는 샘플 피를 복제하고 있어요.」

데커는 너무나 분명한 것을 간과했음을 깨달았다. 이젠, 그동안 생각하고 있었던 문제를 꺼내기에 적절한 때가 된 것 같았다.

「그러니까 넌 그 성찬식을 모든 사람들에게 베풀려는 거지?」

「물론이지요.」

그런 것을 다 물으시다니 의아스럽다는 기색으로 크리스토퍼가 대답했다.

데커는 어떤 말을 어떤 톤으로 해야 할지를 잠시 생각했다.

「왜 적들에게까지 성찬을 제공해야 하는 거지? 네가 말하고 행하는 것마다 사사건건 반대하는 KDP와 근본주의자들에게까지 제공하겠다는 거야?」

크리스토퍼는 잠시 생각하다가 입을 열었지만, 첫 음절이 나오기도 전에 다시 멈추었다. 어떻게 대꾸해야 할지 얼른 확신이 서지 않는 모양이었다.

「그걸 제공하지 않는다면 그들은 결국 자멸하게 될 거라는 걸 너도 알겠지?」

크리스토퍼는 아무 말도 하지 않았지만, 표정으로 보아 데커의 말이 옳다는 것을 시인하고 있었다.

「크리스토퍼, 난 네가 어떤 느낌인지 알 수 있어. 어느 누구도 뒤에 남겨놓고 싶지가 않은 거지. 하지만 그러려면 치러야 할 대가가 너무 커. 야훼의 압제로 인해 얼마나 많은 생명들이 목숨을 잃었니? 넌 그로 인한 더 이상의 고통을 용납하고 싶지 않을 거야. 하지만 네가 KDF와 크리스천 근본주의자들에게 성찬식에 참여할 수 있도록 허용한다면, 넌 야훼에게 발판을 제공하는 셈이야. 이번 세기만이 아니라 다가올 세기에도 말이야.

넌 KDP에게 전향할 수 있는 모든 기회를 다 제공했어. 인류의 독립을 위해 너와 연대하여 싸울 수 있는 기회를 말이다.」

데커는 그렇게 말하면서도, 자신이 로버트 마일너가 했던 말을 되풀이하고 있는 것 같아서 섬뜩 놀라지 않을 수 없었다.

「넌 그들에게 편의를 제공하려고 갖은 애를 다 썼지만, 그들 중 단한 사람도 우리에게로 오지 않았어. 그들이 변할 것 같아? 희망이 보여? 난, 그들이 고통당하도록 내버려둬야 할 때가 왔다고 봐. 그건 그들 스스로 선택한 결과야. 게다가 넌 말하지 않았니? 사람이 죽으면 다시 몸을 얻어 다시 태어난다고 말이야.」

데커는 성찬의 주제를 한 단계 더 심화시키고 있었다.

「그들은 구시대의 잔존자들이야. 왜 자기 길을 가도록 내버려두지 않지? 그들도 죽게 되면, 과거에 자신들이 누구였는지, 세상이 어땠는지에 대해서는 아무런 기억도 하지 못한 상태로 다시 태어날 게 아니겠어? 그렇게 되면 온갖 편견과 무지를 떨쳐버리고 뉴에이지에 편입하게 될 거야.

그런 식으로 보면, 뉴에이지에 준비가 안 된 사람들에게 영생을 부여하는 것은 그들을 진정으로 돕는 것이 아니야.」

데커는 잠시 숨을 몰아쉬고는 결론을 내렸다.

「낡은 시대에 얽매인 사람들은, 낡은 시대와 더불어 죽도록 내버려두어야 해. 다음 생에서 뉴에이지를 살 수 있도록 말이야.」

크리스토퍼는 잠시 생각에 잠겼다.

「생각할 거리들을 너무 많이 주시네요.」

데커는 미소를 지었지만, 크리스토퍼에게서 기대했던 대답은 그것이 아니었다.

「좋아요. 클리닉에 지시를 해서 KDP 멤버들에게는 성찬을 베풀지 않도록 조처할 수도 있어요. 그건 너무 쉬운 일이에요. 이마에 표식을 달고 다니는 사람들을 누가 모르겠어요. 하지만 근본주의자들은 어떻게 하죠? 그들을 알아내기란 쉬운 일이 아니에요. 성경을 놓고 지식 겨루기 시합이라도 벌이기 전에는 알 수가 없을걸요.」

「하지만 그게 바로 해답이야. 우린 근본주의자들로 하여금 스스로 성찬을 원하지 않게끔 할 수가 있어.」

데커가 단정지었다.

「무슨 말씀이신지 잘 모르겠는데요?」

「요한계시록에 따르면, 적그리스도를 따르는 자들은 이마나 손등에 표식을 받도록 되어 있어.[5]」

「그 구절은 저도 잘 알아요.」

크리스토퍼가 대답했다.

「우리가 그걸 이용할 수 있을 것 같아. 성찬을 받고자 하는 사람들에게 이마나 손등에 어떤 표식을 하게 한다면, 이마에 문신 같은 것을 기꺼이 새기겠다고 할지는 의문이지만, 근본주의자들은 야훼를 진노하게 할 것을 우려해서 감히 그런 표식을 받으려고 하지 않을 거야.」

크리스토퍼는 그 제안을 진지하게 생각하는 것 같았다. 데커는 내친김에 아예 결론을 내리고 싶었다.

「내 견해일 뿐이지만, 성찬은 네 뜻에 충성을 맹세한 사람들만 받도록 해야 할 것 같아. 그러니까 성찬은, 위압적인 신의 지배로부터의 독립을 지지하고, 인류의 집단적인 가치와 개인의 자결권을 완전히 승인하는 사람에게만 베풀어져야 하는 것이지. 자신의 삶을 스스

---

5) 요한계시록 13:16.

로 결정하고 그에 따라 살겠다는 확고한 결심이 있어야 한다는 거야. 성찬을 받는다는 것은, 인류가 성년이 되어 더 이상 관리 감독을 필요로 하지 않으니 둥지를 떠나겠다고 서약을 하는 것이나 마찬가지인 셈이지.」

「아저씨가 방금 하신 말씀은, 어딘가에 기록을 해두는 것이 좋겠네요.」

데커는 고개를 끄덕이면서도 조금 당황했다.

「아저씨는 그러니까 표식을 어떤 식으로 어떻게 하는 것이 좋겠다고 생각하시는 거죠?」

「너무 눈에 띄게 하면 안 될 거야. 그러면 아무도 받으려고 하지 않을 테니까. 가능하면 얼른 눈에 띄지 않는 곳이라야 하겠지. 오른손등 같은데다가 해도 괜찮지 않을까? 내 말은, 이마에 받으라고 하면 원치 않는 사람도 있을 거라는 거지. 그 예언에 부합되면서도, 근본주의자들은 받아들이지 않을 선택사항을 부과하는 거야. 영구적인 것이어야 하겠지만 가능하면 고통을 주지 말아야 하겠지. 그 방면에 대해서 알아보았는데, 바늘을 사용하지 않고도 문신을 하는 방법이 있다고 하더구나. 염색의 일종이지만 살 속 깊이 스며들어서 벗겨낼 수가 없게 되어 있어.」

「근본주의자들로 하여금 외면하게 하려면, 그 표식은 아무래도 내 이름이나 숫자 666을 나타내는 것이어야겠죠?」

크리스토퍼가 좀더 구체적으로 물었다.

「KDP는 네 이름을 히브리 문자로 쓰면 그 문자들이 나타내는 숫자의 합계가 666이라는 사실을 크게 부각시켜 왔어. 그러니 그 편이 당연한 선택일 것 같다. 네 이름을 전부 쓰려면 너무 길어질 거야.

그보다는 훨씬 짧아야겠지.」

크리스토퍼는 길게 한숨을 내쉬었다.

「어쨌든, 생각을 좀 해보아야겠네요.」

「그래, 그게 내가 말하고자 하는 전부야.」

데커는 적이 만족스러웠다. 누구도 부인할 수 없는 논리로 자기 주장을 펼친 것 같아서였다.

「아까 나한테 영생의 비밀을 알고 싶지 않으냐고 물었지. 뭔가 보여주고 싶었던 것이 있었던 것 같은데?」

「네, 저하고 함께 좀 가요.」

데커는 크리스토퍼를 따라 식당을 나섰다. 엘리베이터 앞에 이르자, 데커는 WHO로 가게 될 거라는 생각이 들었다.

WHO 기지로 들어선 그들은, 무장 경호원을 지나쳐 안전문 앞에 이르렀다. 크리스토퍼가 판독기에 손을 올려놓고 이름을 말하자 문이 열렸다. 데커는 크리스토퍼의 피를 복제하는 최선의 방법을 놓고 10여 명 이상의 요원들이 바쁘게 실험을 하고, 토론을 하고 있을 거라고 예상했지만 전혀 아니었다. 그를 기다리고 있는 것은 훨씬 더 충격적인 장면이었다. 보안 지역은 상자가 높이 쌓여 있는 창고일 뿐이었다.

크리스토퍼가 상자 하나를 찢어서 개봉하여 데커에게 보여주었다. 안에는 두 개의 캡슐이 포장된 꾸러미가 수백 개나 들어 있었다. 캡슐 안에는 빨간 액체가 채워져 있었다. 창고 전체가 크리스토퍼의 피로 가득 차 있는 것이었다.

4
인류의 성년식

NA 3년(AD 2025년) 7월 2일

성찬식이 시작되는 날로 7월 4일이 선택되었다. 그날을 선정한 것은 세상 사람들이 독립기념일로서 가장 잘 인식하고 있기 때문이었다. 2백49년 전 미국이 영국의 지배로부터 독립을 선언한 날이, 이제는 인류가 야훼의 전제적인 지배로부터 독립을 선언한 날이 된 것이다. 전 세계 1만2천여 개 클리닉에 성찬식에 쓰일 피를 배급할 날짜를 따져보니, 하필이면 바로 그날 무렵에야 가능했기 때문이기도 했다.

크리스토퍼와 인류의 진화에 충성을 맹세한 사람들만으로 공급을 제한하기로 결정했기 때문에 보안 문제가 중요 사안으로 떠올랐다. 보급품에 접근하게 되는 의사, 간호사, 의료 기술자 들은 일차적으로 KDP나 근본주의자들과 아무런 연고가 없어야 표식을 하는 교육을 받을 수 있었다. 또한 그들 자신도 크리스토퍼에 대한 충성을 맹세해야만 성찬과 표식을 받을 수가 있었다.

프로젝트 전체에 소요되는 자금은 전 세계의 부자들에게 부과된 분담금으로 충당되었다. 데이비드 브랙포드의 재산을 상속한 윌리엄 브랙포드도 거액의 기부자 중 하나였다. 로버트 마일너가 데이비드 브랙포드를 자주 찾아다니며 정중하게 말하곤 했던 결과였다.

「새로운 세상에서는 모두가 평등하게 분배를 받아야 합니다. 돈이 전혀 필요하지 않게 될 세상이 멀지 않았습니다.」

　그런 예언을 마음 편히 받아들일 부자는 거의 없었지만, 어쨌든 다른 많은 이들에게는 공정한 처사로 받아들여졌다.

*

　사람들은 문을 열기로 예정된 사흘 전부터 지정 클리닉 앞에 줄을 서기 시작했다. 7월 2일이 되자 줄의 길이가 3킬로미터가 넘게 된 클리닉도 있었다. 그렇게 긴 줄이 형성된 것은 부분적으로는 매스컴의 영향이었다. 이미 성찬을 받은 의사, 간호사, 의료 기술자 들에 관한 보도로 인해 폭발적인 관심이 일어난 것이다. 기분이 좋다거나 건강해진 것 같다는 등의 일반적인 반응이 대부분이었지만, 성찬을 받은 2만2천 건강 관련 종사자들 중에는 극적인 사례를 경험한 이들이 적지 않았다. 성찬을 받고 난 며칠 후 자동차 사고로 심한 부상을 당한 의료 기술자가 있었다. 사흘 후, 그 기술자는 다친 데가 깨끗이 아물어 퇴원했다. 골다공증으로 고통당하던 간호사 한 명은 성찬을 받은 지 불과 몇 주 후에 꼿꼿이 설 수 있게 되었고, 뼈 구조가 완전히 회복된 것으로 나타났다. 당뇨병이나 고혈압 등의 만성질환이 치유된 사람도 스무 명 정도 되었다.

또 하나 클리닉 앞이 장사진을 이룬 것은, 1년 반 전부터 시작된 영 능력 때문이기도 했다. 대다수의 사람들이 영 능력을 한 번 이상 경험했지만 그 힘이 지속되는 것은 짧은 기간 동안뿐이었다. 당연히 사람들은 그런 경험이 확장되기를 바랐고 성찬이 그런 갈증을 채워 줄 것이라는 기대감을 품었던 것이다. 영생에 대한 약속은 죽음에서의 도피만을 뜻하는 것이 아니었다. 그것은 한계 없는 가능성의 미래로 성장하고 진화할 수 있는 기회이기도 했다.

NA 3년(AD 2025년) 7월 2일 필라델피아 독립기념관 근처

전문 클리닉이 문을 열기로 한 날이 되려면 아직 이틀이 남았는데도, 벌써 4천여 명이 줄을 서서 기다리고 있었다. 아예 의자나 담요를 가지고 와서 지루함을 달래는 이들이 많았다. 어떤 이들은 잡지나 책을 가져왔고, 어떤 이들은 라디오나 휴대용 텔레비전, 컴퓨터 게임기를 동원했다. 카드놀이로 시간을 때우는 이들도 있었다. 자려고 애쓰는 사람도 있었다. 간단한 먹을거리나 음료수를 파는 잡상인이 등장했고, 시에서는 간이 화장실을 설치했다. 새치기를 하려는 사람들 때문에 말다툼이 벌어지기도 했다. 그래도 전체적으로 보면 더운 여름 날씨에도 불구하고 꽤 평온한 편이었다.

그때, 먼저의 두 차례 경우와 마찬가지로, 명멸하는 하얀 빛이 군중들 위로 나타났다. 줄을 선 사람들은 모두 그것을 보았다. 천사들은 두 차례 모두 말씀을 전하는 것 말고는 아무것도 하지 않았지만, 그럼에도 사람들은 여전히 기겁을 하고 놀랐다. 많은 이들이 가릴 것을 찾느라고 대열을 이탈했다.

「만일 누구든지 짐승과 그의 우상을 경배하고 이마나 손에 표식을 받으면, 하나님의 진노의 포도주를 마시게 될 것이다. 그 포도주는 물을 섞어서 묽게 하지 않고 하나님의 진노의 잔에 부은 포도주라 거룩한 천사들과 어린 양 앞에서 불과 유황으로 고난을 받으리라. 그 고난의 연기가 구덩이에서 끊임없이 올라올 것이다. 짐승과 그의 우상을 경배하고 그 이름의 표식을 받는 자는 누구든지 밤에도 낮에도 휴식을 얻지 못할 것이니라.[6]」

처음의 두 천사들과 마찬가지로, 세번째 천사 역시 메시지를 전하고는 사라졌다. 세계 도처에 나타나 메시지를 반복한 것도 마찬가지였다. 앞서의 출현 때와 마찬가지로 크리스토퍼는 재빨리 반응을 보였다. 전파를 타고 전해지는 그의 목소리에는 분명 분노가 실려 있었다.

「앞서의 두 경우에 야훼는 자신의 사자들을 보내어 유아적인 협박을 일삼았습니다. 하지만 그가 위협했던 재난은 두 번 다 실현되지 않았습니다. KDP와 근본주의자들은 그 위협이 아직 우리에게 닥치지 않았다고 말합니다. 하지만 그들은 미래에 대한 암울한 예언으로 우리가 과거로 뒷걸음치기를 바라고 있습니다. 인류의 영혼에게는 죽음이었을 뿐인 과거로 말입니다.

이제 인류가 불멸의 영역으로 첫걸음을 내딛음에 따라, 야훼는 옛날로 돌아가 지옥불의 저주로 위협하고 있습니다! 하지만 그러한 위협에 굴복한 사람은 소수에 불과합니다. KDP와 근본주의자들은 우

---

6) 요한계시록 14:9~11.

리와 우리의 아이들 스스로 자신의 길을 선택할 자유를 가졌음을 인정하지 않은 채, 우리가 가공의 지옥불 속에 던져지기를 바라고 있습니다. 하지만 우리는 야훼의 그런 위협에 굴하지 않습니다! 우리의 마음은 꿋꿋하고 강인하게 미래를 향해 달려가고 있습니다!

자신들과 더불어 실패한 신을 경배하자고 우리를 잡아끌고 있는 사람들의 요구에 우리는 굴복하지 않을 것이고, 굴복할 수 없으며, 결코 굴복해서는 안 될 것입니다! 우리는 마음을 다잡고 가다듬어 미래로 가는 길을 열어야 합니다!」

크리스토퍼의 연설은 소기의 목적을 달성한 것이 분명했다. 클리닉 앞의 줄이 훨씬 더 빠른 속도로 길어진 것을 보면.

NA 3년(AD 2025년) 7월 4일 오전 6시 30분　이라크 바빌론

「성찬이 행해질 첫날, 근본주의자들의 항의가 격렬해지고 있습니다.」

「더 자.」

아직 잠에서 덜 깬 데커가 웅얼거렸다.

「좋은 아침입니다. 저는 아멜리아 위더스푼입니다. 오늘 아침 월드 뉴스를 전해드리겠습니다.」

「더 자라니까.」

데커가 다시 좀더 큰 소리로 웅얼거렸다.

「오늘 아침, 평화로운 항거로 시작된…….」

「더 자라구!」

데커는 그렇게 외치고는 베개로 머리를 가렸다. 이번에는 모니터에 명령이 전달될 정도로 목소리가 명확하여 텔레비전이 저절로 꺼졌다. 음악 소리로 잠을 깨우는 사람도 있었고, 벨 소리나 자연의 소리를 이용하는 사람도 있었지만, 데커는 텔레비전이 저절로 켜지도록 해놓은 터였다.

「아니, 기다려!」

뉴스 해설자의 목소리가 잦아들자 데커가 외쳤다.

「이 둔답아, 켜라니까!」

그러고는 재빨리 일어나 앉아 스크린을 주시했다. 텔레비전은 즉각 되살아났다.

「근본주의자들은, 1960년대의 연좌데모를 연상시키는 장면에서 보시듯, 오늘 아침부터 열리기로 되어 있는 성찬 전문 클리닉의 입구를 봉쇄하려고 시도함으로써 하루를 시작했습니다. 북경과 시드니 등 10여 개 도시에서 이런 사태가 벌어지고 있습니다.」

해설자가 말하는 동안 스크린에는 시드니의 모습이 나타났다. 20명에서 30명의 사람들이 성찬 클리닉 앞에 드러누워 찬송가를 부르면서 클리닉 문을 가로막고 있었다.

「사나흘씩이나 줄을 서서 기다려온 사람들에게 길을 열어주기를 거부함으로써 시위는 급격히 폭력의 양상을 띠었습니다. 요청을 받은 경찰이 체포에 나섰습니다.」

화면은 떠밀고, 발로 차고, 경찰봉이 날아가는 혼란스런 모습을 보여주었다. 경찰은 저항하는 이들에게 수갑을 채우고 경찰차로 끌고 갔다. 경찰이 그들을 호송해가려고 시도하자, 시위자들은 격렬한 몸짓을 삼간 채 찬송가만 계속해서 불러댔다.

「세계의 많은 지역이 아직 밤입니다. 아침이 밝아오면 성찬이 시작될 다른 도시들에서도 이런 시위 장면이 반복될 것인지에 대해서는 아무도 알 수 없습니다. 하지만 경찰로서는 대비하지 않을 수 없을 것입니다. 다른 시간대의 도시들에서는 만일의 경우에 대비하여 경찰이 급파되고 있는 중입니다.」

「꺼.」

뉴스의 화제가 다른 것으로 넘어가자 데커가 명령했다.

*

갑자기 어디에선지 모르게 그리스도교 근본주의자들이 몰려나와서 클리닉의 출입문을 가로막으려 시도하고, 기회만 닿으면 줄을 선 사람들에게 전도를 한다는 보고가 이어졌다. 클리닉으로의 접근을 가로막으려다가 체포된 사람들은 최대 2년의 형기가 선고되었다. 단지 전도를 하려는 사람들에게는 클리닉에서 30미터 이내로 들어와서는 안 된다는 명령이 내려졌다. 줄을 선 사람들은 그들의 접근을 막기 위하여, 성찬을 받기 이전에 요구되는 서약의 말들을 찬송가로 만들어 불렀다.

피를 받음으로써 나는 그것을 주신 분과 인류의 진화에 충성하겠어요.
또 표식을 받음으로써 나와 인류를 예속시키고자 하는
어떠한 개인이나 권력으로부터도 해방되었음을 선언하겠어요.

근본주의자들은 명백히 소수에 속했지만 자신들의 메시지를 전파하는 데에 조금도 주저함이 없었다. 아주 가끔씩은 성공을 거두기도 해서 줄을 서서 기다리던 한두 사람이 재고해보겠다면서 이탈하는 경우도 있었다.

근본주의자들의 항거와 세번째 천사의 위협에 대한 예기치 않은 반응 중의 하나는, 성찬을 받는 많은 이들이 자신의 이마에 표식을 받겠다고 나선 점이었다. 처음에는 이 옵션을 선택하는 사람들이 소수였지만, 모든 이들이 볼 수 있도록 이마에 새겨진 문장(紋章)이 대단한 자랑거리로 떠올랐다. 자신의 손등에 표식을 받았던 많은 이들이 다시 줄을 서서는 이마에도 표식을 받을 수 있기를 희망했다. 그 표식은 확실히, 데커가 애초에 의도한 바대로, 야훼와 그를 섬기는 자들에 대한 확고한 도전의 표식이자, 인류의 해방과 크리스토퍼와의 강한 유대감을 나타내는 상징이 되어가고 있었다.

*

1만2천여 클리닉에서 하루 평균 1천 명에게 성찬을 베푸는 일이 거의 일주일 가까이 계속되었다. 7월 11일 밤 돌발 상황이 발생했다. 일곱 군데의 성찬 클리닉이 폭탄 공격을 당한 것이다. 다음날 밤엔 열두 군데가, 그 다음날 밤엔 40군데가 당했다. 7, 12, 40은 성서 속에서 고두 좋은 이미지를 갖고 있는 숫자였다. 근본주의자들은 자신들의 소행임을 부정했지만 그들말고는 그런 동기를 품을 만한 단체가 없었다.

폭탄 공격이 밤중에 이루어진데다가 대부분의 클리닉에는 경비원들만이 지키고 있어서, 클리닉 내부의 중상자는 매우 적었다. 하지만 클리닉 바깥 사정은 달랐다. 줄을 서서 기다리던 10여 명이 화상을 입고 유리 파편에 심하게 다쳤으며, 세 명은 폭탄을 던지며 돌진하는 테러리스트의 차에 치였다. 하지만 지금까지는 사망자가 없었다.

테러리스트의 공격에도 완전히 문을 내린 클리닉은 드물었지만, 폭탄 공격이 시작된 지 사흘째 되는 날 아침부터는 그들이 목적했던 소기의 성과가 나타났다. 대부분의 클리닉이 정상적으로 활동하고 있었음에도 줄의 길이가 줄어들기 시작한 것이다. 지금까지 성찬을 받은 사람은 전체 세계 인구 29억 중에서 5퍼센트 가량인 1억4천5백만 명이었다. 성찬을 관리하는 입장에서는 짧아진 줄을 심히 우려하지 않을 수 없었다. 아직 성찬을 받지 않은 사람들에게 인터뷰를 한 결과, 테러리스트에 대한 두려움이 클리닉에 가지 않은 이유 중의 하나로 드러났다. 어떤 이는 이렇게 말했다.

「성찬을 받는 것이 아무리 나에게 유익하다고 해도, 클리닉 문 앞에서 죽는다면 무슨 소용이죠?」

폭격이 있은 지 사흘째 되는 날 밤에는 사태가 더욱 악화되었다. 성찬에 쓰일 피를 싣고 가던 두 대의 무장 차량이 탈취당하여 불길에 휩싸인 것이다. 목격자 중 한 사람이 탈취 장면을 비디오로 촬영하여, 전 세계 텔레비전으로 방영되었다. 비디오는 탈취범들에게 저항하려 했던 트럭 경비원이 총에 맞는 장면으로 시작되었다. 그리고 나서 다섯 명의 테러리스트 중 두 명이 운전사를 운전석에서 격렬하게 끌어내어 도로 위에 패대기쳤다. 테러리스트 중 한 명이 운전사의 머리에 총을 들이대고는 하나님께 용서를 구하라고 명령했다. 운전사는 부들부들 떨면서도 그가 시키는 대로 떠듬떠듬 기도의 말을 중얼거렸다. 그가 기도를 마치자 테러리스트들은 모두 「아멘」하고 입을 모았다. 총을 든 남자가 외쳤다.

「할렐루야! 고맙습니다, 예수님!」

방아쇠를 당기자, 운전사의 머리가 도로 위에 나뒹굴었다. 과거 여러 해 동안 세상 모두가 극심한 고통을 당했음에도, 텔레비전을 통해 되풀이 방영된 이 장면은 시청자들을 분노에 떨게 만들었다.

각 정부 당국에서는 무장 트럭에 호위 부대를 따로 제공하고 클리닉의 경비를 강화함으로써 테러리즘을 막으려고 애썼지만, 제한적인 성과를 거뒀을 뿐이었다. 그들의 노력에도 불구하고 그런 문제를 다룰 최종적인 책임은 UN에 있었다. 크리스토퍼 굿맨 사무총장은 시민들과 클리닉, 성찬용 피를 보호하기 위해 UN군을 지원해줄 것을 안전보장이사회에 공식 요청했다.

세계 시민들에게 어떠한 조처를 취하고 있는지를 알리고 그들의 공포를 잠재우기 위하여, 크리스토퍼는 테러리스트들을 겨냥해 말을 했다.

「성찬을 받아야 한다거나 표식을 받아야 한다고 강요받는 사람은 아무도 없습니다. 온전히 자발적인 의사에 따릅니다. 원하지 않는 사람은 거부하면 그만입니다. 우리는 성찬에 반대하는 사람들이 자기들의 견해를 밝히는 것을 막으려는 어떠한 시도도 한 적이 없습니다. 그들이 평화를 유지하는 한 말입니다. 하지만 그들은 이것으로 부족하여 폭력과 유혈 사태로 치닫고 있습니다. 우리는 교양 있는 시민으로서 테러리스트들을 방관하고 있을 수가 없습니다. 저마다 자기의 길을 선택할 수 있는 권리는 보호되어야 마땅합니다!」

안전보장이사회는 UN군을 배치해달라는 크리스토퍼의 요청을 재빨리 승인했지만, 충분할 만큼 빨랐던 것은 아니었다. 그날 저녁 32군데의 클리닉이 추가로 폭탄 테러를 당했던 것이다.

NA 3년(AD 2025년) 8월 2일 이라크 바빌론

「저 자신 〈보낸다〉라든가 〈사라지게 한다〉는 완곡어법을 사용하고 싶은 유혹을 느낍니다. 대중들에게는 그런 용어를 사용하는 것이 더 호감 있게 들리겠지만, 이 방에 모인 우리로서는 이 제안을 있는 그대로 직시하는 것이 중요합니다.」

로버트 마일너의 정직한 발언에 좌중은 갑자기 찬물을 끼얹은 것 같았다. 그럼에도 그의 발언으로 말미암아 〈달갑지 않은 갈등을 유발할 것〉이라는 상황을 피하지 않고 직시하게 되었고, 그 점에 대해서는 좌중 모두가 고마워해야 할 일이었다.

「우리는 사형 제도를 다시 승인해야 할 것인지의 문제에 직면하고 있는 것입니다.」

방 안에는 그와 함께 데커와 크리스토퍼, 그리고 안전보장이사회의 멤버들 열 명이 자리하고 있었다. 크리스토퍼는 1월에 유럽 대표 자격과 중동 및 동아프리카의 관리자 자리를 넘겨주었고, 따라서 지금은 안전보장이사회의 멤버가 다시 열 명이 되었다. 모임은 비공식적이었다. 크리스토퍼는, 근본주의자들의 계속되는 테러리즘에 어떻게 대처할 것인지를 놓고 다루는 이번 논의 내용이 외부에 알려져서는 안 된다고 신신당부했다.

테러리스트들의 공격은 3주째 계속되고 있었다. UN군의 배치는 성찬 클리닉에 대한 폭탄 테러와 지나치면서 사격을 퍼붓는 테러를 감소시켰고, 보급품 탈취 사건은 세 차례 더 발생했을 뿐이었다. 어떻든 근본주의자들은 취약 지점이 어디이며, 그 약점을 어떻게 활용해야 할 것인지를 사전에 파악하고 있는 것 같았다. UN군 내에서 기밀이 흘러나간 것으로 추정되는 경우는 매우 드물었고, 테러리스트들에 의해 교묘하게 이용을 당할 때까지는 그런 약점을 인식하고 있지 못하는 경우가 훨씬 더 많았다. 테러리스트들은 내부의 정보뿐만 아니라, 어느 누구도 알지 못하는 세부사항을 알고 있는 것으로 드러나기 일쑤였다. 실로 귀신이 곡할 노릇이었다. 그들의 공격이 번번이 성공하는 것을 두고, 우연의 일치라거나 봉사가 문고리 잡은 격이라고만 할 수는 없는 일이었다. 유일하게 그럴듯한 설명은 KDP의 멤버들이 근본주의자들의 공격을 돕기 위해 영 능력을 사용하고 있다는 것이었다.

그럼에도 이상한 일은, 근본주의자들은 자신들의 흔적을 감추기에 급급해하지 않는 것 같다는 점이었다. 계획의 치밀함에도 불구하고 목격자가 나오게 마련이었고, 목격자들은 하나같이 범인이 누구인지를 밝혀내기에 혈안이 된 사람들뿐이었다. 더욱 이상한 것은 범죄를 저지르고 나서 자신들의 집이나 일터로 곧장 돌아감으로써, 검거를 너무 쉽게 만들어준다는 사실이었다. 체포되어 기꺼이 순교자의 역할을 하겠노라는 태도였다.

세계 도처에서 UN군과 각국 정부 당국자에 의해 1백여 명의 근본주의자들이 테러 활동을 이유로 구금되었다. 이는 고무적인 일이라야 마땅한데도 사정은 그렇지 못했다. 근본주의자들을 색출하여 구금시키는 즉시, 다른 누군가가 그 자리를 대신하려고 뛰어들었기 때문이다.

목격자들의 증언에도 불구하고 체포된 자들은 결백을 주장하거나, 책임 여부에 대해 답변을 거절하는 것으로 일관했다. 단순히 기도를 하는 이들도 있었고, 찬송을 부르고 하나님을 찬양함으로써 진행을 방해하는 이들도 있었다. 대부분은 법원을 오히려 전도의 기회로 삼으려고 하여, 법관들이나 고발자들을 붙들고 설교를 늘어놓기 일쑤였다.

하지만 그들은 법정 바깥에서는 더할 나위 없이 과격했다. 클리닉에 대한 가차 없는 스트라이크로 인해, 성찬을 받으려는 사람들의 숫자가 급격하게 줄어들었다. 하루에 수천 명이 받을 것이라는 예상과는 달리 불과 수백 명에 지나지 않았다. 크리스토퍼가 무겁게 입을 열었다.

「저를 가장 좌절하게 하는 것은, 우리는 그들이나 그들의 종교에 그런 식으로 반대하고 있지 않다는 사실입니다. 그들은 자신들의 종교를 가질 수 있습니다. 그들의 믿음 중 많은 부분이 새로운 시대에도 기꺼이 환영받을 수 있습니다. 우리는 다른 믿음들을 제한한 적이 없으며, 제한하기를 원한 적도 없습니다. 이제 머지않아 인류 전체가 성장하여 종교를 필요로 하는 단계를 넘어서게 될 것이며, 과거에 그 사람의 종교가 불교이든 도교이든 그리스도교든 아무런 차이가 없게 될 것입니다. 우리가 요청하고 싶은 것은, 그들의 관점과 그들이 믿는 진리가 타당한 것처럼 다른 사람들의 관점과 다른 사람들이 믿는 진리도 마찬가지로 타당할 수 있다는 것을 받아들여주었으면 하는 것뿐입니다.」

로버트 마일너가 그의 말을 받았다.

「거기에 바로 문제가 있습니다. 자신들이 아는 것만을 바른 길이라고 믿는 것이 광신자들의 본성입니다. 자기들만이 정통이라고 주장하면서 그 밖의 것은 어떤 것도 인정하려 들지 않습니다. 자기들만이 옳다고 주장하면서 엄청난 자긍심의 근거로 삼습니다. 그들은 인간 자체를 야만적이고 퇴행적인 본능을 가진 족속으로 봅니다. 세상은 사악하고 살 만한 곳이 못 되며, 인간은 절멸되어 지옥에서 영원한 고통을 받아야 마땅한 존재들이라고 생각합니다. 그들은 온전한 인간이 되는 것에 가치를 부여하지 않습니다. 야훼의 노예가 되는 것만이 가치가 있다고 생각합니다. 하나님을 위한 제단 위에 인간성을 희생하여 바치는 사람들만이 고통스러운 운명에서 구원받을 가치가 있다고 믿습니다. 그들은 야훼가 노아만을 남겨두고 나머지 인류를 홍수로 멸망시켰듯이 할 수만 있다면 홍수가 나게 해달라고 자신들의 하나님께 요청할 사람들입니다. 성서에 나타난 분노와 파괴의 사례들에서처럼 이 사람들은 어떤 범죄를 저지르고도 우리를 저지하기 위한 것이었다고 정당화할 것입니다. 그들은 다른 사고방식이나 종교관을 가진 사람들을 저지해야 할 권리가 있을 뿐만 아니라 그렇게 해야 할 의무가 있다고까지 믿고 있습니다.」

마일너는 좌중을 한 번 둘러본 후 계속했다.

「책임자들을 벌할 필요가 있다는 근거는 충분합니다. …저 개인으로서는 그들을 막을 다른 방도는 없다고 확신합니다.」

「사람들은 정의의 실현을 요구합니다.」

타나카 대사가 단호하게 말했다.

다른 사람들이 각자 의견을 말하는 동안 크리스토퍼는 끼어들지 않은 채 한 시간 이상 듣기만 했다. 데커는 그의 마음이 편치 않다는 것을 알 수 있었다.

「실질적인 토의가 이루어지기 위해서는 솔직하게 직설적인 언어로 말하는 것이 바람직하다고 생각합니다. 인간 동물이라는 관점에 비추어, 우리가 이해하는 바를 언급함으로써 결론을 내리고자 합니다. 우리는 진실로 어느 누구에게도 죽음을 선고할 자격이 없습니다. 죽음이란 영원한 삶의 윤회에서 일시적으로 도망치는 것에 불과하기 때문입니다. 씨앗은 땅에 묻히지만, 새로운 생명으로 다시 돌아옵니다. 지금 우리는 인간이라는 씨앗에 관해서 말하고 있는 것입니다. 우리가 말하고자 하는 것은 사형 집행에 관한 것이 아니라 해방에 관한 것입니다. 우리가 성취코자 하는 것은 종결짓자는 것이 아니라 재탄생시키자는 것입니다.」

로버트 마일너가 결론적으로 말했다.

*

모임은 아무것도 결정짓지 못하고 끝났다. 다만 논해진 것을 모두가 재고할 기회를 갖기로 했다. 사실을 말하자면, 크리스토퍼를 제외한 모두가 일련의 조처를 취할 것을 결심한 듯했다.

「어떻게 할 거냐?」

모두가 떠난 후, 데커가 물었다.

크리스토퍼는 의자 뒤로 몸을 젖히면서 고통스러운 한숨을 길게 내쉬었다. 데커는 잠자코 대답을 기다렸다.

「모든 걸 다 그만두고 싶을 뿐이에요.」

데커는 놀라지 않을 수 없었다.

「마음 한편에서는 이렇게 말하고 싶은 생각이 굴뚝같아요. 〈좋아요, 야훼, 당신이 이겼어요. 당신이 이 행성을 다 가지세요…….〉 하지만 하고 싶지 않다는 이유로 해야 할 일을 하지 않음으로써 인류의 미래를 넘겨줄 수는 없는 일이죠. 무거운 형벌을 가한다는 것도 우리의 전체적인 목표에는 상반되는 것 같아요. 저는 바로 이 자리에 계셨던 분들에게 대단한 존경심을 가지지 않을 수 없어요.」

안전보장이사회와 로버트 마일너를 지칭하는 말이었다.

「그들은 이 문제를 놓고 신중하게 생각해왔던 것이 분명해요.」

크리스토퍼는 거의 3분 가까이나 아무 말도 하지 않고 앉아 있었다. 데커도 말없이 기다렸다. 의견은 이미 모두 피력된 셈이었다. 데커가 지금 할 수 있는 일이라고는 그렇게 해야 할 도덕적인 근거를 제공하는 것뿐이었지만 특별히 생각나는 말도 없었다.

「단순한 강경책은 행정부 모두의 파멸을 의미할 뿐이에요. 저는 도대체 왜 이런 고민을 하면서 살아야 하죠? …아저씨도 아시다시피, 전 일찍이 이런 딜레마에 빠져본 적이 없어요. 어떤 문제든 돌아서 갈 수 있는 길은 있었거든요.」

데커는 갑자기 자신의 젊은 날이 떠올랐다. 자신이 바로 그랬던 것 같았다. 그런데 그 역시 빠져 나갈 길이 없는 상황에 봉착했었다. 엘리자베스와 호프와 루이자가 죽었을 때가 최대의 고비였었다. 벌써 옛날 일이 되고 말았으나 마치 그들이 세상을 떠난 그날처럼 새삼 고통이 느껴졌다.

크리스토퍼의 목소리에 생각이 불현듯 현실로 돌아왔다.

「전 지금까지는 도덕적인 갈등을 느끼지 않고도 갈 길을 찾을 수 있었어요. 하지만 이번의 경우는 다르네요. 인간이 된다는 것이 이런 것인 줄은 몰랐어요.」

크리스토퍼는 말을 멈추고는 다시 생각에 잠겼다. 그러다가 마침내 데커의 질문에 대답했다.

「께름칙하긴 하지만, 해야 할 일을 하지 않을 수는 없을 것 같아요. 토머스 제퍼슨이 옳았어요. 〈자유의 가지는 때로는 애국자들과 폭군들의 피를 먹고 더욱 싱싱해진다.〉[7]」

---

7) 1787년 토머스 제퍼슨이 윌리엄 스미스에게 보낸 편지.

5

죽음보다 강한 것

NA 4년(AD 2026년) 6월 2일   이라크 바빌론

데커는 잭키 한센과 이야기를 나누면서 크리스토퍼의 사무실 바깥에서 기다렸다. 그녀는 놀랄 정도로 젊게 보였다. 쉰을 갓 넘긴 나이라고는 도저히 믿어지지 않았다. 그런데도 날이면 날마다 더 젊어지고 더 아름다워지고 있는 것 같았다. 그녀의 오른손 등에 난 작고 검은 표식이 모든 것을 설명해주고 있었다. 그녀는 일찌감치 성찬을 받은 터였고, 14개월이 지난 지금 그 효과가 너무도 역력하게 드러나 있는 것이다.

데커는 잭키와 잠시 더 이야기를 나누고 싶었지만, 크리스토퍼가 사무실로 돌아오는 바람에 중단해야 했다. 데커가 거기 온 것은 크리스토퍼를 만나기 위해서였고, 더 정확하게 말하자면 크리스토퍼가 만나자는 요청을 해서 찾아온 터였다.

사무실로 들어서자 데커는 잭키의 용모에 대해서 크리스토퍼에게 한마디 하지 않을 수 없었다. 그럼으로써 크리스토퍼는 그를 만나자고 한 용건을 꺼내기가 훨씬 자연스럽게 되었다.

「아저씨…….」

크리스토퍼가 입을 열다가 잠시 멈추었다. 무언가를 망설이고 있는 것이 분명했다. 데커는 그가 고민하고 있는 것이 공적인 문제가 아니라 사적인 것임을 느낌으로 알 수 있었다.

「무슨 일이지?」

데커가 재촉했다.

「어떻게 말씀드려야 할지 모르겠지만… 제가 아저씨를 추궁하고 있다고는 생각지 말아주셨으면 해요. 전 그렇게 건방진 녀석이고 싶지 않으니까요. 제가 아저씨를 어떻게 생각하는지는 아저씨도 잘 아시잖아요. 하지만 바로 그 때문에 아무래도 이해가 안 돼요.」

크리스토퍼는 이쯤이면 알아들었을 거라 생각했지만, 데커는 여전히 무슨 소린지 알 수 없다는 표정이었다. 마침내 크리스토퍼가 말했다.

「성찬 말이에요.」

그것만으로는 무엇을 뜻하는지 알기가 어려웠다. 하지만 데커는 오늘의 만남이 무엇 때문인지를 확실하게 알 수 있었다.

「거기에 대해서라면 진즉 말하려고 했었다.」

데커가 다소 멋쩍은 듯이 말했다. 성찬이 베풀어진 지 어느덧 1년이 지났다. 클리닉의 활동을 방해하는 테러리스트들에게 엄한 법 집행을 함으로써 소기의 성과가 나타나자, 이제는 거의 모든 사람들이 성찬을 받았고, 그 표식을 하고 다녔다. 성찬을 원하는 사람들 대부분이 이미 성찬을 받았기 때문에 거의 활동을 중지하다시피 하게 된 클리닉들이 많았다. 그런데도 데커는 웬일인지 아직도 성찬을 받지 않고 있었다.

「아저씨, 아저씨도 물론 자유로운 선택권을 가지고 계신 것이 분명해요. 하지만 전 단지 왜 그러시는지 이해할 수가 없단 말씀을 드리고 싶을 뿐이에요.」

「크리스토퍼, 내가 널 사랑한다는 건 너도 잘 알잖니.」

「저도 아저씨를 사랑하구요.」

크리스토퍼가 대꾸했다.

「내 인생의 한 부분을 너와 함께 했다는 점에서 난 누구보다 복이 많은 사람이야. 그걸 알아줬으면 좋겠어. 하지만 난 올해로 일흔두 살이야. 노인이라구.」

「하지간 아저씨, 성찬을 받으시면 다시 젊어지실 수 있다구요!」

데커가 유감이라는 듯이 고개를 흔들었다.

「크리스토퍼, 나도 알아. 나도 알고 있어. 네가 이해하기 어려울지 모르지만, 난, 난 말이다, 영원히 살고 싶지가 않아. 난 충만한 삶을 살았어. …인생에서 놓친 게 있지만 그건 이미 되돌릴 수가 없게 되어버렸어. 23년 전에 난 그걸 빼앗겨버렸어.」

「가족 말씀인가요?」

크리스토퍼의 물음에 데커는 천천히 고개를 끄덕였다.

「난 지금도 그들을 그리워한단다. 그들을 생각하면 아직도 난 가슴이 아프다. 아이들이 뛰놀고 있는 것을 보면 호프나 루이자의 목소리가 들려오는 것만 같아.」

데커는 눈물을 훔치고는, 더 눈물이 나오는 걸 참느라 애썼다.

「난 아직도 침대의 한쪽 구석에서 웅크리고 잔다. 그렇다고 해서 자살이나 뭐 그런 것을 생각하고 있는 건 아냐. 죽음을 재촉하고 싶은 생각은 없어. 단지 갈 때가 되면 가야겠다는 생각뿐이야. 난 죽을 때가 되면 편안한 휴식을 할 때가 왔다고 오히려 반길 것 같아.」

「아저씨, 그렇게 상심이 크신 줄 미처 몰랐어요.」

크리스토퍼가 위로하듯 부드럽게 말했다.

「하루하루 살아가는 걸로 따지면, 난 잘 지내고 있는 편이야. 긴 안목에서 볼 때 그렇다는 것뿐이지. 이렇게 텅 빈 마음으로 영원히 살아봤자 무슨 소용이겠니.」

「미안해요, 아저씨. 아저씨 마음을 헤아렸어야 하는데.」

「그럴 수 있는 사람이 누가 있겠니.」

「하지만 아저씨가 아직 모르고 계신 게 있어요!」

크리스토퍼가 무심코 웃어 보였다. 데커는 크리스토퍼가 도대체 무얼 가지고 그러는지 알 수 없었다.

「아직도 모르시겠어요? 지난 3년 이상 동안 아저씨는 뉴에이지의 개념에 익숙지 않은 사람들을 가르치고 교육시키는 일을 감독하고 관리해오셨어요. 10여 개 대학에서 강의를 하시고, 수백 번이나 인터뷰를 하시고, 수많은 기사를 쓰셨어요. 아저씨가 그렇게 말씀하시고 글을 쓰신 내용을 왜 아저씨 자신에게는 적용시키시지 않는 거죠? 어느 누구도 진실로는 죽지 않아요, 아저씨. 영원히 죽지 않아요! 육체가 죽고 난 이후에도 삶은 계속되어요. 우리는 몇 번이고 다시 태어나니까요. 호프나 루이자나… 엘리자베스라고 해서 다르진 않아요!」

데커는 심장이 멈출 것만 같았다. 크리스토퍼가 말하고자 하는 바를 확실히 알 순 없었지만, 가족들을 다시 만날 수도 있다는 희망을 말하고 있는 것 같았기 때문이었다.

「아저씨, 아저씨가 죽음을 받아들여야 할 이유는 없어요! 아저씨는 엘리자베스 아줌마를 영원히 잃지 않아요! 아줌마는 살아 계세요! 아줌마는 이미 다시 태어나셨거든요!」

「무슨 말을 하고 있는 거니?」

데커가 물었다. 자신도 모르게 목소리가 떨려나왔다.

「엘리자베스 아줌마는 살아 계세요. 그게 느껴지지 않나요? 아줌마는 돌아가신 지 몇 달도 안 되어 다시 태어나셨어요.」

「하지만 어디에 있지? 그녀를 내가 만날 수 있을까?」

「아직은 아니에요. 하지만 만나시게 될 거예요. 그녀에 대해서 아주 조금은 말해드릴 수 있어요. 스물한 살이고, 뉴브런즈윅 시에 살고 있어요.」

데커는 혼란스러웠다.

「넌 그걸 언제 알았지? 왜 나한테 말하지 않았어? 왜 내가 그녀를 만날 수가 없는 거지?」

「아저씨, 아직은 때가 아니에요. 그녀는 아저씨를 알아보지 못할 거예요.」

「나를 기억해낼 수 없을까?」

그가 천천히 물었다. 크리스토퍼가 아니라고 할까 봐, 조바심이 났다.

「기억하게 될 거예요, 아저씨. 지금도 그녀는 자기 인생에서 뭔가 빠진 것이 있다고 느끼곤 하니까요. 몇 해 안에, 정확히 언제인지는 알 수 없지만, 그녀는 전생 요법을 받게 될 거고, 그럼으로써 자신의 전생을 기억해내게 될 거예요. 그때가 되면 아저씨를 기억하게 될 거예요.」

「그러니까……」

「그럼요, 아저씨. 그녀가 아저씨에게로 올 거예요. 죽음보다 강한 것이 있어요. 두 분은 뉴에이지를 위한 러브 스토리를 쓰고 계시는 거예요.」

크리스토퍼는 그렇게 말하며 미소를 지어 보였다.

「하지만… 넌 그녀가 스물한 살이라고 그랬잖니? 난 그녀의 할아버지뻘이 아니냐.」

크리스토퍼가 웃음을 터뜨렸다. 하지만 이번에는 웃음을 멈추려고 하지 않았다.

「아저씨, 아저씨가 영원히 살게 된다는 관점에서 보면, 50년의 차이쯤은 아무것도 아니에요. 그런 것은 전혀 방해가 되지 않아요.」

「내 생각에도 그럴 것 같긴 해.」

데커가 인정하면서 따라 웃기 시작했다. 눈물이 아직 그렁그렁한 채였다.

「더구나 그때가 되면 난 훨씬 젊어져 있을 테지.」

「그럼, 성찬을 받으시려구요?」

크리스토퍼가 물었다.

「물론이지. 지금 당장 가야겠다.」

「이렇게 늦게까지 문을 연 클리닉이 없을 텐데요? 내일 아침까지는 기다리셔야 할 거예요.」

데커는 시계를 들여다보며 고개를 끄덕였다.

「호프와 루이자는 어떤 상태일까?」

내친 김에 데커는 딸들의 안부까지 물었다. 크리스토퍼가 고개를 끄덕이며 대꾸했다.

「어느 날엔가는 그들도 역시 아저씨를 기억하게 될 거예요. 그럴 날이 멀지 않았어요, 아저씨. 아마도 1백 년 내에는 모든 베일이 거두어져서, 인류 전체가 전생에 어떻게 살았는지를 기억하게 될 거예요. 그리하여 우리 모두가 서로서로 어떻게 연결되어 있는지를 깨닫게 될 거예요. 한 생에서 원수였던 사이가 다른 생에서는 가장 친한 친구 사이였음을 알게 될 거예요. 그날이 되어 자신들의 모든 전생을 알게 될 때, 사람들은 자신들이 진정 누구인지를 이해하기 시작할 거예요.」

「말해줄 수 있니……?」

데커가 주저하면서 물었다. 그는 자신의 옛 친구인 탐 도나핀에 대해서 묻고 싶었지만, 크리스토퍼가 어떻게 생각할지 확신할 수가 없었다. 자신을 쏘아 죽이려고 했던 사람에 대해 지속적인 관심을 보이는 것을, 크리스토퍼는 못마땅해할 수도 있었다.

「말해보세요, 아저씨. 어떤 분에 대해서 알고 싶으신 거죠?」

「탐 도나핀에 대해서 말해줄 수 없겠니?」

크리스토퍼가 미소를 지었다. 전혀 기분이 상한 것 같진 않았다.

「그는 작년에 파라과이의 어느 가정에서 환생했어요.」

데커가 또 눈물을 보이면서, 크리스토퍼에게 고맙다고 말하려고 했지만 목이 메어 말이 나오지 않았다.

「아저씨, 이젠 집에 돌아가셔서 좀 쉬셔야 할 것 같네요.」

데커는 고개를 끄덕였다.

그가 문을 열고 나가는데, 크리스토퍼가 다가오더니 끌어안았다. 눈물이 그렁그렁한 채 크리스토퍼가 말했다.

「미안해요, 아저씨. 아저씨 마음을 이해하지 못해서요. 하지만 다

털어버리고 나니까 기분이 좋네요. 아저씨가 성찬을 받게 된 것도 기쁘구요. 저에게는 아저씨가 필요해요. 아저씨가 안 계시다면 어떻게 살 수 있을지 상상도 할 수 없어요.」

데커는 완전히 도취된 상태로 빌딩을 나섰다. 갑자기 그의 모든 인생이, 그동안의 기나긴 세월이 한꺼번에 뒤바뀐 것 같았다. 그에게는 이제 살아야 할 이유가, 존재의 근거가, 영원히 누군가를 위하여 살 수 있는 근거가 생긴 것이다.

*

「회색 양복을 입고 있는 저자가 바로 그자야.」

그늘 속에서 기다리며 서 있던 두 남자 중 한 명이 속삭였다.

데커는 그들의 존재는 까맣게 모르는 채, 기쁨에 잠겨 길을 재촉하고 있었다.

데커가 다가오자 그들이 골목에서 뛰쳐나왔다. 그들의 이마에는 코움 담마 파타르(KDP)를 나타내는 히브리 문자가 선명하게 새겨져 있었다.

데커는 벗어나려고 발버둥쳤지만, 두 사람을 당해낼 수가 없었다. 클로로포름을 적신 마취 수건은 구닥다리 수법인데도 효과는 여전했다.

6

페트라

NA 4년(AD 2026년) 6월 3일 오후 1시 30분   요르단의 광야

데커는 손과 발이 결박된 채 4륜 구동 자동차의 뒷좌석에 말없이 앉아 있었다. 차는 울퉁불퉁한 길을 먼지를 뒤집어쓰면서 달리고 있었다. 앞좌석의 두 남자는 히브리어로 대화를 주고받았다. 데커는 요르단 광야의 모든 것을 눈여겨보아 두려고 애썼다. 눈에 담아두어야만 기회가 오면 탈출하기가 용이할 것이기 때문이었다. 밖은 태양이 작열하고 있었다. 레바논에서 탈출했던 23년 전의 일이 떠올랐다. 레바논을 도망칠 당시에는 영양실조 상태였지만, 지금은 상황이 그때보다 훨씬 더 좋지 않았다. 이젠 늙기까지 했으니 이 황폐한 광야를 조금만 걸어도 기아와 탈수로 인해 견디기가 어려울 것이다. 생존을 위한 길에서 절망이 최악의 장애물임을 너무 잘 알고 있는 그였지만, 비관하지 않기가 쉽지 않았다.

이 특별한 시기에 또다시 목숨이 위험한 지경을 당하다니 너무나 얄궂은 운명인 것 같았다. 한 시간만 더 일찍 납치를 당했더라면, 그

는 자신의 생명을 대수롭지 않게 생각했을 것이다. 크리스토퍼와 이야기를 나누기 전에 이런 일이 터졌다면, 엘리자베스가 살아 있다는 것을 알기 전이었다면, 그랬다면 그는 기꺼이 죽음을 환영할 수도 있었을 것이다. 그런데 이젠, 그는 어느 때보다도 간절히 살아남기를 원하고 있었다.

고대의 계단식 마을인 엘리를 지나고, 제법 근대적인 냄새가 나는 와디 무사 마을을 지나면서, 데커는 그들의 최종 목적지가 어디일까를 생각하면서 지평선을 더듬었다. 잿빛 자갈들이 널려 있는 대지 멀리로는, 사해에서 아카바 만에 이르는, 바위가 많은 산들이 뻗어 있었다. 아주 멀리로는 모세의 형 아론이 묻힌 곳으로 알려진 게벨 하룬 산이 희미하게 솟아 있었다. 그들이 그 산에 당도하기까지는 20분이 더 소요되었고, 거기가 여행의 목적지인 것이 분명했다.

「여기서부터는 걸을 겁니다, 호손 씨.」

두 명의 KDP 중 키가 큰 쪽이 말했다.

데커는 주변을 둘러보았지만, 사방이 깎아지른 벼랑들뿐이었다. 어디를 향해서 가겠다는 것인지 알 수 없었다. 그를 단지 죽이기 위해서라면 이런 바위산으로 데려올 이유가 없었다. 차를 끌고 온 KDP가 좌석을 앞으로 당겨서 데커가 지프에서 내릴 수 있도록 해주었다. 두 손과 두 발이 묶인 상태인지라 차에서 내리기도 쉬운 일이 아니었다.

「그거, 어디 있지?」

지프 뒤쪽에 있던 다른 KDP가 작은 쓰레기통을 뒤적거리면서 말했다.

「그 안에 있어. 잘 찾아봐…….」

다른 쪽이 대답했다.

「아, 여기 있네.」

첫번째 사람이 말했다. 지프를 돌아 나오면서, 데커는 그들이 찾는 것이 무엇인지를 볼 수 있었다. 그 KDP는 이제 데커 바로 앞에 서서 나이프를 드러내 보이며 그것을 자기 손에 꼭 움켜쥐었다. 겉모습은 전혀 무섭다는 느낌이 들지 않았지만, 그 정도의 일을 하기에는 충분해 보였다. 그 남자가 무릎을 꿇고 칼날을 밀쳐내며 발을 묶은 포승줄을 잘라내는 동안, 데커는 한껏 버티고 서 있었다.

「갑시다.」

데커의 팔을 잡아끌며 다른 KDP가 말했다. 하지만 어디로 간단 말인가? 왜 그들은 죽음의 냄새를 피우지 않는가? 그런 것에 대해서는 일언반구 아무런 설명이 없었다. 화가 치밀어 오른 데커는 주변을 둘러보며 탈출할 만한 경로를 찾아보았다. 시도를 하려고 들자면, 지금이 더할 나위 없는 적기일 수도 있을 것이다.

그들은 잠시 걸었고, 데커는 목소리들을 들을 수 있었다. 그들만이 아닌 다른 누군가가 있었던 것이다. 굽은 곳을 돌아서자 그들이 보였다. 스무 명 정도였고, 거의 모두가 KDP였다. 그들은 모두 산을 향해 걷고 있었다. 도망칠 기회는 없었다. 데커를 납치한 이들은 그의 곁을 떠나지 않았고, 그들 앞뒤의 길을 제외하면 경사진 바위산뿐, 어디로도 갈 수 있는 데가 없었다. 사람들 모두가 히브리어를 사용하고 있어서, 데커는 알아들을 수가 없었다. 이제 작은 개천을 따라 길이 나 있었다. 모세가 지팡이로 반석을 두 번 쳤더니 물이 솟아나서 사람들과 짐승들이 함께 마셨다는 일화로 유명한 〈모세의 강〉이었다. 길은 산 쪽으로 뻗어 있었다.

오른쪽으로 시선을 돌린 데커는 세 개의 거대한 돌기둥을 보고는 깜짝 놀랐다. 정방형의 한 면이 1미터가 넘었고, 높이가 7미터 정도였다. 그것들은 거기에 세워진 것이 아니라, 바위산을 깎아서 그런 모양으로 만든 것이었다. 자연의 작품이 아니라, 고대의 장인들이 깎고 다듬은 것이 분명했다.

한 번 더 굽이를 돌자, 돌기둥보다 더 예기치 못했던 광경이 펼쳐졌다. 하얀 돌산을 깎아 만든 두 개의 거대한 건물 모양의 전면이 나타난 것이다. 한 층 위에 다른 층이 케이크 모양으로 얹혀진 채, 수천 년 동안 비바람을 맞고 있었다. 상층부에는 네 개의 오벨리스크(고대이집트 왕조 때 태양 신앙의 상징으로 세워진 기념비. 하나의 거대한 석재로 만들며 단면은 사각형이고 위로 올라갈수록 가늘어져 끝은 피라미드꼴이다. – 역주)가 위압적으로 솟아 있었다. 오벨리스크 아래쪽은 그리스 로마 스타일로 장식되어 있었고, 전면 왼쪽 끄트머리는 직사각형의 창문 모양이 새겨져 있었다. 그 한가운데에는 문이 달려 있었다.

개울과 길은 막다른 곳에 이르렀다. 〈모세의 강〉은 오른쪽으로 급히 구부러져서 깎아지른 듯한 절벽 아래쪽을 따라 달렸다. 왼쪽으로는 바위벽의 갈라진 틈을 이용하여 축조된 댐이 있었다. 갑작스러운 홍수가 나서 그 산의 기저부에 있는 통로를 가로막지 않도록 하기 위한 것인 듯했다. 사람들이 행렬을 이루고 들어간 곳은 바로 이 균열된 틈을 통해서였다. 댐의 맞은편인 오른쪽으로는 바위에 새겨진 여러 개의 작은 오벨리스크들이 시선을 사로잡았다.

그들이 들어가고 있는 골짜기의 양쪽 바위벽은 대략 7미터 정도의 높이였다. 골짜기 왼쪽 벽의 발치에는 작은 실개울이 바위 위로 흐르고 있었다. 바위벽은 점점 더 높아지고, 길은 완만한 경사가 져서 아래로 향하고 있었다. 사람들의 물결은 앞서보다 더 작은, 바위가 갈라진 곳으로 들어갔다.

길은 계속 이어졌다. 아래로 길게 뻗어 있기도 하고, 아주 좁은 모퉁이를 돌아 구부러지기도 했다. 바위벽은 이제 높이가 1백30미터에 달했다. 돌탑과 암벽 조각, 장식을 위하여 바위벽을 오목하게 파놓은 벽감(壁龕)이 이따금씩 나타났다. 길에서 벗어나서 위쪽으로 올라가는 계단이 보이는 곳도 있었다. 골짜기에 들어서기 이전에는 누렇게 바랜 흰색이었던 바위벽이 이제는 진주빛에서 누런 황금빛으로, 붉은빛으로, 회색빛이 도는 핑크빛으로 계속 바뀌었다.

좁은 길은 시시때때로 덤불들과 몇 그루의 나무가 자랄 정도로 공간이 넓어졌지만, 매번 다시 좁아졌다. 몇 개인가의 쭉 뻗은 길에는 고대 문명의 잔재인 포장용 석재가 깔려 있었다.

데커는 피곤해지기 시작했다. 그들은 갈라진 틈을 통해서 1.5킬로미터 이상을 더 걸어갔다. 영원히 끝나지 않을 것처럼 길게 느껴졌다. 그때 한 굽이를 돌아들자, 갑자기 가장 좁고 가장 어두운 통로를 통하여 매우 흥미로운 광경이 시선을 사로잡았다. 산을 깎아 만든 그리스 사원 스타일의 바로크식 건물이 나타난 것이다. 갈라진 틈을 빠져나온 그들은 깊고 넓은 협곡으로 들어갔다. 데커를 납치한 남자들은 웅장한 유적을 감상할 수 있도록 짤막한 휴식을 허락했다. 바위산을 깎아 만든 기둥들과 조각된 장식 문자들, 박공이 저절로 감탄을 자아낼 정도로 아름다웠다. 바닥에서부터 뾰족탑까지는 40여 미터에 이르렀다. 바위산은 태양광선을 받아 장밋빛으로 붉게 물들어 있었다.

오른쪽으로 굽이를 돌아든 그들은 수많은 고대의 유적들 앞을 지나쳐갔다. 잘 꾸며진 그것들은 무덤들이었는데 원시적인 형태의 집처럼 되어 있었다. 그들은 로마 스타일의 원형 경기장 위를 지나갔다. 4,5천 명은 족히 앉을 만한 크기였다. 그것 역시 바위산을 깎아 만든 것이었다. 협곡은 점점 더 넓어지다가, 갑작스럽게 사방이 산으로 둘러싸인 드넓은 분지가 나타났다. 장엄한 암벽은 붉은색이 압도적이었지만, 검고 하얗고 노란 무늬가 군데군데 섞여 있었다. 경사면은 온통 장엄한 돌조각들이었다.

분지 위에는 수만, 아니 수십만 채는 될 듯싶은 천막이 이어지고 있었다. 웬만한 도시 하나가 들어선 것이다. 천막과 천막 사이에는 과일나무들과 채소밭도 보였다. 채소밭은 정성스레 가꾸어져서 잘 자란 채소들이 수확되기를 기다리고 있었다.

「페트라에 오신 것을 환영합니다, 호손 씨.」

데커가 넋을 놓고 바라보고 있는데, KDP 중 한 명이 말했다.

데커 앞에는 오두막이라고 불러야 적당할 목조 건물 한 채가 보였다. 눈에 보이는 것들 중에서는 유일하게 벽을 가진 구조물이어서, 데커는 그곳이 아마도 감금의 장소가 아닌가 싶었다. 건물 주위에 여섯 명의 덩치 큰 사내들이 서 있는 것을 보니 더욱더 그런 혐의가 짙어졌다. 그의 탈출을 막을 경비들임이 분명해 보였다. 두 KDP는 데커를 앞문 쪽으로 데려갔다.

오두막 안은 데커의 예상과는 완전히 달랐다. 감옥이라기보다는 휴가를 즐기기 위해 마련해놓은 시골집 같았다. 벽 어딘가에 낚싯대나 사슴뿔이 걸려 있을 것만 같아 두리번거렸을 정도였다. 첫번째 방은 그 건물의 폭을 다 차지하고 있는 부엌 겸 거실이었다. 거실에는 두 개의 낡은 의자와 커피 테이블과 침상이 놓여 있었다. 가구만으로 거실과 분리된 부엌에는 가스스토브와 작은 냉장고가 있었다.

데커는 무기가 될 만한 식칼이나 다른 도구를 찾아 두리번거렸지만, 주걱과 커다란 나무 스푼뿐, 위협이 될 만한 것은 눈에 띄지 않았다. 부엌 가운데에는 등받이가 없는 두 개의 목제 의자로 구획이 지어진 빈 공간이 있었다. 최근까지도 식탁으로 썼을 것 같은 탁자에는 빨강머리 남자가 발을 올려놓고 졸고 있었다. 그의 무릎에는 10여 년 전의 히브리어 잡지인 〈매드(Mad)〉가 놓여 있었고, 이마에는 KDP의 표식이 없었다.

「찰리, 일어나!」

KDP의 하나가 외쳤다.

「손님이 오셨어.」

그 남자는 의자에서 벌떡 일어났지만, 잠이 아직 덜 깬 것이 분명했다.

「그가 왔다는 것을, 알릴 만한 사람들에게는 다 알려야지.」

다른 KDP가 말했다. 그러고는 데커의 손의 결박을 끊어내며 덧붙였다.

「제 말을 믿으시지 않겠지만, 호손 씨, 이런 식으로 대접을 해드려서 죄송하게 생각합니다.」

데커가 노려보자, 두 KDP는 잠시 후 자리를 떴다.

「페트라에 오신 걸 환영합니다.」

빨강머리의 남자가 말했다. 진심이 담겨 있는 것도 같았다.

「그러니까, 당신이 나를 지키는 간수인가요?」

데커의 질문은 그 남자의 경계심을 누그러뜨리게 한 것 같았다.

「전 그러니까, 어, 그런 식의 표현을 좋아하진 않지만, 그렇게 생각하신다고 해서 당신을 탓할 순 없을 것 같군요.」

사내가 아무리 붙임성 있게 굴어도 데커의 분개심은 그리 쉽게 사그라질 성질의 것이 아니었다.

「어쨌든, 당신 방은 저기예요.」

간수가 두 사람 뒤쪽에 있는 문을 가리켜 보였다.

「다윗 호텔 같진 않을 테지만 페트라에서는 최상급입니다.」

다윗 호텔이란 예루살렘의 호텔을 지칭하는 말이었다. 간수는 문을 열더니 데커에게 따라오라는 몸짓을 했다. 여섯 명의 경비들이 바깥에 서 있고, 사방이 수백 킬로미터에 걸쳐 뻗어 있는 광야이니, 저항은 전혀 쓸모없는 일일 것이다. 게다가 겉보기엔 예전의 그 레바논의 감옥처럼 불편할 것 같진 않았다. 방 안에는 철제 침대와 부엌의 것과 똑같은 사이즈로 보이는 테이블, 부엌에 있는 것과 쌍을 이루는 두 개의 의자, 싱크대가 갖추어져 있었다. 방은 밝았고, 동쪽과 서쪽으로 창문이 나 있었다. 커튼은 의자 시트와 침대 커버와 같은 계열이었다. 방 뒤쪽에는 욕실이 있었고, 두 벌의 바지와 네다섯 벌의 셔츠가 걸려 있는 옷장이 있었다. 바지와 셔츠는 데커에게 맞는 사이즈로 보였다.

「당신이 묵게 될 곳이에요.」

간수가 다시 한 번 말했다. 그러고는 돌아서서 가려다가 멈추더니 덧붙였다.

「시장하실 거예요. 도착하실 때를 알았더라면 식사를 준비해놓았을 텐데. 먹을 것이 준비되는 대로 곧 돌아오지요.」

간수는 자신의 말대로 곧 다시 돌아왔다. 몇 조각의 구운 사과와 과즙 음료, 구운 콩이 담긴 쟁반을 들고 있었다. 메인 메뉴는 하얀 밀가루로 만든 한 사발의 죽이었다. UN에서 근무하는 동안 세계 각국의 음식을 거의 다 맛본 데커였지만, 이런 맛은 처음이었다.

식사를 마치고 침대에 앉아 있으려니, 걱정이 되는 상황임에도 졸음이 밀려왔다. 노크 소리가 나서 깨어보니 저녁 7시였다. 항거의 뜻으로 아무런 대꾸도 하지 않고 있었더니, 잠시 후 노크가 반복되었다. 그래도 대꾸를 하지 않자, 방문객이 불쑥 안으로 들어섰다.

「좋은 저녁입니다, 호손 씨.」

1백80센티미터 정도에 덩치가 좋은 60대 중반의 사내였다. 곱슬머리가 백발이 되어가고 있는 중이었다. 흘러내린 이마의 머릿결 아래로 핏빛의 KDP 표식이 내비쳤다.

「이렇게 기다리게 해서 죄송합니다.」

「나를 왜 이리로 데려온 거야?」

데커는 기선을 제압하기 위해 거칠게 나갔다.

「당신과 이야기를 하기 위해서일 뿐입니다.」

사내가 침착하게 대꾸했다.

「나를 세뇌시키겠다, 이거야? 탐 도나핀에게 당신들이 했던 방식으로 말이야!」

데커는 납치자의 반응을 살피면서 닥치는 대로 지껄여보았다.

「그래, 맞아! 난 당신들이 탐에게 무슨 짓을 했는지 다 알고 있어!」

탐 도나핀은 그에게 KDP와 함께 지냈다고 말했었다. 그러니 크리스토퍼를 암살하도록 사주한 것은 KDP일 것이다. 논리적으로는 그렇게밖에 생각할 수가 없다.

「이번에는 그렇게 안 될 거야. 이번만큼은 그렇게 안 될 거야!」

데커가 납치자의 얼굴을 빤히 쳐다보며 외쳤다.

「호손 씨, 장담하건대 탐을 세뇌시킨 사람은 아무도 없어요.」

탐과의 친밀성을 서슴없이 드러내는 사내의 태도가 조금은 놀라웠다.

「아, 그래?」

데커는 노골적인 적의를 감추려 하지 않았다. 그는 침을 튀기며 단호하게 덧붙였다.

「내가 당신들을 거짓말쟁이로 생각한다고 해도, 어쩔 도리가 없을 거야!」

「좋으실 대로 하세요. 거짓말쟁이든 아니든 당신을 이리로 오게 한 것은 내 뜻에 의해서였으니까요. 당신을 세뇌시키기 위해서가 아니라 당신과 이야기를 나누기 위해서였습니다. 단지 그것뿐이에요. 거짓말로 받아들이든 진실로 받아들이든 그건 당신에게 달렸어요.」

「그러니까 나를 납치하게 된 것이 나와 크리스토퍼 굿맨과의 관계 때문이 결코 아니라 이 말이야? 그걸 나더러 믿으라고? 당신의 떨거지들이 나를 이리로 데려온 것은, 그렇다면 페트라를 공짜로 여행시켜주기 위해서였단 말이야?」

「방법에 대해서는 사과드리겠습니다, 호손 씨. 하지만 당신을 이리로 오게 하기 위해서는 다른 방법이 없었어요.」

「나를 이용해서 크리스토퍼를 조종하려 한다면, 깨끗이 잊어먹는 것이 좋을 거야. 나를 붙들어둠으로써 크리스토퍼를 조종할 수 있다고 생각한다면 큰 오산일 뿐만 아니라 어리석기까지 한 행동이야. 그를 단지 약올리겠다는 것이라면 혹시 모르지. 그 점에서는 성공할지도.」

사내는 데커가 추측을 할 때마다 일일이 머리를 가로저었다.

「저는 단지 당신과 이야기를 하고 싶은 뿐입니다.」

그가 되풀이했다.

「당신들은 공무 중인 관리자를 납치한 거야. 당신은 UN군이 그런 사실을 간과하리라고 믿는 거야?」

「당신은 업무로 인해 자주 여행을 하지 않습니까, 호손 씨. 당신이 실종되었다는 것이 확인되려면 아마도 여러 날이 걸릴 텐데요.」

그가 옳을지도 몰랐지만, 데커에게는 그것을 생각할 여유가 없었다. 사내의 표정을 살펴보는데 왠지는 알 수 없지만 갑자기 익숙한 얼굴이라는 느낌이 들었다. 데커는 자신의 머리를 두드리면서, 사내를 더 가까이 들여다보며 기억을 더듬었다. 하지만 아무리 기억을 짜내려 해도 소용이 없었다.

「날 알아?」

마침내 그가 물었다. 그러고는 그에게 대답할 기회를 주지도 않고 외쳤다.

「아, 알았어. 난 당신을 알아!」

이 사내를 과연 만난 적이 있는지 확실치 않았지만, 데커는 일부러 그렇게 큰 소리를 쳐놓고 보았다. 이 사내의 무언가가 친밀하게 느껴진다는 것만큼은 부인할 수 없는 사실이었다.

「맞습니다, 호손 씨. 우리는 서로 아는 사이지요. 제 이름은 스콧 로젠입니다.」

사내의 대답에도 데커는 빤히 바라보기만 했다. 그 이름은 아무런 연결고리도 가져다주지 못했다. 그 이름을 들은 지 너무나 오랜 세월이 흐른 것이다.

「부모님은 조수아 로젠, 일라나 로젠입니다.」

조수아와 일라나라면 기억할 수 있었지만, 그들의 아들에 대해서는 특별한 기억이 없었다. 그럼에도 그가 조수아와 닮은꼴이라는 점은 너무도 분명했다. 사내의 얼굴을 들여다보고 있으려니, 바로 그점 때문에 왠지 친숙하다는 느낌이 들었다는 것을 알 수 있었다. 그때 기억이 돌아왔다.

「아, 맞아, 이제 알겠어. 당신의 부모님이 이스라엘 시민권을 얻으려고 하자 그러지 못하도록 압력을 행사했다던 아들이 바로 자네군 그래.」

상대가 조금 찔려 하는 것 같자, 데커는 그걸 이용할 수 있는 방법이 없겠는지를 궁리하다가 말했다.

「그러니까 내가 보기에, 자넨 아직도 철없는 망나니짓을 하고 있는 것 같군.」

그러면서 진절머리가 난다는 듯 머리를 흔들어댔다. 자신을 납치한 당사자를 깔아뭉개는 일이라면 무엇이든 사양하고 싶지 않았다. 그렇다고 해서 그것이 납치와 맞먹을 정도로 되받아치는 일이 될 수는 없을 테지만. 어쨌든 지금은 모든 계획의 시작 단계에 지나지 않을 것이다. 데커는 정보부의 문건과 뉴스 리포트를 통해서 알고 있었다. 근본주의자들은 인질들을 〈전향〉시키고자 시도하기 전에는 그들을 죽인 적이 없다는 사실을. 모르긴 해도 KDP도 아마 그럴 것이다. 그것은 꽤 시간이 걸리는 그물치기가 될 것이다. 그는 그것을 알고 있었다. 하지만 데커는 자신을 납치한 상대로 하여금 될 수 있는 한 빨리 포기하게 하고 싶었다. 그러면서도 살아서 이곳을 빠져나가고 싶었다. 그것은 그리 쉬운 일이 아닐 것이다.

「호손 씨, 전 제가 잘못을 저질렀다는 것을 깨닫게 되었어요. 부모님을 대하는 방식만 잘못되었던 것이 아니지요. 이젠 그분들이 옳았다는 것도 알게 되었어요. 예수아, 곧 예수는 메시아이십니다.」

스콧 르젠이 털어놓았다.

「그러니까 이런 일을 벌이는 것도, 부모님께 자네가 저지른 잘못을 벌충하기 위해서인 셈이군.」

데커는 역시나 빼딱하게 쏘아붙였다.

「부모님에 대한 존경심이 한 푼이라도 남아 있다면 날 즉각 풀어주게. 자네 친구들에게 말해서, 이스라엘에 있는 UN당국에 날 넘기라고 하게.」

「호손 씨, 제가 원하는 것은 당신과 이야기를 나누는 것뿐입니다. 그게 전부입니다.」

「난 자네와 이야기하길 원치 않네!」

스콧 로젠은 손가락을 수염 사이에 넣고 헤집었다.

「강요하진 않겠습니다, 호손 씨.」

자리에서 일어나면서 그가 말했다.

데커는 성취감을 만끽했다. 아직 붙잡힌 신세이긴 했지만, 그만하면 여지가 많은 셈이었다. 적어도 하고 싶은 말은 할 수 있는 것이다. 대화를 나누는 데 있어서 내용을 통제받는 것은 아니니까. 로젠에게 그의 행위의 부당함에 대해 역설하고 싶은 생각이 굴뚝 같았지만, 그는 아무 말도 하지 않기로 결심했다. 지금으로서는 잠자코 기다리면서 상황을 지켜보아야 할 것 같았다.

스콧 로젠은 문가까지 갔다가 돌아서서는, 이제야 생각났다는 듯이 한 가지 질문을 덧붙였다.

「호손 씨, 당신은 어째서 성찬을 받지 않으신 거죠? 그 표식은 왜 받지 않았어요?」

「자네가 보낸 똘마니들이 날 납치할 때, 성찬을 받으러 가는 길이었네.」

로젠이 의미 부여를 하려고 하는 것을 막을 수 있기를 바라면서, 데커가 재빨리 대꾸했다.

「당신을 데려온 친구들은 당신이 그 표식을 받았다면 이곳으로 데려오지 않았을 거예요. 그런 명령을 받았으니까요. 표식을 받았다면 이미 늦은 거니까요.」

데커는 자신을 감히 판단하려고 하는 납치자를 노려보았다.

「당신이 그 표식을 받지 않은 것은 우연한 일이 아니에요. 그건 하나님의 은혜예요.」

로젠의 말에 데커는 조롱하듯이 웃음을 터뜨렸다.

「자넨, 자기 입맛에 맞는 떡만 하나님이 보내신 표적이라고 우기고 있는 거야. 로젠, 자네가 틀렸어. 그 표식에 대한 아이디어는 모두 내가 낸 거니까. 표식을 받게 하자고 애초에 제안한 사람이 바로 나야. 자네의 똘마니들이 나를 덮치지 않았더라면 지금쯤은 벌써 성찬과 표식을 받았을 거야.」

「표식을 받겠다고 하는 것과 표식을 이미 갖고 있는 것은 같은 것이 아니에요, 호손 씨. 제가 배운 바로는, 하나님의 시간 속에는 너무 늦는 법도 없고, 너무 빠른 법도 없어요. 언제나 적당한 때가 있을 뿐이죠.」

*

　저녁식사는 양고기 몇 점이 포함된 것을 제외하면 점심 때와 똑같았다. 낮에 먹었던 죽은 올리브유를 사용하여 만든 팬케이크 같은 것으로 바뀌어 있었지만, 재료는 죽과 마찬가지였다. 식사가 끝나자 누워서 자려고 했지만, 겨우 9시 30분이었다. 쉽사리 잠이 오지 않았다. 로젠과 KDP가 무슨 짓을 하려고 하든, 살아남기 위해서는 쉴 수 있을 때 충분히 쉬어두어야 한다는 것을 그는 잘 알고 있었다. 페트라의 벽을 이루고 있는 산들이 일찌감치 태양광선을 차단하는 역할을 해서, 우묵한 곳에 숨어 있는 이 분지 도시는 유독 밤이 길었다. 잠을 자려고 갖은 애를 다 썼지만, 그럴수록 더욱더 잠이 오지 않았다. 숫자를 헤아리는 것도 아무 보탬이 되지 않았다. 마음속의 생각만 엉킨 실타래처럼 복잡할 뿐이었다. 이러다간 밤을 꼬박 새울 것 같았다. 하지만 생각을 하는 것도 지치기 마련인지 11시 30분쯤이 되자 그는 마침내 졸기 시작했다.

NA 4년(AD 2026년) 6월 4일　페트라

　일찌감치 잠에서 깨어난 데커는 창문 쪽으로 가만히 기어가서는 바깥을 내다보았다. 경비들이 자고 있기를 기대하면서 내다보았지만, 바깥의 광경이 너무도 놀라워서 그런 생각은 순식간에 사라져버렸다. 그는 고개를 연신 가로저으며 보고 또 보았다. 암만 해도 믿기지 않는 풍경이었다. 시야가 닿는 곳 끝까지 하얀 눈처럼 보이는 것이 마치 담요처럼 대지를 뒤덮고 있었다. 하지만 눈은 아니었다. 눈일 리가 없었다. 6월의 무더운 아침이었으니까. 아무리 생각해도 그것이 무엇인지 알 수가 없었다. 납득할 만한 설명을 찾을 길이 없었다. 1백여 미터 저 멀리에서 한 여인과 꼬마애가 점점이 박혀 있는 천막의 물결 속에서 나오더니, 하얀 그 물질을 퍼서 통 속에 담는 동작을 반복했다. 얼마 지나지 않아 여기저기에서 다른 사람들도 천막에서 나왔다. 저마다 팔 안에 단지나 냄비나 광주리 같은 것을 들고 나와, 눈처럼 생긴 물질을 주워 담기 시작하는 것이었다.

문이 열리는 소리가 나서 돌아보았더니 간수였다. 그는 간수가 아침식사를 가져온 것을 넘겨다보았다.

「뭐죠?」

창문 바깥을 가리키며 데커가 물었다.

「바로 그거예요.」

「아니, 저것 말이오. 저거 눈이오?」

간수가 잘못 알아들은 것 같아 데커가 다시 물었다.

「전혀요.」

간수가 웃음을 터뜨렸다.

「그럼, 뭐죠?」

「바로 그거라니까요.」

간수가 반복했다.

이러다간 몇 번이고 물어봐도 아무 쓸데가 없을 것 같아서 데커는 더 이상 묻지 않았다. 간수가 웃음을 머금고 있다가 더 이상 참을 수가 없다는 듯이 말했다.

「죄송해요. 누군가가 저에게 그걸 물어주기를 늘 바라고 있었지요.」

데커는 아무래도 영문을 알 수 없었다.

「저것이 바로 그거예요」

그것을 대답이라고 하는 것일까? 하지만 간수의 표정은 바로 그렇다고 말하고 있었다.

「바깥에 있는 하얀 것들은 히브리어로 〈만나〉라는 것이에요. 여길 보세요.」

그는 자신이 가지고 들어온 쟁반을 가리켜 보였다. 쟁반 위에는 하얀 그 물질로 만든 음식이 사발 안에 담겨 있었다.

「드셔보세요.」

데커는 사발에 든 것을 손가락으로 집어 들고 맛을 보았다. 바싹바싹하고 하얀 그것은 꿀을 섞어 튀긴 과자 맛이었다. 그러고 보니 어제 먹었던 죽이나 팬케이크도 모두 같은 재료로 만들어진 것임이 분명했다.

「우린 그걸로 여러 가지 것을 만들지요. 아마 요리법이 수천 가지는 될 거예요. 만나 빵, 만나 도넛, 만나 쿠키, 만나 파스타, 만나 스파게티, 만나 와플… 그뿐인가요? 튀긴 만나, 삶은 만나, 구운 만나, 살짝 구운 만나, 심지어는 생만나도 있는걸요. 우린 만나로 오만 가지 것을 다 만들어요. 오늘 아침에 가져온 것은 만나 머핀과 만나 시리얼이에요.」

간수가 자랑스레 말했다.

「하지만 그게 뭐죠?」

「〈바로 그거〉예요. 영어로 번역하면 〈바로 그거〉라고 옮길 수밖에 없어요.」

간수가 대답했다. 데커는 과연 그것이 무엇인지를 알 수 있을지 의아스러웠다.

「모세가 백성들을 이끌고 이집트를 탈출할 때, 하나님께서는 그들에게 먹을 것으로 〈만나〉를 제공하셨어요.[8] 하나님께서는 이곳 페트라에서도 똑같은 일을 하고 계시는 거죠. 안식일을 제외하고는, 날마다 이슬 같은 것이 내려서, 그걸 들어올리면 〈만나〉가 되는 겁니다. 시간이 지나서 태양이 뜨거워지면, 만나는 흔적도 없이 녹아 버립니다.」

간수가 설명했다.

터무니없는 이야기였지만, 거기 그것이 있는 것을 어쩌랴. 창 밖에도, 그가 받아놓고 있는 음식 사발 속에도.

*

아침식사가 끝나자 간수가 쟁반을 다시 가지러왔다. 간수는 찬 물이 가득 든 플라스틱 주전자와 두 개의 컵을 가지고 왔다. 잠시 후, 스콧 로젠이 들어왔다.

「언제 나를 풀어줄 거지?」

로젠이 걸어 들어오자마자 데커가 다그쳤다.

---

8) 출애굽기 16장.

「지난밤에 나눈 우리의 대화 내용에 대해서 기도했어요.」

데커의 질문을 못 들은 척 로젠이 말했다.

데커는 눈알을 굴리며, 도대체 무슨 뚱딴지 같은 수작이냐는 뜻을 나타냈다.

「그리고 전, 왜 당신을 이리로 데려왔느냐는 당신의 질문에 확실한 답변을 해드리지 않았다는 것을 알았어요. 당신은 내가 이런 일을 벌이는 것이, 부모님께 저지른 잘못을 벌충하기 위해서냐고 물으셨죠. 거기에 대해 대답을 하자면, 그건 아닙니다. 하지만 어떤 점에서는, 당신이 여기 오게 된 것이 저의 부모님과 상관이 있다고 할 수도 있습니다.」

「그랬거나 어쨌거난 난 아무 관심이 없네.」

데커가 말했지만 아무 효과가 없었다.

「그분들은 우리가 함께 얘기하기를 원하셨을 거라고 믿어요. 그 점은 당신도 인정하실 거예요.」

「그러니까 지금 자네는, 하나님의 뜻을 알고 있을 뿐만 아니라, 돌아가신 부모님의 뜻도 알아 모시고 있다, 이건가?」

「그분들이 살아 계셨다면, 그분들은 제가 당신께 말씀드리고 싶어하는 것을 말씀드리고 싶어하셨을 거예요. 거기에는 아무런 차이가 없어요.」

「그분들은 나에게 들으라고 강요하진 않았을 거네. 그리스도교에는 변종이 많아. 자네가 믿는 변종 그리스도교는 자네 부모님이 믿었던 그리스도교와는 너무 달라. 나는 그렇다고 확신하네.」

데커가 쏘아주었다.

「다른 것은 우리의 믿음이 아니라 우리의 시대와 상황이 다른 것뿐이에요.」

「자네들 스스로 상황을 만들고 있지 않는가!」

로젠은 잠자코 있었다. 데커가 말을 하도록 한참이나 기다리고 있다가 이윽고 입을 열었다.

「제 방법론에 대해서는 나중에 이야기할 기회가 있을 거예요. 하지만 지금은 제가 당신을 이리로 오시게 한 이유에 대해서 설명을 해드리고 싶어요.」

대화를 하면서도 데커는 매 순간 로젠을 어떻게 하면 화나게 할 수 있을지 그 방안을 찾기에 골몰했다. 그의 평정심을 무너뜨린다는 것은 곧 그가 의도했던 계획을 좌절시킨다는 의미이기도 했으니까. 그런 가운데 로젠이 어떤 정보를 듣길 원하는지 알아낼 수 있을지도 몰랐다. 데커는 로젠이 노리고 있는 것이 무엇이든 그걸 방해해야 한다고 생각했고, 대체로는 직관에 의해서 그 방법을 찾고 있었다. 데커는 잠시 동안은 듣기만 해야겠다고 결심했다.

「당신을 이리로 데려온 것은 저의 부모님이 원하셨을 일이기 때문이기도 하지만, 두 가지 이유가 더 있어요. 첫째는, 예수아를 따르기로 결심한 이후 오랫동안 당신과 이야기를 나누어야만 할 것 같은 느낌을 품어왔다는 점입니다. 이런 시도를 한 것이 이번이 처음은 아닙니다. 6년 전, 당신과 크리스토퍼가 이스라엘에 왔을 때도 그랬습니다. 인도, 파키스탄, 중국 사이에 전쟁이 벌어지기 전이었지요.」

데커는 그때의 일을 잘 기억하고 있었다. 크리스토퍼가 이스라엘의 광야로 들어가기 전이었다. 데커는 그 당시 KDP에 관해서 처음 들었다.

「자네를 만난 기억이 없는데?」

데커가 퉁명스럽게 대꾸했다.

「당신은 기억하지 못하실 거예요.」

로젠은 어깨를 으쓱해 보이며 말을 이었다.

「어쨌든 전 그만두기로 했어요.」

그 말에 데커는 신경을 곤두세웠다. 로젠이 그만두게 되었던 것은 뭔가 로젠 자신에게 약점이 있었기 때문이 아닐까. 뭔가 겁나는 것이 있어서 〈그만둔〉 것일 것이다.

「하나님께서 저에게 당신과 얘기를 해야 한다고 명하시는 것 같은 느낌을 받았지만, 당신은 크리스토퍼와 너무 가까웠고, 그래서 제 말을 들으려 하지 않을 것이 뻔했어요.」

스콧 르젠이 함부로 크리스토퍼의 이름을 부르는 것을 듣자 데커는 화가 났다. 대부분의 사람들은 크리스토퍼를 이름으로 부르는 경우가 거의 없었다.

「그러니까 네 말뜻은, 내가 그를 배반한다는 건 불가능할 것 같았다는 거구나.」

데커가 그런 반응을 보인 것은 한번 찔러보자는 것이었지만, 말을 내뱉고 보니 그들이 함께 〈이야기하는 것〉이 로젠에게 왜 그렇게도 중요한 사안이지 알 것 같았다. 부활 이후 이스라엘로 가는 비행기 안에서 크리스토퍼는 말했었다. 데커는 전생에 유다 이스가리옷이었다고. 예수를 배반한 것으로 역사에 기록된 바로 그 사도였다는 것이다. 크리스토퍼가 말한 바에 따르면, 2천여 년 전 유다에게 예수를 배반하도록 사주한 것은 사도 요한이었다. 그런데 이제는 스콧 로젠이 요한의 역할을 하려고 하고 있는 것이다. 야훼는 로젠에게 그에게 〈말하라〉고 시킨 것이다. 데커는 이제야 깨달았다. 크리스토퍼가 말한 것처럼, 야훼는 지구가 자기 손아귀에서 벗어나는 것을 보면서 점점 더 절망적이 되어가고 있는 것이다. 이것도 그런 절망의 한 표징임에 틀림없다. 데커는 스스로에게 다짐했다. 그래, 이번에는 결코 그런 일이 일어나도록 놔두지 않을 거야. 데커는 유다였던 자신의 전생을 전혀 기억할 수가 없었다. 그러니 지침으로 삼을 만한 과거 생의 뚜렷한 어떤 기억도 있을 리 없었다. 하지만 어찌 됐든 두 번 다시 같은 실수를 저질러서는 안 되었다. 크리스토퍼를 배반하느니 차라리 죽는 것이 나을 것이다.

「당신이 죽어야 할 이유는 전혀 없어요, 호손 씨.」

스콧 로젠이 불쑥 내뱉었다.

데커는 망치로 얻어맞은 것같이 멍해졌다. 로젠은 그의 생각을 읽고 있었던 것이다. 은근히 믿고 기대고 있던 것이 한순간에 허물어져버린 것 같았다. 데커는 정나미가 떨어져서 로젠을 노려보았다.

「우스꽝스러운 생각이라는 건 나도 안다만, 네가 아무리 납치범이라고 해도 최소한의 품위는 지켜줄 것이라고 믿었다. 인간으로서의 품위가 한치라도 남아 있다면 그래도 공정한 게임을 할 것이라고 생각했다. 이 가여운 위선자! 넌 독심술로 내 마음을 읽고 있었어!」

「전혀 그렇지 않아요, 호손 씨.」

데커의 험한 말씨가 아무렇지도 않은 듯 로젠이 천연덕스럽게 대꾸했다.

「전 단지 당신의 행동을 보고 감지했을 뿐이에요. 하나님께서 당신의 생각을 얼핏 알게 해주신 모양이죠 뭐.」

데커는 잠자코 노려보았다.

「이것도 믿지 않으실 게 뻔하지만, 크리스토퍼가 요한과 유다에 관해 당신한테 한 이야기도 모두 거짓이에요. 모두가 다.」

데커는 분노로 이를 악다물었다.

「어쨌든, 나중에 그 문제에 대해 이야기할 수 있을 거예요.」

데커의 반응에는 아랑곳하지 않고 로젠이 말을 이었다. 데커의 마음을 읽을 수 있는 능력이 갑자기 사라져버린 것일까. 더구나 그의 얼굴에 역력히 나타난 분노도 전혀 모르는 척했다. 로젠은 이제 데커가 무슨 말을 하든, 어떤 행동을 하든 철저히 무시하는 전법을 구사하기로 작심이라도 한 것 같았다.

「제가 왜 당신을 페트라로 오게 했는지 그 이유를 설명해드리겠어요.」

「이리로 그냥 온 게 아니잖아! 나는 납치당했어!! 그걸 인정할 수 있을 만큼도 정직하지 못해!」

「할 만큼 다 하고 나서도 여전히 지금처럼 믿으신다면, 제가 유괴죄를 저지른 게 틀림없어요. 하지만 KDP에 대해서나 크리스토퍼에 대해서 잘못 생각하고 계시다는 것을 제가 보여드릴 수 있다면, 그땐 제가 유괴를 저질렀다는 죄책감을 느끼지 않아도 되겠죠. 오히려 당신을 구해드린 셈이 될 테니까요.」

「허튼 소리 하지 마!」

데커가 혐오스럽다는 듯이 대꾸했다.

「제가 말씀드리려는 것은, 텔아비브에서 당신에게 이야기하려다 철회한 이후…….」

데커의 마음은 질주했다. 로젠은 또다시 〈철회한〉 사실을 인정한 것이다. 왜 자기 약점을 감추려고 하지 않는 것일까? 자신도 모르게 약점을 노출했다는 것을 알아차렸다면, 또다시 실수하는 일은 없어야 할 것이 아닌가? 이자는 미쳤을 뿐만 아니라 어리석기까지 하단 말인가? 그렇지 않다면, 로젠은 그것을 재론함으로써 자신이 그 어떤 것도 겁내지 않는다는 것을 과시하고 싶은 것인지도 모른다. … 그것도 아니라면, 데커의 마음을 읽은 것은 어쩌다 한 번 그렇게 된 것일 뿐인지도 모른다. 그래서 〈철회했다〉는 말을 해놓고도 그것의 중요성을 깨닫지 못하고 있는 것인지도 모른다.

데커는 그런 생각을 한번 시험해보기로 했다. 이 녀석에게 한번 강타를 먹이는 거야. 그래, 강타를 먹이는 거야. 그는 다시 한 번 마음속으로 그 생각을 되뇌었다. 자신을 납치한 그 작자를 향해 계속해서 생각의 파장을 쏘아 보냈다. 난 이 작자에게 한방 먹이는 거야… 바로 지금! 그러고는 작은 테이블 너머로 물 주전자를 엎지르는 것과 동시에 로젠의 왼쪽 면상을 향해 오른손 주먹을 내질렀다.

스콧 로젠은 데커의 펀치를 맞고는 빙글 돌더니 의자에서 굴러 떨어졌다.

거구의 사내가 마루 위에 뒹구는 것을 바라보고 있으려니 대단히 만족스러웠다. 로젠은 그렇다면 데커의 마음을 읽을 수가 없었단 말인가? 그렇지 않다면 데커가 그렇게 믿도록 한방 맞아준 것일 뿐일까? 데커는 로젠을 치면서 로젠의 눈에서 시선을 떼지 않았지만, 미리부터 움찔하는 기미는 전혀 없었다. 그렇다면 데커가 한방 날릴 것을 전혀 눈치 채지 못하고 있었단 말인가? 결국, 시험은 결정적인 결론으로 이어지지 못한 채 끝나고 말았다. 그렇거나 말거나, 그를 때리고 나니 기분이 한결 나아졌다.

로젠은 마루 위에 누운 채 고통스러워했다. 주전자에서 쏟아진 물 웅덩이 위로 넘어지는 바람에 옷이 다 젖어 있었다. 머릿속에서는 별이 번쩍였다. 데커를 노려보며 천천히 자리에서 일어난 그는 다시 자기 의자로 가서 앉았다.

「다른 쪽 뺨도 내놓을 줄로 아시나요?」

「자네가 원한다면 얼마든지.」

데커는 승리감에 도취되어 외쳤다. 하지만 사실 그는 가격할 때 그의 손에 전해졌던 얼얼한 고통을 내색하지 않으려고 애쓰고 있었다.

로젠은 연신 뺨을 문지르면서도 전혀 흐트러진 기색이 없었다. 아무 일도 없었던 듯이 다시 자기 이야기로 돌아가는 것이 놀라웠다. 그래도 완강한 태도는 다소 누그러진 느낌이었다.

「당신과 이야기를 해야 한다는 느낌은 거의 강박관념과도 같아서 괴로웠어요. 예루살렘에서 죽기 전날 밤, 사울 코헨이 저에게 와서 아무런 설명도 없이 말했어요. 때가 되면 알게 되겠지만, 하나님께서 저에게 말씀하시는 대로 따라야 할 것이라고요. 저는 즉각 당신에 관한 이야기라는 것을 알 수 있었어요.」

「자넨 나를 유괴한 것을 두고 하나님한테 책임이 있다는 식으로 뒤집어씌우지만, 자네 부모나 사울 코헨이 이 자리에 없으니, 그들에게는 변명할 기회도 없지 않나?」

하지만 로젠은 데커의 말을 무시하기로 한 듯 계속 말을 이었다.

「그러니까 당신을 이리로 오게 한 데에는 또 다른 이유가 있어요. 당신이 오래 전에 예수아를 구세주로 받아들이지 않은 것이 한편으로는 제 책임이기도 하다고 느꼈기 때문이에요.」

「오, 형제여.」

데커는 눈을 굴을 굴리며 한숨을 내쉬었다. 로젠은 데커가 방해할 틈을 주지 않으려고 얼른 얘기를 이었다.

「당신도 알다시피, 저는 언젠가 당신과 당신 아내 사이의 대화를 방해한 적이 있었죠. 내가 그때 방해하지 않았더라면, 당신의 인생이 극적으로 바뀌었을지도 모르는 일이었는데 말이죠.」

감추려고 애썼는데도, 데커의 눈에서는 불길이 일었다. 그는 외치고 싶었다.

〈내 아내는 이 일에 끌어들이지 말아줘!〉

하지만 그렇게 말한다면, 스콧 로젠은 자신이 급소를 가격했다는 것을 알아차리게 될 것이다. 로젠이 데커의 마음을 항상 읽을 수 있는 것은 아닌 한, 감정적인 반응은 자제하는 편이 나을 것이다.

「난 자네가 무슨 말을 하려는 건지 모르겠어.」

데커가 이를 악물며 투덜거렸다.

「텔아비브의 병원에 입원하셨을 때 같이에요. 당신과 탐 도나핀이 레바논에서 탈출한 후 이스라엘로 막 돌아온 뒤였어요. 저는 이스라엘 땅에서 당신이 유괴되었다는 소식을 듣고, 히즈발라(아야톨라 오마 오베지의 호전적인 추종자 그룹. – 역주)들이 감히 이스라엘 안에서 그런 인질 사건을 벌였다는 점에 격분했어요. 저는 당신과 탐이 정부 당국에 즉각 세부사항을 보고해야 한다고 주장했지만, 다른 사람들은 좀 기다리자고 했어요. 격분한 저는 뛰어나가서 직접 경찰에게 전화를 걸었지요. 경찰을 대동하고 제가 다시 왔을 때, 당신과 당신의 가족, 저의 부모님이 함께 이야기를 나누고 있었어요.」

로젠의 설명을 듣고 보니 데커는 어렴풋이 그 일이 생각났다.

「당신은 알고 계실 거예요. 당신이 인질로 붙잡혀 있는 동안, 당신 가족들은 저의 부모님과 오랜 시간을 함께 지냈어요.」

데커는 엘리자베스와 딸들이 재난 이전에 조수아와 일라나와 함께 많은 이야기를 나눴다고 했던 것을 기억해냈다. 그들은 분명 매우 친한 것 같았었다.

「어쨌든 경찰을 불렀던 그날 밤, 저는 병원 로비에서 부모들이 이야기하시는 것을 엿들었어요. 저는 안으로 들어가서, 당신의 아내가 당신에게 말하려고 하는 것을 방해했지요. …당신의 아내와 딸들은 당신이 레바논에 있는 동안 예수아를 구세주로 받아들이고 크리스천이 되었던 거예요. 제가 방해하지 않았더라면, 그들은 당신에게 복음에 관한 것을 설명할 참이었어요.」

「자넨 그렇게 괴로워할 필요가 없어, 로젠.」

데커가 조롱조로 말했다.

「내 아내가 만약, 나에게 〈복음에 관한 것〉을 설명하고 싶어했다면, 그녀에게는 그날 밤 이후로도 얼마든지 기회가 있었어.」

데커는 엘리자베스의 이름을 직접 말하는 것을 피했다. 스콧 로젠의 면전에서 아내의 이름을 모욕하고 싶지가 않아서였다.

「그건 그래요. 그걸 의심할 필요는 없겠죠. 그것 때문에 제가 책임감을 느끼는 것은 아니에요. 하지만 사랑하는 사람에게 신앙을 전파할 시간은 많다고 생각하면서 차일피일 미루기만 하는 크리스천이 어디 한두 명인가요. 그 후 〈휴거〉가 왔고, 그러니 더 이상 시간이 없었던 거죠.」

데커는 로젠을 망연히 바라보고 있었다. 자넨, 도대체 무슨 이야길 하고 있는 거지? 하는 표정을 무심코 드러내고 있었다. 로젠이 대답을 제공했다.

「당신 아내와 아이들은 죽지 않았어요. 제 부모님도 죽지 않았구요. 소위 〈대재난〉 때에 죽었다고 믿어지는 수백만의 사람들도 죽지 않았어요.」

그 말을 듣는 데커의 표정은 분명히 선언하고 있었다. 그런 터무니없는 주장을 어떻게 믿을 수 있단 말인가? 로젠은 정신이 돈 것이 아닐까?

「〈대재난〉 같은 것은 없었어요.」

로젠이 조금도 어조를 누그러뜨리지 않고 계속했다.

「당신 가족, 저의 부모님, 그리고 수많은 다른 사람들, 물론 사고로 죽은 몇몇 사람들은 예외지만, 그들은 죽지 않았어요. 그들은 〈휴거〉된 거예요. 예수아에 의해 우리가 지금 살고 있는 시간대의 공포를 경험하지 않도록 세상의 영향에서 벗어나게 된 거예요. 세상이 재난으로 알고 있는 것은, 호손 씨, 실제로는 〈휴거〉입니다. 사도 바울은 이를 예언적으로 묘사해놓았지요.」

> 그리스도 안에서 죽은 사람들이 먼저 일어나고, 그 후에 우리 살아남은 자도 그들과 함께 구름 속으로 이끌려 올라가서, 공중에서 주님을 영접하게 할 것이니라. 그리하여 우리가 항상 주님과 함께 있으리라.[9]

데커는 도저히 믿지 못하겠다는 듯 여러 차례 머리를 흔들었다.

「자네 같은 광신자들은 너무나 명명백백한 신학상의 결함들을 깔아뭉개는 능력이 탁월해. 그러면 시체는 어떻게 되는 거지? 내 아내와 아이들은 〈예수와 함께 살려고 구름 속으로 올라간〉 것이 아냐.

---

9) 데살로니가전서 4:16~17.

그들은 죽었어! 자네 부모들이 죽은 것과 마찬가지로! 그들의 시체가 그 증거야!」

「휴거된 사람들의 육신은 물론 부패하겠지요. 타락한 조상 아담의 후손들은 다 마찬가지입니다. 그 육신은 하늘나라에 받아들여지지 않을 것입니다. 단지 낡은 옷처럼 벗어버리게 됩니다. 휴거가 되면, 새로운 옷으로 갈아입습니다. 완전하고, 부패하지 않고, 아무런 결함도 없는 새 옷으로 말입니다. 사도 바울은 또 이렇게 말했습니다.」

> 살과 피는 하나님 나라를 유산으로 받을 수 없고, 썩을 것은 썩지 않을 것을 유산으로 받지 못하느니라. 보라, 내가 너희에게 비밀을 하나 말하노니, 우리가 다 잠드는 것이 아니라, 마지막 나팔이 울릴 때에 홀연히 다 변화되리라. 나팔소리가 나면, 죽은 자들이 썩어 없어지지 않을 몸으로 다시 살고, 우리도 변화되리라. 썩을 몸이 썩지 않을 것을 입을 것이고, 죽을 몸이 죽지 않을 것을 입으리로다.[10]

「여기에서 〈변화되다(changed)〉로 번역된 원래의 희랍어 〈알라쏘〉는 다른 곳에서는[11] 〈바꾸어지다(exchanged)〉로 옮겨졌습니다. 사실은 〈바꾸어지다〉로 번역하는 것이 더 정확한 번역일 것입니다. 왜냐하면 그것은 〈바꾸어지는 옷〉[12]에 대해서 이야기할 때에도 쓰였던 말이기 때문입니다. 물론 〈바꾸어지는 옷〉이란 말은 입고 있는 옷을 다른 옷으로 갈아입는 것을 뜻합니다. 성서의 다른 곳에서는, 휴거

---

10) 고린도전서 15:50~53.
11) 로마서 1:23.
12) 히브리서 1:12.

때에 일어났던 변화를, 집을 이루던 천막이 〈바꾸어지는〉 것으로 묘사합니다.[13] 천막은 집이 되지 않습니다. 천막이라는 재료는 집을 짓는 데에 쓰이는 것이 아닙니다. 진짜 집이 주어지면, 천막은 버려집니다. 휴거되기 이전에 죽은 크리스천에 대해서 바울은 말했습니다. 부활한 몸은 장사 지내어 묻힌 육신과는 같지 않을 거라고 말입니다.[14] 따라서 제가 말씀드렸다시피, 〈재난〉 때에 죽은 것으로 보였던 사람들의 옛 육신은 새로운 것으로 바꾸어졌습니다. 옛것들은 여전히 뒤에 남아 있는 채로 말입니다.」

데커는 다시 고개를 가로저었다. 그런 것을 믿는 사람이 있다니 아무래도 납득이 가지 않았다.

「그렇다면 〈휴거되지 않은〉 크리스천들에 대해서는 어떻게 설명할 거지? 재난으로 인해 교회가 텅텅 비게 되었다는 말은 못 들은 것 같은데? 그리고 또, 오늘날 엄연히 존재하고 있는 교회들은 또 뭐야? 근본주의자들은 또 어떻게 되는 거고?」

데커가 비꼬았다.

「자신이 크리스천이라고 주장한다고 해서 모두 다 같은 것은 아니에요, 호손 씨. 교회에 다닌다고 해서 다 크리스천인 것은 아닙니다. 축구 경기장에 간다고 해서 선수가 되는 것은 아니듯이 말입니다. 당신이 근본주의자라고 부르는 사람들에 대해 말씀드리자면, 그들은 휴거 이후에 예수를 영접한 비유대교인들이라 할 수 있습니다.」

「그렇다면 자넨, 자네를 비롯한 근본주의자들만이 진정한 크리스천이라고 말하고 있는 건가?」

---

13) 고린도후서 5:1~4.
14) 고린도전서 15:35~44.

「많은 부분, 그렇다고 할 수 있습니다. 그것이 진실입니다.」

데커의 물음에 로젠은 대뜸 그렇게 답했다.

「자네들은 그러니까 빈둥빈둥 앉아서 이런 일이나 꾸며내고 있는 거군, 안 그래?」

로젠은 대답하지 않았지만, 데커는 그가 말하길 기다리지 않았다.

「나에게 그걸 설명해보게. 만약 하나님이 사람들로 하여금 예수를 〈구세주〉로 받아들이길 원하셨다면, 하나님께서는 왜 세상에서 모든 크리스천들을 싹쓸이해버리시고, 미친 광신자들만을 남겨놓으신 거지? 동료 미치광이들을 제외한 모든 사람들을 세상에서 몰아내려고 획책하는 미치광이들, 그들만을 세상에 남겨놓은 채 말이야.」

데커가 다그쳤다.

「이미 말씀드렸다시피, 〈휴거〉는 이미 크리스천이 된 사람들이 고통을 당하지 않도록 하기 위해서였습니다. 부분적으로는 그것이 이유입니다. 하나님께서 홍수 이전에 노아와 그의 가족들을 대피시키셨듯이 말입니다.[15] 또, 소돔과 고모라의 멸망 이전에 롯과 그의 가족을 대피시키셨듯이 말입니다.[16] 하지만 휴거가 일어났던 가장 큰 이유는, 세상에서 좋은 것들을 제거함으로써 세상이 가장 낮은 수준으로까지 타락하도록 하기 위함이었습니다. 하나님께서는 자신을 섬기는 사람들이 아무런 영향을 행사하지 않는다면 세상이 얼마나 부패하고 타락하는가를 보여주고 싶었을 뿐입니다.

크리스토퍼와 뉴에이지는 〈인류〉가 위대한 진화의 시점에 당도했다고 가르칩니다. 하지만 그 증거가 어디에 있습니까? 사람들의 증

---

15) 창세기 6:8~7:7.
16) 창세기 19:15~25.

오심이 사라졌나요? 질투와 시기심이 지상에서 사라졌나요? 범죄에 대해서는 묻고 싶지도 않습니다. 범죄가 줄어들었다면, 예전에는 범죄였던 것들을 이젠 더 이상 범죄로 취급하지 않게 되었기 때문일 것입니다. 최악의 범죄 이외에는 모든 것이 법적으로 허용되거나 〈개인의 선택〉의 문제로서 여겨지고 있을 뿐입니다. 당신들의 도성인 바빌론은 상대의 얼굴도, 이름도 모르는 채 벌이는 섹스 파티가 일상화되어 있습니다. 나체주의자들은 또 얼마나 많습니까. 그런 것들을 늘어놓자면 끝도 없을 것입니다. 야수 같은 면모가 정상으로 간주되고 있다고 할 정도입니다.

거기에 참여하지 않으려면 눈 뜬 장님이 되어 주변의 모든 것을 보고도 모르는 척해야 합니다. 부패와 악행에 너무 물린 나머지 무감각할 정도가 되어야 합니다. X등급으로 제한되곤 했던 영화가 이제는 대낮의 텔레비전을 통해서 상영될 정도로 표준이 되다시피 했습니다. 낙태는 산아제한의 다른 이름이 되어버렸습니다. 마약은 법적으로 금지되어 있지도 않아서, 인구의 30퍼센트 이상이 상용할 정도로 누구나 쉽게 구할 수 있습니다. 사람들은 먹고 마시는 것에 탐닉하는 대식가이자 폭식가들이 되어가고 있습니다.

말해보세요, 호손 씨. 뉴에이지의 문턱에 들어선 인류는 지금 자만심과 탐욕과 이기심을 다 제거했나요? 살인과 폭력은 줄어들었나요? 그런 소식은 왜 들을 수가 없는 거죠? 매스컴이 관심을 갖지 않아서인가요? 그런 일들이 너무나 흔해빠져서 뉴스로서의 가치도 없어진 건 아닌가요? 크리스토퍼가 우리에게 뉴에이지의 징조라고 말했던 영 능력은 과연 다른 사람들을 위해서 쓰여 왔나요? 그런 힘을 소유한 개인의 이익을 위해서 배타적으로 쓰여 온 건 아닌가요?」

로젠은 머리를 가로젓고는 얘기를 계속했다.

「하나님의 영향력이 없이 제멋대로 내버려두자 세상이 어떻게 되었는지 좀 보세요. 세상은 얼마나 부패하고 타락했는지조차 자각하려고 하지 않아요. 완전히 마춰되어버렸어요. 세상이 이런데도 인류가 장차 신이 될 것이라고 말할 수가 있나요? 지금의 세상은 용서의 하나님, 사랑의 하나님이 없이는, 우리 모두가 아무런 희망도 없이 길을 잃고 만다는 것을 너무도 역력히 보여주고 있지 않나요?」

로젠은 대답을 기다리지 않았다.

「하나님께서는 알고 계셨습니다. 세상이 나빠질 대로 나빠져서 최악이 돼야만, 그나마 몇몇 사람들이 하나님의 존재를 깨닫고 하나님께로 돌아올 것임을. 당신이 근본주의자라고 부르는 이들이 바로 그런 사람들입니다」

데커는 로젠이 뻔한 소리를 지껄이도록 내버려두었다.

「하지만 〈휴거〉에는 다른 한 가지 이유도 있었을 거라고 생각합니다. 휴거되기 이전의 크리스천들을 많이 알고 있진 못하지만, 그들 사이에 존재했던 파당과 분열로 미루어보건대, 하나님께서 그들을 계속해서 남겨두셨더라면, 많은 이들이 교회법이라는 사소한 교리를 놓고 다투느라 세계의 복음화에는 신경을 쓰지도 못했을 것 같아요.

우리들의 작전에 관해서 말씀드리자면, 당신은 그것 때문에 우리를 〈정신 나간 광신자〉라고 믿고 계시지만, 사람들로 하여금 삶 속에서 죄를 직면하게 하고 회개하도록 하는 것이에요. 그것은 우물가에서 만난 사마리아 여인에게 예수께서 하신 방법과 조금도 다르지 않다고 믿어요.[17]」

「이거 정말 재미있군, 로젠. 하지만 난 내 가족을 알아. 자네의 종교적 몽상과는 아무 상관이 없어.」

데커가 쓴웃음을 지으며 말했다. 그러고는 시간 낭비일 뿐일 거라는 걸 알면서도 로젠에게 충고했다.

「자넨 자네가 한 짓을 모르나? 자넨 부모님께 죄책감을 느끼고 있어. 그래서 자네 부모님이 진짜로는 죽은 게 아니라는 것을 스스로에게 확신시키기 위해 말도 안 되는 이야기를 꾸민 거야. 어떻게든 죄책감을 덜어보려고 말이야.」

하지만 스콧 로젠은 조금도 설득당한 것 같지 않았다.

「다음에 다시 이야기하죠.」

그는 그렇게 말하고는, 아무런 설명도 하지 않은 채 떠나려고 자리에서 일어났다.

「자넨 정신병자야, 로젠.」

문을 닫고 나가는 로젠의 등뒤에 대그 데커가 소리쳤다.

---

17) 요한복음 4:16~18. 사마리아 여인의 과거를 알아맞힘으로써, 그녀 스스로 얼마나 죄 많은 여인인지를 직면하게 했음.

7

사실과 믿음의 문제

NA 4년(AD 2026년) 6월 4일   요르단 남부의 페트라

로젠이 떠난 후, 간수가 자루걸레를 가지고 들어왔다. 엎질러진 물을 본 그가 고개를 저었다.

「스콧을 때리고 싶으면 때리기만 할 일이지, 물은 왜 사방에 엎질러놓은 거죠?」

「미안해요.」

데커가 사과했다. 조금 미안한 마음이 든 건 사실이었다. 로젠을 때리고 나서 후련하다는 느낌의 여파 때문인지, 간수의 반듯한 태도와 유머감각 때문인지는 알 수 없었지만, 간수가 좋아지기 시작한 것 또한 사실이었다. 데커는 만나에 관한 아침의 대화 내용을 떠올리고는 미소를 지었다.

「만나 요리?」

데커의 얼굴에 자기도 모르게 미소가 번졌다. 그를 본 간수가 걸레질을 멈추었다.

「그러니까 만나 요리가 좋아졌군요?」

데커는 미소를 지으며 고개를 끄덕였다.

「당신이 진짜 요리를 해요?」

간수는 고개를 저었다. 그러고는 자루걸레에 기대어 잠시 생각하는 척하더니 덧붙였다.

「제가 만나 요리사가 되지 말란 법은 없지요. 안 그래요? 사실, 당신이 점심을 먹고 난 후엔 한번 해보려고 생각중이었어요. 당신에게 저녁식사로 대접할 수도 있을 것 같아요.」

간수는 그렇게 말해놓고는 스스로 흐뭇한 모양이었다.

「아마, 전대미문의 기막힌 맛이 나올 거예요. 빅히트를 하지 싶네요.」

*

점심을 마친 데커는 의자를 창가로 갖다놓고는 오두막 주변을 오가는 사람들을 지켜보았다. 그밖에는 할 일이 없었다. 간수를 불러서 얘기를 걸 수도 있었지만, 누군가와 너무 친해져서는 안 될 것 같아서 그만두었다. 도망칠 기회가 와서 결행을 하게 될 때, 다치게 할지도 모르는 사람을 굳이 알 필요는 없는 것이다.

그는 도망칠 방법이 없을까 골똘히 생각해보았다. 로젠이 주장하는 것처럼, 그가 단지 〈이야기하기〉만을 바라는 거라면, 단지 두 가지 가능성만이 있을 뿐이었다. 로젠은 그를 〈전향〉시키기를 희망하거나—그의 마음을 바꿀 수 없다는 것을 알고 난 후엔 살해하겠지만—어떻게든 크리스토퍼의 계획을 방해하는 데에 그를 이용하려들 것이다. 사실, 데커는 진퇴양난에 빠진 셈이었다. 로젠이 말한 것들을 믿는 것처럼 행동함으로써 회심(回心)을 가장하여 바깥으로 나갈 티켓을 받아낼 것인가, 아니면 죽음의 선고를 받을 것인가? 아무것도 분명해진 것이 없었다.

데커는 창가에서 지켜보고 있다가 문득 한 가지 것을 알아차렸다. 전날보다 KDP 숫자가 훨씬 많아진 것 같다는 점이었다. 물론 확신하기는 불가능했다. 눈으로 확인할 수 있는 지역이 너무 한정되어 있었기 때문이었다. 단순히 캠프의 이쪽 지역으로 KDP들이 더 많이 몰려왔기 때문일 수도 있었다. 그렇지 않다면, 뭔가 다른 의미가 있을 것이다.

*

2시 30분이 되자 로젠이 다시 왔다. 로젠의 눈가가 시퍼렇게 멍이 들고 뺨에 상처가 난 것을 보고는 데커는 슬며시 미소가 나왔다. 작은 가죽가방을 어깨에 들쳐 메고 들어온 그는 그것을 문가에 내려놓았다.

「호손 씨, 비교종교학에 관한 강의를 들으신 적이 있나요?」

데커는 대꾸하지 않았지만, 로젠도 대답을 원했던 것은 아니었다.

「만약 들은 적이 있으시다면, 각 종교의 전통과 의식, 가르침에 관한 기본 지식을 터득하셨을 겁니다. 각 종교를 잉태하게 된 문화에 대해서도 꽤 많은 것들을 알게 되지요. 하지만 그 종교가 가리켜 보이는 길이 옳은지 그른지에 대해서는 알 길이 없습니다. 사실, 당신의 경우에는 어떠한 종교도 완전하지 않다는 것을 이미 알고 계시고, 종교란 그것을 믿는 사람들에게 위안과 도덕적인 지침을 준다는 점에서만 가치가 있다는 깨달음을 이디 터득하신 분이시기에, 그런 수업을 듣진 않으셨을 것 같군요. 종교에 집착하여 신봉하는 자들이 당신에게 자신들의 믿음 체계를 강요하지 않는 한, 무엇이든 다 괜찮다는 태도이실 것입니다.

또한 한 종교가 다른 종교보다 옳은지의 여부에 대해 판단하려고 하셨다면, 당신의 유일한 기준은 특정 종교의 가르침이 당신의 삶에 적절한 것 같으냐, 그렇지 않느냐에 달려 있었을 것입니다.」

「그밖에 뭘 기대할 수 있는 거지?」

데커가 냉소하며 물었다.

「그밖에 뭘 기대하느냐고요? 당신은 종교들 중의 하나가 진정한 것이고 나머지는 가짜라는 증거를 찾을 수 있다고는 전혀 생각지 않으시지요.

하지만 비교종교학은 대체로 종교끼리의 공통점만을 바라보려 할 뿐, 무엇이 진정으로 다른가에 대해서는 무시하기 일쑤입니다. 자전거, 자동차, 트럭, 기차, 비행기를 비교하는 것과 비슷합니다. 바퀴 수가 다르고, 운항하는 기술이 다르고, 추진력의 수단이 다르고, 실어 나를 수 있는 승객들의 수가 다르고, 최고 속력 등등이 다릅니다. 사실, 유사성에만 관심을 갖는다면, 하나의 교통수단에는 다른 것들과 완전하게 차별되는 점이 있다는 것을 간과하고 말 것입니다. 비행기가 날아간다는 점은 비행기만이 갖고 있는 특징이지요.」

데커는 무관심하다는 것을 보여주려고 일부러 하품을 했지만, 로젠은 아랑곳하지 않았다.

「종교를 비교할 때에도 같은 일이 발생합니다. 우리는 그것들을 두루 비교하면서도, 그중 어떤 것이 진정한 것으로 입증될 수도 있다는 점에 대해서는 간과하고 맙니다. 저는 제가 믿고 있는 것이 진리라는 것을 입증할 수가 있습니다!」

「자네도 알다시피, 그건 전적으로 자네의 문제일 뿐이야, 로젠. 자네는 자네만이 옳고 다른 모두는 그르다는 쇼비니즘적인 생각을 갖고 있어. 자네는 다른 사람들이 진리의 몇 조각이나마 갖고 있을 가능성조차 인정하질 않아. 자네만이 모든 것을 다 쥐고 있다고 생각해. 자네에게 동의하지 않는 사람들은 모두 지옥에나 가라는 식이지.」

「좋아요.」

로젠의 어조가 갑자기 수그러들었다. 전법을 바꾸기로 마음먹은 것 같았다.

「제 믿음에 대해서는 이야기하지 말기로 하죠. 이슬람에 대해서 이야기하죠.」

로젠이 갑자기 화제를 바꾸자 데커는 아무 대꾸도 하지 않았다.

「아마 듣거나 읽은 적이 있으실 거예요. 가브리엘 천사가 자신에게 진리를 계시했다고 주장했던 모하메드는, 믿음의 힘으로 산을 움직임으로써 자신이 하나님의 사자임을 증명해 보이기로 결심했어요. 설화에 따르면, 사흘 동안 시도했지만 성공을 거두지 못하자 모하메드는 포기하며 이렇게 말했다고 해요. 〈산아, 네가 나에게로 오지 않는다면, 이 모하메드가 네게로 가마〉 모하메드가 만약 산을 움직였더라면, 그래서 오늘날의 지질학자들이 산이 있었던 자리나 움직인 자리를 확인해줄 수 있다면, 우리는 하나님의 예언자라는 모하메드의 주장에 대한 명백한 증거를 가진 셈이 될 거예요. 그것을 근거로 그가 가르친 내용을 진지하게 고려해봐야 할 것입니다.

　모르몬교의 창시자인 조지프 스미스를 볼까요? 1827년, 스미스는 모로나이라는 천사가 자신에게 금판을 주었는데, 거기에는 미국의 원주민들에 관한 역사가 정교한 글씨체로 새겨져 있었다고 했습니다. 스미스는 주장하기를, 이 역사 속에는 예수의 완전하고도 참된 복음서가 포함되어 있다고 합니다. 또 스미스는 죽은 지 사흘 만에 부활한 예수가 그 후 미국으로 건너갔다고 말했습니다. 우리가 증거를 조사한 바에 따르면, 미국의 역사에 관한 스미스의 언급을 뒷받침할 만한 고고학상의 어떤 증거도 없습니다. 모르몬교도가 아닌 고고학자나 학자들 중에는 그들의 주장을 조금이라도 지지하는 사람이 전혀 없습니다. 금판에 대해서 말씀드리자면, 스미스는 번역이 끝나자 천사가 하늘나라로 도로 가져갔다고 합니다. 그래서 금판에 관한 어떤 물리적인 증거도 남아 있지 않다는 것입니다. 스미스가 자신들에게 금판을 보여주었다고 말하는 11명의 사람들이 있었지만, 모두가 스미스의 가족이거나 가까운 친구들이었습니다. 목격자들이 하는 이야기도 중요한 대목이 서로 일치하지 않습니다.

　그 금판만이 조지프 스미스가 번역했다고 주장하는 유일한 기록물이 아니라는 것은 오히려 다행스런 일이었습니다. 그 종교가 시작된 이후인 1835년, 스미스는 고대 이집트의 파피루스를 입수했는데, 그는 그것이 아브라함과 요셉이 쓴 책들이라고 했습니다. 당시에는 이집트 상형문자를 해독할 수 있는 사람이 극소수였고, 따라서 그는 그 점을 이용하여 하나님께서 그 금판들을 번역하라고 자신에게 주었다고 다시 한 번 주장할 수가 있었습니다. 스미스는 파피루스에서 수많은 흥미로운 것들을 발견했는데, 흑인은 백인과 아시아인의 하인이나 노예가 되기로 운명지어져 있다고 말하기도 했습니다.

하지만 금판들과는 달리, 이집트 파피루스는 천사가 하늘나라로 도로 가져간 것이 아니라, 박물관에 안치되었습니다. 로제타 스톤의 발견으로 인해,[18] 이집트학 학자들은 훗날 스미스의 파피루스를 번역할 수 있게 되었고, 그것이 아브라함과 요셉의 책들이 아니라,《이집트 사자의 서》이며, 다른 한 권은《호루스의 호흡 비결》이라는 걸 밝혀냈습니다.[19] 그래서 산을 옮기겠다는 장담만큼이나 선풍적이지는 못했지만, 스미스 또한 모하메드의 경우와 마찬가지로 자신의 권위를 보여주는 데에 실패했습니다.

물론, 대부분의 종교 지도자들은 어지간해서는 자신이나 자신의 가르침을 정당화하려고 극단으로 몰고 가는 일이 거의 없습니다. 진정성에 대한 그들의 주장은 대개는 그 종교의 창시자의 비전이나 체험에 근거합니다. 불교의 창시자인 고타마 싯다르타는 자신이 경험한 열반의 체험을 권위의 근거로 삼았습니다. 시키교의 창시자인 나낙은 하늘나라에 가서 사트남이라 불리는 신과 대화를 나누는 신비 체험을 했다고 말했습니다. 도교의 아버지인 노자와 유교의 아버지인 공자는 자신들이 터득한 지혜를 기반으로 진리를 주장했습니다. 오늘날 수천에 달하는 뉴에이지 그룹들은 천사들, 외계 우주인들,

---

18) 1799년 부사르가 발견한 것을 장 프랑수아 샹폴리옹이 1821년부터 해독하기 시작했다. 로제타 스톤은 상형문자, 민용문자, 희랍어로 새겨져 있다.
19) 이집트 학자들인 시카고 대학 동방 연구소의 존 S. 윌슨과 클라우스 바우어, 브라운 대학의 리처드 A. 파커에 의해 번역됨. 폰 M. 브로디의《아무도 나의 역사를 모른다, 조지프 스미스의 삶(Nc Man Knows My History, The Life of Joseph Smith)》, 개정증보 제2판, 뉴욕, Alfred A. Knopf, 1977, pp. 168~175, 421~423.

내면의 존재들, 상승한 마스터들, 심지어는 3만5천 살 된 아틀란티스의 전사[20]가 진리를 계시해주었다고 주장합니다. 힌두교와 신도(神道)의 창시자는 알려져 있지 않지만, 역시 자신들만의 독특한 장점이 있는 가르침을 확립해놓았습니다. 따라서 우리는 각 종교의 창시자가 말한 내용과 그 가르침이 우리의 삶 속에서 제대로 작용하는지의 여부를 제외하고는, 이들 종교의 진실성 여부를 결정지을 수 있는 기반을 전혀 갖고 있지 못합니다. 우리가 한 종교를 거부하고 다른 종교를 받아들이는 것은, 순전히 맹목적인 믿음의 문제일 뿐입니다.」

「이제 자네는 나에게 자네의 종교는 다르다고 말할 셈이군 그래. 안 그래?」

여전히 비꼬는 투로 데커가 말했다. 하지만 로젠은 꿈쩍도 하지 않았다.

「전 맹목적인 믿음에 대해서는 관심이 없습니다, 호손 씨. 다만 저 자신이 완전히 믿기 이전에 과연 믿을 만한 가치가 있는지를 입증할 수 있기를 바랄 뿐이지요.」

「그래서 자넨 자네의 종교가 자네에게 그런 증거를 제시해준다고 생각한다는 건가?」

데커가 냉담하게 물었다.

「물론입니다! 절대적으로 그렇습니다! 당신도 알다시피 확실히 다른 점이 있습니다. 다른 종교들은 어느 누구도 입증하거나 반증할 수가 없는 것을 토대로 하여 일어서기도 하고 몰락하기도 합니다.

---

20) J. Z. 나이트의 신체를 빌려 메시지를 보냈던, 〈람타〉라는 영적 존재를 가리킨다.

모하메드나 조지프 스미스에게 과연 천사들이 나타났는지에 대해서는 누구도 입증할 수가 없습니다. 고타마 싯다르타가 과연 열반을 성취했는지, 나낙이 과연 하늘나라에 갔는지, 어느 누구도 말할 수 없습니다. 뉴에이지의 채널러(channeler, 영적 존재가 그 신체를 빌려서 이야기하는 교신의 대상이 되는 사람. – 역주)가 연기를 하고 있는 것인지, 진짜로 영혼의 존재와 교신을 하고 있는지, 진짜 영혼의 존재와 교신을 하고 있다면 그 존재가 사랑의 존재인지 악의 화신인지, 아무도 말할 수 없습니다. 그것은 전적으로 추종자의 믿음에 달려 있습니다.

하지만 그리스도교는 예수가 천사에게 들었다는 말에 근거하지 않습니다. 그 자신이 드러낸 영적인 진리에 입각하지도 않습니다. 그것은 그가 스스로를 예언된 메시아라고 한 말과, 그것을 입증하기 위한 그의 행위들에 근거하고 있습니다. 특히 죽음으로부터의 부활은 그런 증거의 하나일 것입니다. 예수는 자신의 진정성에 대한 근거를 자신의 부활에다가 두었습니다. 그가 말하고 행동한 다른 모든 것은 그것을 기반으로 일어서고, 그것으로 귀결됩니다. 그가 메시아가 아니었고, 또 죽음으로부터 일어나지 않았다면, 그가 말한 다른 모든 것은 행운의 쿠키를 만드는 재료로나 쓰는 것이 나을 것입니다.

예수의 부활에 관한 믿음은 애초부터 그리스도교 교의의 핵심을 이루었습니다.[21] 그리고 예수의 제자들은 하늘나라에서 일어난 무슨 일을 사람들에게 말하지 않았습니다. 그들은 올림푸스 산이나 더 멀

---

21) 고린도전서 15:14. 〈그리스도께서 만일 다시 살지 못하셨으면, 우리가 전파하는 것도 헛것이요 또 너희 믿음도 헛것이며.〉

리 떨어진 어떤 나라에서 일어난 일에 관해서도 말하지 않았습니다. 그들의 이야기 속에서는 〈옛날 옛적에〉로 시작되는 부분이 없습니다. 그들은 자신들이 살고 있던 바로 그 성읍에서, 바로 거기에서 일어난 일을 이야기했습니다. 예수가 부활하지 않았다면, 예수의 시신이 무덤에서 사라진 일이 실제로 일어나지 않았다면, 모두가 다 부활에 대해 반박해야 마땅합니다. 사도들이 단순히 무덤에 갔다는 것을 믿지 말았어야 합니다. 유대나 로마 당국이 그리스도교의 성장을 깔아뭉개려면, 시신을 만들어내기라도 해야 했을 것입니다. 하지만 그들은 그렇게 할 수가 없었습니다. 그들이 그리스도교를 저지하기 위해 할 수 있었던 일은 그 지도자들을 박해하고 죽이는 것뿐이었습니다.」

「사도들이 단순히 그 시신을 치워버렸다면 어떻게 되는 거지?」

데커가 지루하다는 듯이 하품을 하면서 말했다.

로젠은 미소를 지으며 대답했다.

「만약 그랬다면, 그들 자신이 거짓이라고 뻔히 알고 있는 것을 위해서 기꺼이 목숨을 내놓을 수가 있었을까요? 나중에 믿게 된 사람들에 대해서 말씀드리는 것이 아닙니다. 그들 자신이 들은 것을 믿었기 때문에, 혹은 자신들이 겪은 종교적인 체험 때문에 죽은 크리스천을 두고 하는 이야기가 아닙니다. 어느 종교든 그런 사람들이 있습니다. 제가 말씀드리는 것은, 부활이 만약 거짓말이었다면, 그것을 알고 있었을 사람들에 대해서입니다. 이 사람들은 예수가 죽음에서부터 부활했다고 증언했으며, 자기 말을 바꾸기보다는 죽음을 택했습니다. 자신들이 믿는 것이 진실임을 입증하기 위해서라면 죽음도 마다하지 않았습니다. 거짓된 것을 위해서 목숨을 포기할 사람은 없습니다.」

「자넨 한 가지를 잊어먹고 있어, 로젠.」

주제넘은 학생을 가르치려는 교사처럼 데커가 권위적인 목소리로 말했다.

「나는 예수가 죽음에서부터 부활했는지의 여부를 묻는 것이 아냐. 생각해보게, 난 직접 부활을 목격한 당사자야. 문제가 되는 바로 그 부활 사건은 아니지만. 자네는 부활의 의미를 왜곡하고 있어.」

「제가 잊고 있었군요, 호손 씨. 사실, 당신은 방금 문제의 핵심을 바로 짚으셨어요. 부활의 의미 또한 부활 자체만큼이나 문제가 되니까요. 예수의 죽음과 부활은, 인간이 하나님과 화해할 수 있는 길을 제공해주었으며, 따라서 예수가 메시아이심을 입증해준 사건이었습니다. 저는 그렇게 믿습니다.」

「난 자네가 무엇을 믿든 아무 관심이 없어!」

데커는 여전히 냉담하게 대꾸했다.

「아니어요, 관심을 가지셔야만 합니다. 제가 만약 예수가 바로 예언된 메시아이심을 입증할 수 있다면, 그것은 곧 크리스토퍼가 거짓말쟁이임을 입증하는 것이 될 것이기 때문입니다!」

「예수가 메시아이든 아니든 아무 차이가 없어. 크리스토퍼에 대해서 말하자면, 대답은 너무나 분명해. 그는 결코 거짓말쟁이가 아냐! 자네는 둘에 빠진 사람이 지푸라기라도 움켜쥐려고 하는 것과 똑같아.」

로젠은 의자에서 일어나더니 걷기 시작했다.

「생각해보세요, 호손 씨. 한 인간이 어떤 범죄에 대하여, 자신은 그 시간에 다른 곳에 있었다면서 무고함을 입증한다고 해도, 그것이 그의 무고함에 대한 증거가 되는 듯해요. 무고할 수도 있겠지만 거짓말을 한 것일 수도 있으니까요. 그 사람의 친구들이 그의 알리바이를 입증한다고 해도, 여전히 의심의 여지는 남게 됩니다. 하지만 그 사람의 적들까지도 그의 알리바이를 지지한다면… 그땐, 그가 무죄일 거라고 결론을 내리는 것이 합당할 겁니다.

마찬가지로, 예수께서 자신이 메시아이심을 말한 《신약성서》 대목을 제가 찾아서 보여드린다고 해도. 그것이 무얼 입증하는 것은 결코 아닙니다. 예수를 따르는 이들이 그가 메시아이심을 말하는 대목을 보여드린다고 해도, 여전히 무얼 입증하는 것이 아닙니다. 하지만 《구약성서》를 근거로 하여, 여러 세기 동안 예수를 거부해온 사람들에 의해 보존되어 왔던 바로 그 책을 근거로 하여, 예수가 메시아이심을 당신께 보여드릴 수 있다면, 그건 뭔가를 보여드린 셈이 될 것입니다.」

「《구약성서》라면 수천 살은 되는 셈이지. 수천 살을 먹는 동안, 수백 명의 사람들에 의해 수백 번이나 바뀌었을 수도 있어.」

데커의 역습에 로젠이 웃음을 터뜨렸다. 그 정도는 충분히 대비가 되어 있는 것 같았다.

「호손 씨, 아리스토텔레스, 플라톤, 소포클레스, 헤로도토스 같은 고대의 저자들의 가장 오래된 작품도 원본이 씌어진 지 1천 년 이상이 지난 후에 만들어진 사본들이 소량 남아 있을 뿐이에요. 줄리어스 시저의 경우, 그의 《갈리아 전기(戰記)》는 불과 10권 정도의 사본이 남아 있을 뿐이고, 가장 오래된 것은 원본이 씌어진 지 9백 년 이상이 지난 후에 만들어진 사본이에요. 그런데도 학자들은 이 기록들을 진짜 원본과 별 다를 것이 없는 것으로 받아들입니다.」

데커는 하품을 하고는 오른손으로 머리를 받쳤다. 별 관심이 없다는 것을 나타내려는 수단이었지만, 로젠은 구애치 않고 계속했다.

「《신약성서》의 가장 초기 사본은 원본이 씌어진 시기에서 불과 25년 안쪽입니다. 원본에서 1백 년이 안 되는 시기에 나온 거의 완전한 《신약성서》도 몇 권 있습니다. 서로 비교함으로써 그 정확성과 일관성을 결정할 수 있는 몇몇 사본에 대해서만 말씀드리는 것이 아닙니다. 《신약성서》의 완전한 사본은 2만5천 권 가까이 존재하며, 그중 7세기 이전의 것으로 여겨지는 것이 1만5천 권 이상입니다. 희랍어 원본의 사본이 5천3백 권, 라틴어인 불가타 역본이 1만 권 이상, 슬라브어 역본이 4천1백 권, 영어 역본이 2천6백 권, 에티오피아 역본이 2천 권, 그 밖의 초기 역본이 1천 권 가량입니다.[22]

하지만 어떤 변화가 가해졌는지를 알기 위해 비교 대조할 수 있는 사본은 이보다 더 많습니다. 그리스도 이후 첫 세기가 지나가기 이전에, 나중에 취합되어 《신약성서》를 이루게 된 기록들에서 인용한 수천 통의 편지들과 기록이 남아 있습니다. 이러한 인용들은 너무나 광범위하여, 세상에 단 한 권의 성서도 존재하지 않는다고 할지라도, 그 편지들과 다른 기록들을 되살려낼 수 있을 정도입니다. 그리스도 이후 2백50년 이내에 씌어진 것들만 사용해서 《신약성서》를 재구성해보니, 단 11구절만 제외하고는 그대로 되살릴 수가 있었습니다.[23]

---

22) 조쉬 맥도웰, 《증거(Evidence That Demands A Verdic)》, Vol. 1, 산 버나디노, 캘리포니아: Here's Life Publishers, 1989, pp. 39~43.
23) 찰스 리치, 《성서, 어떻게 이루어졌는가(Our Bible. How We Got It)》, 시카고, Moody Press, 1898.

사본들 사이에 아무런 차이가 없다고 말씀드리는 것이 아닙니다. 차이는 분명 존재합니다. 하지만 차이점의 대부분은 철자의 문제이거나, 여러 세기에 걸쳐 이루어진 문체의 변화로 인한 어순의 차이일 뿐입니다. 사실, 전체 《신약성서》의 1퍼센트의 10분의 1에 해당하는 2백 단어 가량만이 사소한 차이 이상인 것으로 나타나 있습니다.[24] 그리고 텍스트의 문제로 인한 여러 교파간의 분열과 갈등도, 그리스도교의 기둥을 이루는 교의에 대한 경우는 한 건도 없습니다.[25]

《구약성서》에 대해 말씀드리자면, 혼대에 발견된 〈사해 두루마기〉들을 조사한 결과, 《구약성서》를 필사했던 사람들은 매우 신중하여 어떠한 중요한 변화도 본문에서 찾아볼 수 없다는 것이 밝혀졌습니다. 사해 두루마기들은 BC 250년에서 AD 68년의 것으로 여겨지는 8백 종 이상의 문서들로서, 가히 거대한 도서관이라 할 수 있습니다. 몇몇 예언서들과 에스더서를 제외한 《구약성서》의 모든 책이 포함되어 있었습니다.」

데커는, 그 방면에 대한 로젠의 지식에 놀라지 않을 수 없었다. 세상과 단절된 이곳 페트라 같은 곳에 들어앉아서 그런 지식이나 되새기고 있었음에 틀림없다고 생각했다. 하지만 곧 그런 정보를 조사하는 것이 로젠의 직업이기도 하다는 생각이 났다.

「세상의 모든 종교 서적 중에서 오직 성서만이 거기에 등장하는 사람들이나 그들의 지도자들의 흠집을 솔직히 드러냅니다. 심지어

---

24) 펜튼 존 안토니 호트, 부룩크 포스 웨스트콧의 《신약성서의 희랍어 원본》, Vol. 1. Macmillan Co., 1981.
25) 프레데릭 G. 케넌, 《오늘의 성서와 고대 사본들(Our Bible and the Ancient Manuscript)》, Macmillan and Company, 1901.

는 저자 자신들의 결함까지도 말입니다. 성서는 그 어느 것도 덧칠하지 않습니다. 이스라엘의 단(Dan) 지파가 저지른 강간 행위든, 다윗 왕이 간통을 저지르고 그 여인의 남편을 살해하도록 사주한 사건이든, 예언자들이 저지른 죄든, 나라 전체의 죄든 숨기는 법이 없습니다. 모세가 저지른 죄도 모두가 읽을 수 있도록 드러나 있습니다.

하지만 제가 말씀드리려는 것은, 《구약성서》를 근거로 예수가 메시아라는 사실을 입증할 수 있다는 점입니다. 《구약성서》는 예수가 태어나기 4백 년 전에 완성되었는데도, 예수가 자신에 대해 말한 것들이 이미 예언되어 있습니다.」

데커는 고개를 흔들었다.

「이제부턴 본격적으로 주술을 시작하려고 하는 모양이군. 자네는 역사적인 증거를 들어 그리스도교의 진실성을 입증하겠다고 했지만, 그럴 수가 없으니까 예언을 들먹이는 거야. 그건 역사적인 증거가 아니라, 믿음이고 견해일 뿐이야.」

「대부분의 회의론자들과 마찬가지로, 호손 씨, 당신도 예언이 뭔지 핵심을 모르고 계시는군요. 예언이란 본질적으로 역사적인 것입니다. 예언의 타당성 여부는, 정확히 미래의 역사적인 사건들을 예고한 것이냐 그렇지 않느냐에 근거합니다. 하나님께서는 자신의 말씀으로서 성서의 진정성을 입증하기 위하여 예언을 사용하셨습니다. 세상의 모든 종교적 기록물 중에서 오직 성서만이, 과거와 현재에 관해 다루는 것과 똑같은 확신으로 미래의 사건들을 다룹니다. 종교적인 책이든 아니든 성서처럼 예언을 거대한 스케일로, 그러면서도 세세하게 다루는 책은 없습니다. 예언이 씌어질 당시에는 존재하지도 않았던 제국이나 왕국의 흥망에 대한 것이든, 몇 백 년이 지난 후에 태어날 개인들에 관한 예언이든 말입니다. 이런 개인들 중 가장 중요한 인물이 바로 메시아입니다.

메시아는 항상 유대교의 핵심을 차지하고 있었습니다, 호손 씨. 예언자 이사야는 그가 이새의 후손으로서 태어날 것이라고 말했습니다.[26] 예레미야는 이새의 8대손인 다윗의 후손으로 그 범위를 더 좁혔지요.[27] 이사야는 메시아가 처녀의 몸에서 태어나게 될 것이라고 말했습니다.[28] 예언자 미가는 그가 유대 지방의 베들레헴이라는 작은 마을에서 태어날 것이고 했습니다.[29]

이사야는 또, 메시아는 〈권능의 하나님〉〈영존하시는 아버지〉〈평화의 왕〉이라고 불릴 것이며,[30] 갈릴리에서 사역을 시작할 것이며,[31] 수많은 치유와 기적을 행할 것이라고 했습니다.[32]

하지만 더 정확한 예언으로는, 스가랴와 다니엘이 메시아가 언제 어떻게 예루살렘에 올 것인지를 자세하게 묘사하면서, 진리를 알고자 하는 자는 누구도 그 기회를 놓쳐서는 안 될 것이라고 한 대목입니다. 이들 예언에 따르면 메시아는 나귀를 타고 예루살렘에 입성하실 것인데,[33] 그 시기는 바벨론에 의해 멸망한 예루살렘을 재건하라는 명령이 내려진 때로부터 4백83년 후가 될 것이라고 했습니다.[34] BC 457년, 페르시아 왕 아닥사스다가 바로 그런 명령을 내렸습니

---

26) 이사야 11:1~2, 11:10.
27) 예레미야 23:5.
28) 이사야 7:14.
29) 미가 5:2(BC 710년경 쓰어짐).
30) 이사야 9:6.
31) 이사야 9:1~7.
32) 이사야 35:3~6.
33) 스가랴 9:9.
34) 다니엘 9:25~26.

다.[35] 서기 0년은 없다는 사실을 고려하면, 메시아는 AD 27년에 오시기로 되어 있었던 것입니다. 누가복음을 보면, 예수는 구레뇨가 시리아의 총독으로 있으면서 처음으로 세금을 부과하던 때[36]인 BC 7년경[37]에 태어난 것을 알 수 있습니다. 그로부터 27년 후, 그가 33세나 34세 때에, 그는 예루살렘으로 나귀를 타고 들어가서 일주일 후 십자가 처형을 당합니다. 간략히 말씀드리자면, 그로써 스가랴와 다니엘의 예언이 그대로 실현된 것입니다.

그것으로 충분치 않으시다면 더 말씀드릴 수도 있습니다. 스가랴는 메시아가 한 친구에게 배신을 당할 것이고, 그 친구가 배신한 대가로 받은 은돈 30냥은 성전 마루 위에 던져질 것이며, 토기장이의 밭을 사기 위해 쓰일 것이라고 했습니다.[38]」

그때에야 비로소 데커는 로젠이 말하는 내용에 관심이 생겼다. 예언자 스가랴가 언급한 〈친구〉란 분명히 유다일 터… 크리스토퍼가 말한 바에 따르면, 데커 자신이 바로 전생에 유다였다지 않은가?

로젠이 말을 이었다.

「이사야는 말하기를, 재판을 받을 때 메시아는 아무런 변명도 하지 않을 것이며, 도살장에 끌려가는 어린 양처럼 잠잠할 것이라고 했습니다.[39]

십자가형이라는 말을 들어본 적도 없는 1천여 년 전에, 다윗은 손

---

35) 아닥사스다의 재위 기간은 BC 464~424년이었다. 에스라 7장에 따르면, 아닥사스다 왕은 재위 7년째인 BC 457년 이 칙령을 내렸다.
36) 누가복음 2:2.
37) 존 엘더, 《예언자들과 우상 숭배자들(Prophets, Idols and Digger)》, 인디애나폴리스: Bobbs-Merrill, 1960, p.160.
38) 스가랴 11:12~13.
39) 이사야 53:7.

과 발이 꿰뚫리는 고통과, 군중들에게 모욕을 당하고, 제비뽑기로 옷가지를 차지하는 광경을 예언적으로 묘사합니다.[40] 이사야는 메시아의 십자가형을 더 자세히 묘사하면서,[41] 그는 잘못한 것이 아무것도 없는데도 불구하고 범죄자로 처형을 당하여 어느 부자의 무덤에 묻힐 것이라고 했습니다.[42]

하지만 예언자들은 메시아의 죽음이 헛되지 않을 거라고 입을 모읍니다. 이사야는, 메시아가 우리들 각자를 구하기 위하여 자신의 생명을 제물로 바친 것이라면서, 우리의 죄로 인하여 찔림을 당하고, 우리의 허물로 인하여 짓밟힘을 당한다고 설명합니다.[43]

예언들은 또, 메시아가 부활하게 될 것이라고도 말합니다.[44] 죽임을 당함에도 불구하고, 그가 한 일과 그가 한 말들을 세상 사람들 모두가 듣게 될 것이라고 합니다.[45] 세대에서 세대로 이어지면서, 결국엔 모든 나라 모든 사람들이 다 그를 경배할 것이기 때문입니다.[46] 이 모든 예언들이 예수를 묘사하는 말이라고 보는 것은, 성서학자들만이 아닙니다, 호손 씨. 당신이 그걸 알지 못했던 것은, 당신이 알고 싶지 않았기 때문일 뿐입니다.」

로젠은 수긍해야 한다는 듯 데커를 한 번 쳐다보고 나더니 계속 말을 이었다.

「크리스토퍼는 당신에게 말하기를, 예수는 루시퍼와 야훼 사이의

---

40) 시편 22:7~8, 16~18.
41) 이사야 52:13~53:12.
42) 이사야 53:9, 53:12.
43) 이사야 53:4~6, 53:8, 53:11~12.
44) 이사야 53:10~11, 시편 16:10, 30:3.
45) 이사야 49:6.
46) 시편 22:27~31.

논쟁을 종식시키기 위해 이 땅에 왔으며, 본래는 야훼 편이었지만 지구인들과 30년을 살고 난 이후엔 마음이 달라지기 시작했다고 했지요. 크리스토퍼는 바로 그것이 야훼가 자신을 죽이라고 사주한 이유라고 주장했습니다. 야훼가 사도 요한과 거래를 했는데, 요한은 다시 유다를 꼬드겨서 예수를 배반하도록 했다는 것이지요. 그리고 당신의 전생이 바로 유다였다고도 말했습니다. 하지만 예언들은 그 모든 것이 진실일 수가 없다는 것을 입증합니다. 그가 태어나기 수백 년 전에 기록된 그의 삶과 죽음, 부활의 세세한 기록 모두가 명백하게 말해주고 있습니다. 크리스토퍼가 당신에게 말한 것, 그가 세상 사람들에게 말한 것은 모두 거짓입니다.」

크리스토퍼가 예루살렘행 비행기 안에서 데커에게 말했던 것들을 그렇게 자세하게 안다는 사실이 놀라웠지만, 데커는 그것을 로젠의 텔레파시 능력으로 돌렸다. 데커는 그렇게 자세한 내용을 언론 매체들에게 말한 적이 없었다. 더욱이 자신이 유다였다는 부분에 대해서는 발설한 적이 없었다. 그럼에도 당장 그것이 중요한 문제는 아니었다. 로젠의 주장이 데커의 예상을 뛰어넘어 훨씬 더 그럴듯하게 다가오고 있었다. 로젠이 인용한 유대교의 예언들이 정확하다면, 만약 그렇다면, 크리스토퍼의 말들이 거짓이라는 그의 결론은 거의 반박하기가 어려울 것이었다. 데커는 로젠이 말한 내용 중에서 논리적인 결함을 찾으려고 애썼다. 뭔가 자신이 간과한 것은 없는지, 크리스토퍼와 로젠 모두가 옳을 수 있는 가능성은 없는지…. 어쩌면 크리스토퍼가 놓친 부분이 있을지도 몰랐다. 부활이 일어난 직후의 수의에 남은 세포들에서 복제되었기 때문에, 부활 이후에 일어난 어떤 일은 그가 모르고 있을 수도 있지 않을까.

그때, 로젠이 그르다는 것을 입증할 거리가 한 가지 생각났다. 데커는 다시 자신감에 차서 말했다.

「로젠, 자네의 이야기가 꽤나 설득력이 있다는 것은 인정하지 않을 수 없네. 탐 도나핀을 포함하여, 왜 그렇게도 많은 사람들이 자네와 같은 믿음을 갖게 되었는지 알 것도 같아. 나 자신도 믿고 싶을 지경이네. 하지만 한 가지 〈작은〉 문제가 있어. 탐과 KDP, 근본주의자들과는 달리, 난 크리스토퍼 굿맨의 인생에 대해 거의 전부를 알고 있는 것이나 마찬가지야. 그는 나에게 한 번도 거짓말을 해본 적이 없어. 적어도 자기 자신을 높이기 위한 일은 어떤 것도 해본 적이 없어. 자네의 논리는 꽤 그럴듯해. 하지만 난 다른 측면도 있다는 걸 확신하네. 자네가 나를 진정 보내줄 의향이 있다면, 바빌론으로 돌아가서 크리스토퍼에게 그것에 관해 물어보겠네. 그리고 솔직히 말하면, 나로서는 나를 납치한 사람이 말한 것보다는 크리스토퍼가 말한 것을 훨씬 더 믿을 수밖에 없어.」

로젠은 이맛살을 찌푸렸다. 실망한 듯싶었지만, 데커의 결론을 정직하게 받아들이는 것 같았다.

「좋아요. 받아들이겠어요.」

데커는 놀라지 않을 수 없었다.

「당신의 체험을 근거로 해서 내린 결론인데, 제가 뭐라고 반박할 수가 있겠어요. 거기에 대해서는 할말이 없어요. 하지만 제가 말씀드렸던 사항에 대해서 다시 말씀드리자면, 제가 급하게 몰아친 것은 사실이지만, 나중에라도 제가 말씀드린 내용들을 성서에서 찾아보시길 바랍니다. 저는 핵심이 되는 예언들의 항목을 작성한 적이 있어요. 성서를 한 권 드릴 테니 원하실 때 찾아보세요.」

로젠은 가지고 온 가방 쪽으로 가더니 그것을 들고 와서는, 종이 한 장과 하얀 가죽 장정의 성서를 꺼냈다. 종이에는 로젠이 방금 인용한 예언들의 리스트가 적혀 있었다.

「만약 자네가 인용한 것들을 체크해봐야겠다고 결심한다면, 그것이 자네가 사용한 성서 판본인지 아닌지 어떻게 알 수 있지?」

로젠은 직접 대답하지 않고, 그에게 성서를 넘겨주었다.

「손으로 메모된 글씨들을 알아보실 수 있을 거예요.」

데커는 주저하면서도 성서를 집어 들고는 펼쳐보았다. 여기저기 메모가 쓰여져 있었고, 노란색으로 색칠된 부분도 있었다. 손으로 메모한 글씨는 작고 꼼꼼했다. 여러 해가 지났지만, 데커는 그 글씨를 누가 쓴 것인지 알아볼 수 있었다. 앞 페이지 쪽으로 넘기자, 확신을 더해줄 글귀가 나타났다.

「엘리자베스 호손에게. 조수아와 일라나가 사랑을 담아.」

데커는 갑자기 말문이 막혀버렸다. 그는 자신의 감정을 감추려고 책장을 펄럭이며 넘겼다.

「이걸 어디에서 입수한 거지?」

잠시 후 로젠의 눈길을 피하면서 그가 물었다. 나직한 목소리였지만 감정을 숨길 수는 없었다. 책 자체는 중요하지 않았다. 하지만 아내의 생각이 배어 있는 메모는 말할 나위도 없이 너무나 소중했다.

「휴거 사건이 이후, 부모님 집에서 이걸 발견했어요. 어머님이 당신 아내에게 준 것이라는 메모를 보고는, 알 수 있었지요. 당신 아내는 당신을 만나러 이스라엘로 가면서 저의 부모님 집에다 그 책을 두고 가신 것이 분명해요. 부모님은 그것을 그녀에게 다시 부치려고 하셨어요. 전 그 책을 보고는 그걸 당신에게 보내려고 마음먹었지만, 부모님의 소유물을 정리하면서 박스 속에 잘못 섞여 들어가 버렸어요. 까맣게 잊고 지내다가 이스라엘을 떠나 페트라로 오기 몇 주 전에 짐을 정리하다가 보게 된 거예요.」

데커는 딱딱하게 굳어 있던 자신의 마음의 벽이 서서히 풀려가는 것을 느낄 수 있었다. 그는 어서 빨리 자신만의 사적인 감정과 생각들을 정리하는 시간을 갖고 싶었다.

8
피할 수 없는 모험

NA 4년(AD 2026년) 6월 5일   페트라

다음날, 데커는 전날 아침보다 훨씬 늦게 잠에서 깨었다. 전날과 마찬가지로 페트라는 하얀 것들로 덮여 있었다. 만나를 줍는 사람들이 훨씬 적고, 군데군데 흙이 드러난 것으로 보아 대부분은 이미 그날치의 만나를 주운 모양이었다. 전날과 마찬가지로, KDP의 숫자가 더욱 늘어난 것 같았다.

*

점심때가 지나고 나서야 로젠이 나타났다.

「안녕하세요, 호손 씨.」

들어오면서 로젠이 인사를 건넸다. 시퍼렇게 멍이 든 눈은 어느 모로 보나 어젯밤보다 더 나아진 기미가 없었고, 데커는 그것을 보자 꽤나 보상을 받은 듯한 느낌이었다.

데커는 팔짱을 끼고는 침대 위에 비스듬히 기댄 채, 로젠의 인사에 반응을 보이지 않았다. 여느 때처럼 로젠은 데커의 반응에 아랑곳하지 않고 본격적인 이야기로 들어갔다.

「예수아는 두 아들을 둔 농부 이야기를 한 적이 있습니다.[47] 작은아들은 마음껏 자유를 누리면서 살고 싶어서, 아버지한테 가서는 자기 몫의 유산을 달라고 했습니다. 아버지는 마지못해 동의했고, 아들은 자기 몫을 챙겨서 집을 떠났습니다. 자기 마음대로 살 수 있게 된 작은아들은 사람들과 어울려 노느라 바빴습니다. 사람들은 그에게 돈을 쓰게 하려고 갖은 비위를 다 맞추었습니다. 물론 오래지 않아, 돈도 〈친구들〉도 다 사라져버렸습니다. 빈털터리가 된 그는 돼지 농장에서 일하게 되었습니다. 머나먼 타향에서 고된 노동을 하면서 지내노라니 집 생각이 간절해졌습니다. 자기 집에서는 하인들조차도 잘 먹고 잘 입었다는 생각이 들었습니다. 작은아들은 자신의 실패를 인정하고, 집으로 돌아가서, 아버지한테 하인으로서 일을 하게 해달라고 하는 것이 더 낫겠다고 생각하게 되었습니다. 어느덧 집 가까이에 이르자, 멀리서 아버지가 그를 보고 달려와서는 맞아주었습니다.

아버지한테 뜨거운 환영을 받았지만, 그는 이미 자기 몫의 유산을 받은 것이 분명합니다. 유산 중에서 남아 있는 몫은 형의 것이었습니다. 아버지는 그것을 바꿀 수 없었습니다. 남아 있는 것을 회수하여 다시 둘로 쪼갤 수는 없는 노릇이었습니다. 그것은 자신과 함께 집에 남아 있던 아들에게는 공정하지 못한 행위일 것이기 때문입니

---

47) 누가복음 15:11~32.

다. 또한 제 생각엔, 아버지가 만약 그렇게 한다면, 작은아들은 자신의 경험에서 많은 것을 배우지 못하게 될 것이라고 말하는 편이 안전할 것 같군요.」

로젠은 잠시 말을 끊고는 데커를 바라보았다. 뭔가 다른 이야기를 꺼내려는 것 같았다.

「당신의 친구 탐 도나핀은, 이 이야기를 흥미로운 방식으로 받아들였습니다. 그는 이 이야기가 《오즈의 마법사》[48] 같다고 했습니다. 선량한 마녀인 글린다는 도로시에게, 집에 가고 싶을 때는 발뒤꿈치를 만지면서 〈집같이 편한 데가 어디 있어〉라고 말하기만 하면 된다고 말해줍니다.」

데커는 자기도 모르게 웃음이 흘러나왔다. 무언가를 묘사하려면 꼭 영화를 끌어대곤 하던 탐 도나핀이 생각나서였다.

「도로시가 글린다에게 왜 처음부터 그걸 말해주지 않았느냐고 묻자, 글린다는 대답합니다. 말해주었어도 믿지 않았을 것이라고. 저는 어린 시절에 그 영화를 10여 차례나 보았고, 어른이 되어서도 여러 번 보았지만, 무슨 말을 하는 건지 이해할 수가 없었습니다. 핵심은 이거였습니다. 도로시가 집을 떠나서 타향살이를 경험하기 전까지는, 집단큼 편한 데가 없다는 것을 절실하게 이해하거나 믿을 수 없었다는 것. 도로시는 배움을 얻기 위해서 대가를 톡톡히 치러야 했고, 그럼으로써 그것이 진짜로 그렇다는 것을 실감할 수 있었습니다. 탐 도나핀은 농부와 두 아들의 우화를 그런 식으로 이해했던 것입니다.」

---

48) MGM, 1939.

농부의 작은아들에게도 똑같은 진리가 적용됩니다. 삶 속의 다른 일들과 마찬가지로, 지혜를 얻으려면 값을 치러야 합니다. 값싸게 얻어진 교훈은 별 가치가 없습니다. 값을 치르지 않는 것은 아무 가치가 없고, 따라서 아무런 배움도 얻을 수가 없습니다. 물론 어떤 교훈은 다른 것보다 비쌉니다.」

데커는 로젠의 말을 부정할 수도 없고, 무슨 말을 하려고 그런 서두를 꺼내는지도 알 수 없어서, 잠자코 기다리고 있었다.

「하나님께서 세상을 창조하셨을 때, 하나님께서는 아담과 하와에게 완벽한 낙원을 주셨습니다. 그들은 그 안에서 원하는 대로 할 수 있는 거의 완전한 자유를 누릴 수 있었습니다. 하나님께서는 다만 한 가지, 선과 악을 알게 하는 나무의 열매만큼은 따 먹어서는 안 된다고 하셨습니다. 하지만 하지 말라고 하면 더 하고 싶어지는 것은 사람의 본성이지요. 오래지 않아 아담과 하와는 그 나무가 있는 것을 보게 되고, 거기에서 뱀의 형상을 한 루시퍼를 만납니다. 루시퍼는 그들에게 말합니다. 하나님께서 그 나무 열매를 먹지 말라고 한 이유는, 그것을 먹으면 그들이 하나님처럼 될 것이기 때문이라고요. …생각해보세요. 그것은 세상에서 가장 큰 유혹이었습니다. 모두 사람이 다 지배하고 싶어하고, 자기들만의 법을 만들고 싶어하고, 자기 자신의 신이고 싶어합니다. 크리스토퍼와 뉴에이지가 내민 카드가 바로 그것 아닙니까? 사람들을 성공적으로 끌어들인 것으로 입증된 셈입니다만.」

데커가 끼어들었다.

「자네는 두 번씩이나 사람들이 행우°하는 방식에 대해서 인간의 본성에 책임이 있다고 하는데, 난 그 점에서는 자네에게 동의하지 않

아. 하지만 설명해보게. 왜 자네들의 하나님은, 전지전능하고 사랑으로 가득 차 있다고 자네가 생각하는 그 하나님은, 어째서 인간의 본성을 예초에 그렇게 불완전하게 만들었을까? 우리가 이야기하고 있는 주제로 돌아가서 말하자면, 자네들의 그 하나님은 어찌하여 아담과 하와의 손에 그렇게도 쉽게 닿을 수 있는 곳에 그 나무를 심어두었느냐 말일세. 그들이 그걸 따먹기를 바라지 않았다면, 너무나 바보 같은 처사가 아닌가? 당연히…….」

데커는 강조를 하기 위해 잠시 뜸을 들였다.

「그걸 따먹지 말라고 하면서도 그걸 거기 심어두었다는 것은, 그들이 실패하기를 바랐던 거네. 그리고 그의 의도가 정말 그랬다면, 크리스토퍼가 말한 것처럼, 그는 어느 모로 보나 악한 존재라는 것을 자네도 인정하지 않을 수 없을 거네.」

데커는 로젠이 더 이상 반박할 수 없기를 바랐지만, 여느 때처럼 로젠은 거기에도 대비가 되어 있었다.

「사람들은 그런 의문 때문에 고민해왔어요. 수천 년 동안이나 그런 의문에 시달려왔어요, 호손 씨. 하지만 대답은 너무나 간단합니다.」

「오 형제여!」

데커가 내뱉었다. 질문을 꺼내지 말 걸 잘못했다는 생각이 들었지만 이미 엎질러진 물이었다.

「하지만 그것을 이해하기 위해서는, 먼저 아담과 하와가 실제로 행한 것이 진정 무엇이었는지를 살펴볼 필요가 있습니다. 문제가 된 것은 과일 자체가 아니었습니다. 진짜 문제는 그들의 반항이었습니다. 그들은 하나님과 그의 율법에 도전했습니다. 하나님처럼 되고

싶어서 말입니다. 하긴 그런 일이 아주 드문 것만도 아닙니다. 우리
는 모두 우리 자신들만의 방식대로 살고 싶어하고, 그 결과 스스로
법을 정하는 사람이 되고 싶어하고, 우리 자신의 신이고 싶어합니
다.」

「지금까지 자넨 그 문제를 고쳐서 말한 것뿐이네. 왜 그런지에 대
해서는 아직 대답하지 않았어.」

「이제 할 겁니다.」

로젠이 차분히 대꾸했다.

「우리는 하나님의 형상에 따라 지어졌기 때문에, 신이 되고 싶어
하는 것은 우리의 본성입니다.」

「아, 알겠어! 자네는 지금 야훼의 계획이 실수였다고 말하고 있군
그래.」

데커가 말로써 잽을 먹이며 끼어들었다.

「계획이 잘못된 게 아니지요. 〈피할 수 없는 모험〉이었다고 해야
하겠지요. 아이들을 가진 부모들도 똑같은 모험을 합니다. 아이가
부모의 모습에 따라 창조되듯이, 하나님께서는 자신의 모습에 따라
자신의 가족이 되도록 우리를 창조하셨습니다. 하지만 우리는 그의
아이가 되려고 하지 않습니다. 아이가 된다는 것은 그의 애완동물이
나 노예가 되어야 하는 것이라고 생각하기 일쑤지만, 하나님께서는
우리를 자신의 노예나 애완동물이 되도록 창조하시지 않았습니다.
그는 우리를 자신의 가족, 자신의 아이들이 되도록 창조하신 것입니
다! 이제 우리가 그의 자녀가 되고 싶어할 것인지 그렇지 않을지는
우리에게 달려 있습니다. 자녀가 될 것인지 말 것인지의 결정이 농
부의 두 아들에게 달려 있었던 것과 마찬가지로. 또 아담과 하와에

게 그 결정권이 있었던 것과 마찬가지로 말입니다. 그리고 아담과 하와처럼 우리 모두 신이 되고 싶어할 수도 있겠습니다만, 유일하신 하나님만이 존재합니다. 두 개의 중심을 가진 바퀴는 구를 수가 없습니다. 두 하나님이 존재하는 우주는 움직일 수가 없습니다.」

데커는 동의할 수 없다는 듯 고개를 젓고는 다시 끼어들었다.

「하나님이 우리를 자신의 자녀가 되도록 창조하셨다고 한 자네 말로 돌아가 보세. 자녀가 자라게 되면 둥지를 떠나야 할 때가 오는 법이 아닌가. 부모가 좋아하든 그렇지 않든, 부모는 그들이 가도록 기꺼이 허용하지 않으면 안 되지.」

「그건 사실입니다, 호손 씨. 자녀는 성장함에 따라 스스로 점점 더 많은 책임을 지지 않으면 안 됩니다. 하지만 용어의 개념을 분명히 해야 합니다. 〈하나님의 자녀〉란 말은 우리 입장에서의 미성숙을 가리키는 말이 아니라, 하나님 입장에서 볼 때 우리에 대한 그칠 줄 모르는 사랑을 가리키는 말입니다. 자녀는 언제까지나 아이일 수 없지만, 부모는 언제까지나 부모일 수밖에 없습니다. 친족 관계는 나이하고는 상관이 없습니다. 하나님의 자녀라는 것은 사랑과 신뢰와 존중하는 관계라는 뜻입니다. 억누르고 억눌림을 받는 관계가 결코 아닌 것입니다.」

「물론이지. 우리가 기꺼이 그의 법에 순종하고자 하고, 그의 명령에 따르고자 하는 한 말일세.」

데커가 조건을 달았다.

「크리스토퍼는, 야훼의 법은 사람들을 억누르기 위해서, 인간으로 하여금 이성적으로 따지지 못하도록 하기 위해서 정해진 것이라고 말합니다. 하지만 하나님께서는 인간들에게 말씀하셨습니다. 〈오너라, 우리가 서로 이치를 따져보자.〉[49] 하나님의 율법에 대해 숙고할 시간을 가지신다면, 그것들이 이치적으로 합당하고, 유익하고, 중력이나 다른 자연의 법칙처럼 우리의 생존에 꼭 필요한 것임을 깨달을 수 있을 것입니다. 하나님의 율법은 우리를 압제하기 위해서가 아니라, 우리를 보호하고 유지하기 위해서 제정되었습니다.

　종교 지도자들 중 한 명이 하나님의 계명 중에서 가장 중요한 것이 무엇이냐고 물었을 때, 예수께서는 대답하셨습니다. 〈네 마음을 다하고, 네 목숨을 다하고, 네 뜻을 다하여, 주 너의 하나님을 사랑하여라.〉[50] 그리고 그는 둘째 계명도 첫째가는 계명만큼이나 중요하다고 하셨습니다. 〈네 이웃을 네 몸과 같이 사랑하여라.〉[51] 예수께서는 또 말씀하시기를, 이 두 계명이 가장 중요할 뿐 아니라, 성서 안의 다른 모든 계명도 이 두 계명 안에 포함된다고 하셨습니다.[52]」

　「음, 하지만 야훼는 우리에게 그것만 하라고 한 게 아니잖아? 성서에는 하지 않으면 안 되는 것들이 얼마나 많은데? 방대한 율법에 비하면 십계명은 아무것도 아니야.」

　「하지만 그 모든 율법들, 그것들 하나하나는 예수께서 말씀하신 두 가지 율법에 기초하고 있습니다.」

　로젠이 대답했다.

　「그렇다면 왜 야훼는 두 가지 율법만을 주시지 않았지? 그것을 기반으로 상황에 맞도록 적용하면 되지 않는가 말이야.」

　「상황과 처지를 제대로 잘 알 수만 있다면 그게 좋겠지요. 당신 자

---

49) 이사야 1:18.
50) 마태복음 22:37, 신명기 6:5.
51) 마태복음 22:39, 레위기 19:18.
52) 마태복음 22:40.

신의 마음의 동기를 당신이 확신할 수만 있다면 말입니다. 하지만 당신은 당신이 하신 행위의 결과를 속속들이 아실 수가 있습니까? 당신의 결정에 따라 미래가 어떻게 바뀔지 알 수 있나요? 그렇게 할 수 있다그 한다면, 당신은 거짓말쟁이이거나 허풍쟁이일 것입니다. 삶이라는 것이 당신이 기대했던 대로 되던가요? 기대대로 된 것이 얼마큼이죠? 〈첫 단추를 잘못 꿰면 계속해서 잘못 꿰게 마련〉이라는 머피의 법칙이 있지요. 그리고 말할 나위도 없이, 어떤 일이든 첫 단추를 잘못 꿸 가능성은 거의 항상 있습니다. 옳고 그름을 결정하는 데 있어서 자신의 개인적인 판단에 의존하는 사람들은, 아무리 잘해 보았자 알려진 데이터와 기대 가능한 결과의 범위를 근거로 〈최선의 어림짐작〉을 할 수 있을 뿐입니다. 최악의 경우, 그들은 자신들의 행위의 명백한 결과를 무시하고, 일이란 저절로 굴러가게 마련이라고 지껄이면서, 자신이 하고 싶은 것에 우선순위를 두고 내키는 대로 처리합니다. 대체로는 최선과 최악 사이의 어느 지점에선가 결정이 이루어지지요. 결정을 내리는 판단의 근거는, 우리의 의도에도 불구하고, 어쩔 수 없이 우리 자신의 이익에 좌우되게 마련입니다. 하나님의 율법은 과거, 현재, 미래의 모든 것을 다 아시는 유일자에 의해 제정된 표준입니다. 상황과 처지에 따라 우리의 제한된 앎에만 의존하지 않아도 되도록 만들어진 표준인 거지요.」

「그러니까 우리의 뇌를 붙들어 매어둔 채, 하나님이 우리를 위해 마련해둔 길만 따라가도 되도록 되어 있단 말이군!」

데커가 냉소적으로 반응했다.

「결코 그렇지 않습니다, 호손 씨. 예수께서는 〈네 마음을 다하고, 네 목숨을 다하고, 네 뜻을 다하여, 주 너의 하나님을 사랑하라〉고

하시면서, 그것이 제일가는 계명이라고 하셨습니다. 거기에는 당신의 마음 또한 포함됩니다. 주는 누군가가 말한 것을 우리가 맹목적으로 받아들이기를 바라지 않습니다. 맹목적으로 그를 받아들이고 따르기를 바라신 것이 아니라, 마음과 가슴으로 열심히 물어보고 그렇게 하라고 하셨습니다. 맹목적인 믿음이란 성숙한 그리스도인에게는 낯선 개념입니다. 하지만 뉴에이지는 마음을 붙들어 매고, 영의 안내나 알려지지 않은 힘의 지시를 따르라고 말하지요. 뉴에이지는 또 우리의 미래는 우리가 태어난 날에 별자리에 따라 결정된다고 말하기도 합니다.」

로젠은 데커가 평소 뉴에이저들에게 다소 불만스럽게 여겼던 두 가지 점을 치고 나온 셈이었다. 그는 지금껏 크리스토퍼가 말한 것에 대해서는 어떤 것도 받아들이는 데에 곤란을 느껴본 적이 없었다. 마일너가 말한 것 중에서는 다소 곤란을 느낀 것도 있었다. 하지만 크리스토퍼와 마일너를 따르는 몇몇 사람들 중에는 데커에게는 기이하고 비과학적으로 여겨지는 믿음과 수행을 하는 경우가 있었다. 선뜻 옹호하고 싶은 생각이 나지 않는 것들도 있었던 것이다. 영의 안내를 따르는 것과 점성술이 바로 그런 것들이었다. 이런 것들을 깊이 생각하고 싶진 않았기 때문에, 데커는 특별히 토를 달고 싶은 마음도 없었다. 로젠은 어느새 다른 주제로 넘어갔다.

「예수가 십자가에 못박혔을 때, 그의 양쪽에는 두 강도가 있었습니다. 한 강도는 십자가 위에서 죽어가면서도 예수를 조롱하고 모욕했습니다. 하지만 다른 강도는 자신이 저지른 범죄에 대해 벌을 받아 마땅하다고 생각했고, 그런 자신과는 달리 예수는 무고하다는 것을 알았습니다.

사형 선고를 당한 사람이 잃을 게 뭐 있느냐고 생각하기 쉽지만, 아무리 죽음을 눈앞에 둔 사람이라도 자존심은 남아 있는 법입니다. 아무리 개떡 같은 자존심이라도 마지막 순간까지 지키려고 집착하는 것이 인지상정입니다. 십자가에 매달려 있으면서도, 첫번째 강도는 군중들에게 인정받고 싶었습니다. 그래서 누군가 다른 사람을 깔아뭉개면 자신이 그만큼 더 나아 보일 것이라고 생각했습니다. 다른 강도는 자신의 자존심과 위신을 기꺼이 포기하고는, 자신의 죄를 인정하면서. 모든 이들이 지켜보는 가운데 자신의 운명을 메시아에게 내맡기는 발언을 합니다. 〈예수님, 주님이 주님의 나라에 들어가실 때에, 부디 저를 기억해주십시오.〉[53]

그 강도에 대한 예수의 반응은 매우 이례적인 것이었습니다. 그는 하나님에 의해 받아들여지려면 그가 해야만 하는 것들의 항목을 길게 늘어놓지 않았습니다. 세례를 받아야 한다거나, 거룩하게 되어야 한다고도 하지 않았습니다. 선한 행위를 해야 한다고도 하지 않았습니다. 불붙은 석탄 위를 걸어야 한다거나, 긴 순례를 해야 한다거나, 찬송을 해야 한다고도 하지 않았습니다. 그는 단지 이렇게 말했습니다. 〈내가 진정으로 네게 말한다. 너는 오늘 나와 함께 낙원에 있을 것이다.〉[54]

그 강도는 요청하는 것 이외에는 아무것도 한 것이 없는 것처럼 보입니다. 하지만 우리는 그가 한 행위의 핵심을 놓쳐서는 안 됩니다. 자신의 실패를 인정하고 겸허하게 자신의 아버지에게로 돌아간 농부의 작은아들과 마찬가지로, 그 강도 또한 자신의 죄를 인정하고

---

53) 누가복음 23:42.
54) 누가복음 23:43.

는 겸허한 마음으로 예수께 자신을 맡긴 것입니다.

호손 씨, 당신도 아시다시피, 농부의 아들이나 십자가상의 강도와 꼭 마찬가지로, 선량한 사람들이기 때문에 그리스도인이 되는 것이 아닙니다. 그리스도인이 되는 것은, 자신들이 실패했다는 것을 깨닫기 때문입니다. 그리스도인들은 자신들이 하나님의 율법을 어겼다는 것을, 따라서 자신들이 죄인이라는 것을 아는 사람들입니다.

어찌 보면 기독교 신앙은 파산 선고나 마찬가지입니다. 예수아를 받아들인다는 것은 패배를 인정하고, 당신 자신을 법정의 자비에 맡기는 것과 같습니다. 정의가 실현되기 위해서는 당신이 치를 수 있는 것보다 훨씬 더 많은 것을 치러야단 한다는 것을 알기에, 법정의 처분에 맡길 수밖에 없는 것입니다. 감형을 받아야만 당신은 당신의 목숨을 부지할 수가 있을 것입니다. 교훈을 배우는 것은 좋지만, 그것을 배우는 대가로 목숨을 내놓아야 한다면 어떨까요?

학창 시절에 유럽의 어느 왕가에서 행해지곤 했던 기괴한 관습에 관한 이야기를 읽은 적이 있습니다. 왕자가 잘못을 범하면 직접 벌을 받는 대신, 왕자와 같은 또래의 다른 소년이 대신 벌을 받는 〈채찍 소년〉에 관한 것입니다. 어떻게 그런 일이 있을 수 있단 말인가? 터무니없이 어리석고, 터무니없이 불공평한 처사로 여겨졌었습니다. 벌 받을 짓이라고는 아무것도 하지 않는 소년이 다른 누군가가 저지른 일 때문에 채찍으로 맞아야 하다니요! 터무니없이 불공평하게 느껴진 것은 그 때문이었습니다. 터무니없이 어리석게 느껴진 것은, 왕자로서는 자신의 행위를 바꿀 만한 아무런 이유가 없기 때문입니다. 하지만 최근 들어서는, 그것이 내가 생각했던 것만큼 그렇게 어리석은 일은 아니라는 생각이 들더군요. 매질이 적당하게만 이루어진다면, 왕자로 하여금 나쁜 짓을 못하게 하는 매우 효과적인 방책이 될 수도 있을 것 같다는 생각이 들었습니다.」

데커는 고개를 흔들었다.

「나로서는 납득할 수가 없어, 로젠.」

「왕자가 〈채찍 소년〉을 모른다거나, 자신이 저지른 행위에 대해 소년이 벌을 받고 있는 것을 지켜보지 않아도 된다면, 그건 말할 나위도 없이 왕자에게는 아무 의미가 없습니다. 처벌이라는 것이 전혀 유익하지 않습니다. 하지만 왕자가 그 소년을 알고 있다면, 함께 어울려 노는 친구 사이라면, 왕자는 직접 채찍 자국이 나도록 맞지 않더라도, 자신이 친구에게 고통을 야기한 것을 알고는 자신도 아파할 것입니다. 호손 씨, 당신에게는 형제나 누이가 있나요?」

「나단이라는 형이 있었소. 재난 때에 고인이 되었지만.」

데커가 대답했다. 대답을 하면서도 그가 왜 그런 것을 묻는지 이해할 수 없었다.

로젠은 놀라서 눈썹을 치켜떴다. 하지만 조금도 자세를 흐뜨리지 않은 채 계속했다.

「그러면 아마 이해하실 수 있을 겁니다. 당신이 뭔가 잘못을 저지를 때마다 부모님이 당신의 형을 벌하신다고 생각해보세요. 잠시 동안은 잘됐다고 생각할지도 모릅니다. 하지만 형을 걱정하는 마음이 조금이라도 있다면, 곧 달라질 겁니다. 마음이 아파지기 시작할 겁니다. 벌을 받는 것이 형이라 할지라도 당신 또한 고통을 느끼게 됩니다. 그래서 당신의 행동도 곧 바뀌게 될 것입니다.

동물을 제물로 바치는 관습은 〈채찍 소년〉의 개념과 흡사합니다. 크리스토퍼는, 야훼가 동물을 제물로 바칠 것을 요구하는 것은 그가 피에 굶주린 신이라는 것을 입증한다고 말했습니다. 하지만 하나님께서는 고통을 보는 것을 즐겨하지 않습니다. 동물들이 죽는 것을 보고 싶어하지 않습니다. 성서에 따르면, 본래는 동물들도 서로를 죽이지 않았습니다.[55] 모두가 채식만 했습니다. 예수가 재림한 이후에는 다시 채식주의자가 될 것입니다.[56] 그럼에도 하나님께서 우리에게 동물을 제물로 바치라고 하신 이유는, 그렇게 함으로써 우리의 죄가 얼마나 무서운지를 깨닫도록 하기 위해서였습니다. 당신 대신에 벌을 받는 형을 보면서도 아픔을 느끼는데, 당신의 부모가 당신 자식에게 벌을 내린다면 얼마나 아플까요. 그것이 바로 하나님께서 동물을 제물로 바치라고 하신 의도였습니다. 하나님께서는 우리에게 죄라는 것이 얼마나 파괴적인 것인지는 물론이고, 죄의 대가는 죽음이라는 것을 확실하게 이해시키고 싶으셨던 것입니다.

농부와 두 아들에 관한 이야기 속에서 작은아들에게 남겨진 유산은 아무것도 없었습니다. 아버지가 남긴 모든 것은 형에게로 돌아갔습니다. 하지만 작은아들이 유산을 받을 수 있는 한 가지 길이 있긴 했습니다. 형이 죽은 다음에 상속자가 아무도 없을 경우이지요. 그렇게 되면 그는 형이 남긴 것을 모두 이어받게 될 것이었습니다. 하지만 그가 받을 모든 것은 형의 목숨을 대가로 한 것임을 잊어서는 안 될 것입니다.」

로젠은 핵심을 강조하기 위하여 잠시 멈추었다가 말을 이었다.

「우리의 형은 죽었습니다.」

로젠은 다시 말을 멈추었다가, 마침내 입을 열었다.

---

55) 창세기 1:29~30.
56) 이사야 11:7, 65:25.

「야훼가 피에 굶주린 하나님이어서가 아닙니다. 우리가 희생하는 일 없이 우리 죄의 막중함을 이해할 수 있는 유일한 길이 바로 거기에 있었기 때문입니다. 예수께서는 우리를 대신하여 죽으심으로써 자신을 제물로 바치신 것입니다.

저는 앞서, 하나님께서 우리를 자신의 모습에 따라 창조하신 것은 〈피할 수 없는 모험〉이었다고 말했습니다. 그것은 자신의 모습에 따라 창조함으로써만이 우리가 진실로 그의 자녀가 될 수 있었기 때문입니다. 사실, 하나님께서는 아담과 하와가 죄를 저지를 것을 미리 아셨을 것이기 때문에, 하나님께서 자신의 형상에 따라 창조하신 것은 〈피할 수 없는 모험〉이라기보다는 〈받아들여진 희생〉이라고 하는 편이 더 적절할 것입니다. 하나님께서는 우리가 죄를 저지를 것을 아셨고, 사람이 된 자신의 아들 예수를 통해, 자신이 그 죄에 대한 형벌을 치르기 위해 고통을 당하고 죽지 않으면 안 된다는 것을 알고 계셨습니다. 그는 결국 그렇게 했습니다. 그 자신의 죽음은, 우리에 대한 그의 사랑이 너무나 막중하기에 우리 없이 살기보다는 자신이 죽는 편이 낫기 때문에 기꺼이 치르고자 하셨던 희생이었습니다.

유산은 우리의 것입니다, 호손 씨. 그렇게 되기 위해서 우리가 해야 하는 일은 농부의 작은아들이 했던 바로 그것입니다. 하나님을 떠남으로써 우리 자신의 삶을 엉망으로 만들었다는 것을 인정하고, 모든 자존심을 꿀꺽 삼키고, 용서를 빌면서 그에게로 돌아가는 것. 작은아들과 마찬가지로, 우리는 기꺼이 하인으로서 일할 자세를 갖추어야만 합니다. 이야기 속의 농부처럼, 하나님께서는 우리를 아들로서 받아들이기 위해 애타게 기다리고 계십니다.

예수께서는 십자가상의 강도에게 낙원으로 들어가게 될 것이라고 말씀하셨습니다. 일찍이 누구에게도 한 적이 없는 약속을 그 강도에게 하신 것입니다. 저는 예수께서 그 상황을 이용하셨던 것이라고 믿습니다. 상황이 상황이니 만큼 그에게 말을 걸었던 그 강도는 하나님의 용서를 얻기 위해서 할 수 있는 일이 아무것도 없었습니다. 그러니 다가오는 수백 년 동안 그 이야기를 읽은 사람이라면 누구라도, 하나님께 용서받고 받아들여지려면 애써 무엇인가를 해야 한다고 생각지 않을 것이기 때문입니다.

삶에서 우리가 어떤 역할을 할 것인가를 결정하는 것은 우리 자신입니다. 자존심을 지키려고 조롱하는 강도가 될 것인가, 한없이 겸허해져서 회개하는 강도가 될 것인가는 우리 자신에게 달려 있습니다. 그 당시에 그렇게 단순한 문제였던 것처럼, 오늘날에도 그처럼 단순한 문제일 뿐입니다. 하나님께 용서받고 받아들여지기 위해서 당신이 할 필요가 있는 일이라곤, 용서받아야 할 필요가 있다는 것을 인정하고 용서를 청하는 것뿐입니다. 농부의 아들이 겸허해진 마음으로 아버지께 나아갔던 것처럼, 가난해진 마음으로 하나님께 나아가십시오. 그러면 하나님께서는 두 팔을 활짝 벌리고 당신을 받아들여주실 것입니다.」

「대단한 이야기군 그래. 하지만 자네는 아무것도 바꿔놓질 못했어. 어젯밤에 내가 말했듯이 자네가 아무리 그럴듯한 이야기를 해도, 크리스토퍼가 한 말보다 유괴범이 한 말을 더 믿을 수는 없어.」

데커가 딱하다는 듯 말했다.

「어젯밤에 전 이미 말씀드렸어요. 당신을 납득시키려고 하진 않을 거라고요. 제가 오늘 이런 말씀을 드리는 것은, 우리가 무엇을 믿고 있는지를 분명하게 밝히기 위해서였습니다.

떠나시기 전에 한 가지 더 말씀드려야 할 것이 있어요. 앞서 말씀 드렸지요. 하나님께서는 자신의 사람들이 지금 살고 있는 이 시간대에서 고통을 당하지 않도록 피신시켰다고 말입니다. 성서는 이 시기를 〈환난〉의 때라고 부르면서, 이스라엘과의 조약에 서명하는 것으로 시작되어 7년 동안 계속될 것이라고 합니다. 그 조약은 크리스토퍼 굿맨에 의해 주도되어 UN과 이스라엘 사이에 체결된 것을 가리킵니다. 크리스토퍼는 성궤를 이스라엘에 반환하면서 이를 주선하였지요. 조약은 2019년 9월 30일부터 발효되었는데, 그로부터 7년간이므로 4개월에서 조금 빠지는 기간이 남은 셈입니다.」

　「내가 말할 수 있는 것은, 크리스토퍼가 3년 전에 요한과 코헨을 제거한 이후로는 세계가 잘 굴러가고 있다는 점이네. 소행성의 침략도, 메뚜기 떼의 재앙도, 광기의 살인도, 어떠한 전쟁도 없었어. 세상은 평화를 노래 불렀어. 유일한 〈환난〉은 근본주의자들이 성찬을 거부함으로써 일으킨 살인과 폭력 사건뿐이네. 내 생각에는 세 천사들을 나타나게 한 것도 자네들인 것 같아.」

　그러고서 데커는 조롱조로 덧붙였다.

　「그래 봤자 큰 위협을 주지도 못했지만.」

　「하지만 다음 3개월 반 동안은 상황이 급속도로 나빠질 겁니다. 물론 크리스토퍼는 그 책임이 야훼와 KDP, 그리고 근본주의자들에게 있다고 떠넘기겠지만요.」

　「자네들은 야훼가 그런 짓을 하는 이유에 대해서는 상상할 수가 없어. 안 그런가? 그래서 크리스토퍼가 요한과 코헨을 죽이기 이전에, 이 지구를 물들였던 파괴와 죽음에 대해서도 야훼에게 전혀 책임이 없다고 말하고 싶은 건가?」

데커는 한껏 비꼬아주었다.

「지금까지 하나님께서 하셨던 것은, 대부분 우리의 주의를 끌기 위하여 계획된 것이었습니다. 모세 시대에 이집트에 닥쳤던 역병은, 이집트의 거짓된 신들을 압도하는 하나님의 절대 주권을 보여주기 위해서 계획된 것이었습니다. 이집트 사람들은 나일 강을 숭배했고, 그래서 하나님께서는 그 강물을 피로 물들게 했습니다. 그들이 파리와 개구리를 숭배했기 때문에 하나님은 그들에게 파리와 개구리의 재앙을 주었습니다. 그들이 태양을 숭배했기 때문에 하나님은 이집트 땅에 태양을 비추지 못하게 해서 흑암으로 덮어버렸습니다. 마찬가지 방식으로, 하나님께서는 이 시대의 거짓된 신들을 압도하는 하나님의 절대 주권을 보여주기 위해서 이 지구에 재앙을 내리셨습니다.

사람들이 하늘을 숭배하고 별들을 들여다보며 미래를 점치자, 하나님께서는 소행성들로 하여금 지구에 재앙을 일으키게 하셨습니다. 사람들이 자연을 숭배하므로, 하나님께서는 폭풍과 화산, 메뚜기 떼로 하여금 사람들을 괴롭게 하셨습니다. 사람들이 영을 안내자로 삼는 것을 추구하자, 하나님께서는 영들로 하여금 광기와 죽음을 몰고 오게 하셨습니다. 하지만 다음 석 달 동안에 일어날 일들은 우리의 주의를 끌기 위해 계획된 것이 아니라, 인류를 벌하고, 정의로운 하나님을 거역하기란 불가능하다는 것을 인류에게 보여주기 위해 계획된 것입니다.」

로젠이 명백히 부정하고 변명하리라 예상했던 데커는 다소 실망스런 느낌이었다.

「크리스토퍼는 야훼를 되받아치기 위해서, 자신에게 반대하는 이들을 모두 체포하라고 명령을 내릴 것이고, 성찬과 표식을 받기를 거부하는 사람들을 모두 처형하라고 할 것입니다. 재앙이 계속됨에 따라, 그는 모든 나라 사람들을 한데 결집시켜, 아직도 야훼에 대해 충성하는 사람들을 멸망시키기 위해 페트라로 진격해가자고 요구할 것입니다. 그는 암이나 다른 병의 원인이 되는 병원균을 없애야 하듯이 뉴에이지의 적대자들을 멸망시켜, 이 지구를 장악하려는 야훼의 최후의 시도를 저지해야 한다고 말함으로써, 자신의 조처를 정당화시킬 것입니다. 야훼의 추종자들을 죽이는 것은 선을 위해서이며, 그들은 과거의 모든 〈편견〉과 〈편협함〉으로부터 자유로워진 상태로 몇 년 안에 다시 환생할 것이기 때문에 괜찮다고 주장할 것입니다. …당신은 왜 우리가 코움 담마 파타르라고 불리는지 아십니까, 호손 씨?」

「음, 그러니까 자네 같은 기인들이 14만4천 명에 달할 것인데, 14만4천을 쓰기 위해 사용되는 히브리 문자는, 코움 담마 파타르라는 글자를 쓰기 위해 사용되는 것과 똑같다고 해서 그리 된 것 아닌가.」

데커가 대답했다.

「다른 이유가 더 있습니다. 그것은 예언적인 근거에서이기도 합니다. 영어로 코움 담마 파타르는 〈일어나라, 눈물을 흘려라, 그러면 자유로워지리라〉를 뜻합니다. 스가랴서에서는, 하나님께서 스가랴를 통해 이렇게 말씀하십니다.

내가 다윗 집안과 예루살렘에 사는 사람들에게 〈은혜〉와 〈용서〉를 갈구하는 영을 불어넣으리라. 그러면 그들은, 나, 곧 그들이 찔러 죽인 자를 위해 외아들을 잃고 애통해하듯 할 것이며, 맏아들을 잃고 통곡

하듯 할 것이로다.[57]

이 말씀이 실현될 시간이 곧 닥쳐옵니다. 그때가 되면 모든 이스라엘 사람들이 한 사람처럼 일어나서 그들이 꿰어 찔러 죽인 한 사람을 위해 눈물을 흘릴 것입니다. 크리스토퍼가 페트라로 행진할 때, 이스라엘 사람들은 자신들이 거부했고 자신들의 선조들이 꿰어 찔러 죽인 예수아가 그들의 왕이요 메시아임을 알게 될 것입니다. 그 일이 일어날 때, 메시아는 크리스토퍼로부터 그들을 구하기 위해 돌아올 것입니다. 모세가 돌아와 그들의 선조들을 파라오로부터 구출했듯이, 그들은 결국 자유를 얻게 될 것입니다.」

「그리고 그때 자네들은 모두 영원히 행복하게 살게 될 거구 말이야.」

데커는 냉소로 맞장구를 쳐주었다.

그러나 로젠은 조금도 흔들림 없이 태연하게 대꾸했다.

「그건 당신이 상상할 수 있는 것보다 훨씬 더 진실이에요. 성서는, 하나님께서 이 지상에 자신의 왕국을 건설할 것이며, 예수아는 다윗의 왕좌에 앉아 왕으로서 다스릴 것이라고 말합니다. 지구는 회복하여 에덴 동산 같은 낙원이 될 것입니다. 성서는 이렇게 쓰고 있지요.

그때에는 이리가 어린 양과 함께 살며, 표범이 새끼 염소와 함께 누우며, 송아지와 새끼 사자와 살진 짐승이 함께 풀을 뜯고, 어린 아이가 그것들을 이끌고 다닌다. 암소와 곰이 서로 벗이 되며, 그것들의 새끼

57) 스가랴 12:10.

가 흩께 눕고, 사자가 소처럼 풀을 먹는다. 젖 먹는 아이가 독사의 구멍 곁에서 장난하고, 젖 뗀 아이가 살무사의 굴에 손을 넣을 것이라. 나의 거룩한 산 모든 곳에서, 서로 해치거나 파괴하는 일이 없을 것이니, 이는 물이 바다를 채우듯 주님을 아는 지식이 땅에 가득하기 때문이니라.[58]

데커는 신음 소리를 내며 고개를 가로저었다.

「저는 최선을 다했어요. 저는 돌을 굴려 치웠고, 이제 나머지는 하나님께 달려 있습니다.」

로젠은, 죽은 나사로를 살리기 위해 예수가 사람들로 하여금 무덤 앞의 돌을 치우게 한 일을 두고 말했다.[59]

「당신은 가능하면 빨리 이곳을 떠나고 싶으시겠지요.」

로젠이 단도직입적으로 말했다.

데커는 순간적으로 움칠하면서 뒤로 물러섰다. 방금 들은 말을 얼른 믿을 수가 없었다.

「정말이오?」

잠시 후 그가 물었다. 호될 줄 알았던 시련이 이렇게 단순하게 끝날 수 있을지 의아스러웠다.

「정말입니다. 아시다시피 하나님께서는 나에게 성공하라고 명령하신 게 아닙니다. 다만 애써야 한다고 하셨을 뿐이죠. 당신의 마음을 바꾸는 것이 저의 책임은 아닙니다. 진리를 보여드릴 수 있을 뿐이죠. 그 진리로 무엇을 어떻게 할 것인가는 당신에게 달려 있습니

---

58) 이사야 11:6~9.
59) 요한복음 11:38~41.

다.」

　로젠의 말을 들으면서, 데커는 한 순간만이라도 그의 마음을 읽을 수 있으면 좋겠다는 생각이 들었다. 로젠은 과연 진심을 말하고 있을까, 아니면 단지 속임수일 뿐일까?

　「모레 떠나실 수 있도록 준비를 다 해놓았습니다.」

　정말로 그럴 수 있을 것 같지가 않았다.

　「왜 당장은 안 되는 거지?」

　데커가 물었다. 그런 식으로 연기를 하는 것이 아무래도 미심쩍어서였다. 그는 알고 있었다. KDP가 그를 죽이려고 마음먹었다면, 이제 곧 조만간 그런 일이 터질 것이다. 그게 아니라면, 지금은 장기적인 세뇌 프로그램의 2단계로 들어가기 위한 준비 단계일 수도 있다. 그들은 로젠이 지난 사흘 동안 그에게 말한 것을 〈숙고〉해보라면서 몇 주일 혹은 몇 달을 독방에 감금시켜놓을지도 모른다. 어느 쪽이 될지는 알 수 없지만, 일이 어떻게 돌아가든, 데커로서는 그 모든 일을 당당하게 이겨낼 수 있기를 바랄 뿐이었다. 레바논에서 거의 3년 가까이나 인질로 잡혀 있었던 때의 일들이 떠올랐다. 그때에 비하면 지금까지는 식은 죽 먹기나 다름없었다.

　물론 로젠이 진짜로 그를 풀어줄 의향이 있을 수도 있었다. 하지만 데커는 그런 전망에 큰 희망을 걸지 않았다.

　「당신은 이스라엘로 보내져서 풀려날 겁니다. 거기서부터는 당신 스스로 바빌론으로 돌아가실 수가 있을 거예요.」

　그건 데커의 질문에 대한 답이 아니었다. 데커는 더 강력하게 다시 한 번 물었다.

　「지금 당장 떠나는 건 왜 안 되는 거지?」

「지금은 금요일 오후 4시가 넘은 시각이에요. 안식일이 시작되는 일몰 이전에 당신을 이스라엘로 데려다주기에는 시간이 부족해요.」

독실한 유대인들은 안식일에 여행을 하지 않는다. 그건 사실이다. 로젠의 대답은 그럴듯했다. 하지만 그건 잘 계산된 거짓말일 수도 있었다.

「그러니까 가만히 앉아서 기다리기만 하란 말인가?」

데커가 슬그머니 찔러보았다.

「페트라 내에서는 어디든 좋으실 대로 다니셔도 됩니다.」

「내가 더 멀리 가겠다고 한다면?」

데커는 그렇게 물어놓고는 금방 머쓱해졌다. 자신이 생각해도 너무나 어리석은 질문이었다. 페트라는 황량한 광야 한가운데에 있었다. 가긴 도대체 어디로 간단 말인가?

데커의 얼굴에 나타난 자포자기한 표정 때문인지, 아니면 데커의 생각을 읽었기 때문인지는 알 수 없었지만, 로젠은 그에 대해선 아무 대꾸도 하지 않았다.

「한 가지만 더 말씀드릴게요, 호손 씨. 어떻든 당신은 오랫동안 성찬과 표식을 받지 않았어요. 저는 당신이 계속해서 그런 자세를 지켜나가실지 알지 못합니다. 하지만 당신이 만약 그러실 수만 있다면, 그리고 어찌 되었든 저 나름대로는 진실을 말씀드리고 있다는 것을 조금이라도 믿어주실 수만 있다면, 당신의 최선을 다해서 성찬이나 표식을 받지 말아주시길 당부드리고 싶습니다.」

「명심하겠네.」

데커는 그렇게 대답했지만, 그 말 속에는 성의가 조금도 담겨 있지 않았다. 그럼에도 데커는 로젠의 말에 한편으로는 적잖이 고무된 것이 사실이었다. 로젠이 정말로 그를 보내주려 한다는 것 정도는 읽을 수 있었기 때문이다. 그는 시간을 더 끌면서 성찬과 표식을 받지 말아야 한다는 것을 주입시킬 수도 있을 텐데, 왜 그러지 않는 것일까?

「전 지금 가봐야 합니다. 제가 말씀드린 것들을 숙고해주시기를 기도하겠습니다. 지금 이 순간에도 하나님의 영이 당신께 말해주기를, 그리고 다음번에는 메시아의 왕국의 상속자이자 형제로서 만나 뵙기를 기도하겠습니다.」

「좋아.」

데커가 대꾸했다. 데커 자신이 놀랄 정도로 여전히 빈정대는 듯한 어투가 나왔다. 하지만 로젠은 무엇 때문인지, 데커가 살아 있어줘야 할 필요성을 느끼고 있는 것 같았고, 데커는 그 점을 놓치지 않았다.

로젠은 한숨을 쉬고는 방을 떠났다. 방문을 열어놓은 채로.

9

도나핀 가족

NA 4년(AD 2026년) 6월 5일 페트라

데커는 몇 분 동안 멍하니 앉아 있었다. 이젠 무슨 일이 그를 기다
리고 있는 것일까? 하지만 아무 일도 일어나지 않았다. 그는 자리에
서 일어나 창가로 갔다. 바깥에 배치되었던 경비들은 사라지고 없었
다. 그는 잠시 동안 바깥을 바라보면서 관망했다. 바깥은 어디든 다
페트라 지역이니 갈 데가 없었다. 설령 어디론가 도망을 친다고 해
도, 사흘 동안 내내 갇혀 있었던 새장보다 규모가 좀더 큰 새장일 뿐
일 것이다. 더구나 오두막 안에 있든 벗어나든 위험하기는 마찬가지
였다. 그가 머물러 있거나 탈출을 시도하거나 간에 KDP는 마음먹고
있던 것을 결국 해내고야 말 것이다. 그래도 그는 떠나기로 결심했
다. 죽더라도 해가 있을 때 죽는 편이 나을 것이다. 왜 그런지 이유
를 댈 순 없었지만, 어쨌든 그는 그렇게 느꼈다.

입고 있는 옷 그대로, 엘리자베스의 성서가 들어 있는 가방만을
달랑 맨 채, 방에서 벗어나 발걸음을 옮겨놓으며, 데커는 놀라지 않

을 수 없었다. 어디에서도 간수를 발견할 수가 없었기 때문이었다. 바로 그 순간, 레바논에서 탈출할 당시에도 경비병이 감쪽같이 사라지고 없었다는 기억이 났다. 그렇다고 해서 그때처럼 이상하게 여길 필요는 없었다. 로젠은 이미 떠나고 싶으면 떠나도 좋다고 말했으니까. 그럼에도 언젠가 그런 일을 한 번 겪었던 것 같은 느낌이 강하게 들었다.

데커는 처음에는 오두막 주변을 서성거렸지만, 곧 그럴 필요가 없다는 것을 깨달았다. 주변을 좀 헤매다가 될수록 빨리 길을 잃는 편이 나을 것 같았다. 로젠과 KDP의 눈에 띄지 않기를 바란다는 것은 두 손으로 하늘을 가리려 드는 것과 마찬가지일 것이다. 사막 속의 이 섬으로부터 도망칠 길은 없었다. 로젠이 정말로 누군가를 시켜서 일요일에 데커를 데려다줄 생각이었다면? 만약 그렇다면 로젠이 그를 찾아낼 수 있도록 이곳에 남아 있을 필요가 있었다. 데커는 아무래도 확신을 할 수가 없었다. 이럴 수도 저럴 수도 없었다. 거의 45분 동안 데커는 천막의 열과 거기에 사는 사람들을 여기저기 기웃거리기만 했다. 지나치는 사람들 모두가 안식일을 잘 보내시라는 인사를 건넸다. 하지만 데커의 마음은 편할 리 만무했다. 그저 누군가 자신을 뒤쫓을 사람을 어찌어찌 따돌릴 수 있기를 바랄 뿐이었다.

데커는 결국 속도를 늦추었다. 너무나 피곤해서 그렇게 하지 않을 수가 없었다. 그러고 나니 주변의 아름다운 자연 경관이 새삼 눈에 들어왔다. 인간들이 만든 건조물들도 저절로 감탄사를 불러일으키기에 충분했다. 데커는 2천 년은 되었음직한 움푹 파인 돌 위에 주저앉아 주변을 둘러보았다. 그가 앉은 곳은 고고학자들이 〈로마 극장〉이라고 부르는 곳으로, 페트라의 거의 대부분을 조망할 수 있는 자리였다. 저물어가는 태양이 도시 전체를 붉게 물들이고 있었다. 상황이 이렇지 않았다면 이 고대의 건축물들을, 그러나 지금은 어느 덧 번성하는 도시가 된 현장을 살펴보느라 정신을 빼놓았을 것이 틀림없었다. 하지만 지금은 그러고 있을 때가 아니었다. 더구나 언젠가부터 열한두 살 된 소년 하나가 그의 주의를 끌고 있었다. 그 아이를 처음 본 것은 오두막을 떠난 직후였다. 다시 기억을 더듬어보니, 그 이후에도 녀석을 보았던 것 같았다. 두 번 다 소년은 데커에게서 멀어져가는 것 같았는데 다시 또 나타난 것이다. 아무래도 우연의 일치라고 할 수가 없었다. 부러 여러 번 빙빙 돌았기 때문이었다. 소년은 그를 뒤따르고 있는 것이 틀림없었다. 로젠이 그렇게 어린 녀석을 시켜 뒤따르게 했다고 생각하니, 진저리가 났다.

데커는 소년을 못 본 척하고는, 원치 않는 이 똘마니에게서 벗어나려면 가장 빠른 길이 어디인가를 알아보려고 주변을 둘러보았다. 단순히 소년을 앞지르는 것은 불가능할 것 같았다. 소년을 따라잡기에는 너무 노쇠한 나이가 되어버린 것이다. 하지만 추적자의 정체를 알았으니, 잘만 하면 사람들과 천막들과 석조 건축물들 사이에서 소년의 시선을 피할 수 있을 것도 같았다. 그가 막 자리를 털고 일어나려고 하는데, 한 여인의 목소리가 들렸다. 분명하지는 않았지만, 마치 데커 자신의 이름을 부르고 있는 것 같았다. 주변에는 스무 명 가량의 사람들이 있는데다가 저마다 떠들고 있었다. 하지만 그 여인의 목소리는 분명 그의 이름을 부르고 있는 것 같았다.

「데커!」

이번에는 분명히 들렸다. 그로서는 알지 못하는 목소리였다.

「데커!」

목소리가 다시 들렸다. 여인은 천막들 사이를 돌아 마침내 모습을 드러냈다. 분명 모르는 얼굴이었다. 그녀는 그를 향해 다가오는 것이 아니었다. 그를 뒤따르고 있는 소년을 향해 다가가고 있었다.

여인과 소년은 아는 사이인 것이 분명했다. 그들은 잠시 이야기를 주고받더니, 둘 다 데커 쪽을 바라보았다. 데커 역시 그들을 마주 보고 있었다. 눈이 마주치자, 여인은 뭔가 해명할 것이 있다는 듯이 소년과 함께 데커가 앉아 있는 곳을 향해 다가왔다.

「데커 호손 씨세요?」

여인이 물었다.

「그렇습니다만.」

데커로서는 부인할 만한 이유가 없었다.

「대단히 죄송합니다, 호손 씨. 제 아들 녀석이 당신을 뒤따르고 있었거든요. 해를 끼칠 의도는 전혀 없었습니다.」

데커는 소년이 왜 자기 뒤를 따라왔는지 묻고 싶었지만, 그보다 더 궁금한 사항이 있었다.

「저 소년을 데커라고 부르신 겁니까?」

「그래요. 저를 소개하지 않으면 안 될 것 같군요. 전 로다 도나핀이에요. 탐 도나핀이 저의 남편이었지요.」

여인의 말에, 데커는 그 자리에 얼어붙을 것만 같이 멍해졌다. 하지만 그것만이 아니었다.

「그리고 이 애는 제 막내아들인 데커랍니다. 탐이 당신 이름을 따서 그렇게 이름을 붙였어요.」

데커는 찬물을 끼얹은 것처럼 정신이 번쩍 났다. 순식간에 지금껏 몰랐던 새로운 현실 속으로 들어선 것이다. 여기, 분명 그의 일부였던 과거의 한 증거가 존재하고 있었다. 그를 기리기 위해 이름을 똑같이 붙인 한 소년이 거기 서 있었다. 탐이 결혼을 했으며 아이들이 있다는 이야기는 들은 적이 있지만, 그 아이가 자신의 이름을 가진 줄은 꿈에도 몰랐었다.

「당신이 페트라에 계시다는 것을 알았을 때부터 데커는 줄곧 당신에 관해서 물었답니다. 걔는 당신을 진짜로 만나고 싶어했어요.」

로다가 자기 아들에 대해 말했다.

「하지만 제가 여기 있는 줄 어떻게 아셨죠?」

데커는 간신히 마음을 가다듬고 물었다.

「제 동생인 요엘 펠스버그와 스콧 로젠은 절친한 친구예요. 더구나 전 의사구요. 스콧이 며칠 전에 절 만나러 왔었어요. 눈두덩이 시퍼래져서 불쑥 들어서더군요.」

데커는 그녀가 우스갯소리로 돌려서 말하고 있는 것인지, 아니면 데커의 주먹에 맞아 그렇게 되었다는 것을 소년 때문에 직접 말할 수가 없어서 그런 식으로 표현하는지 알 수가 없었다.

로다 도나편이 해가 저물어가는 것을 바라보며 말을 이었다.

「이제 곧 안식일이 시작되네요. 저희들과 함께 저녁식사를 하지 않으시겠어요? 그래 주신다면 저희로서는 영광이에요.」

「난… 어…….」

데커는 잠시 더듬거렸다. 모든 것이 너무 급작스러웠다. 이제 방금 만난 사람이 보여준 호의와 친절이 조금쯤은 부담스러운 것도 사실이었다. 하지만 이 여인에게는 묻고 싶은 것이 너무 많았다.

「고맙습니다. 좋아요. 그렇게 하지요.」

그가 마침내 대답했다.

로다 도나핀은 미소를 지었지만, 데커 도나핀만큼이나 거리낌없
이 활짝 웃었던 것은 아니었다.

*

　도나핀네 천막은 그들이 만난 장소에서 4백여 미터밖에 떨어져
있지 않았다. 이야기를 나눌 시간이 조금밖에 없는 셈이었지만, 탐
도나핀의 아내와 그 아들을 만났다는 놀라움이 가시자, 데커는 로다
가 너무나 젊게 보인다는 사실에 눈을 떴다.
　「당신은 어…….」
　데커는 주저했다. 그동안 사회적인 관습이 많이 바뀌었다고는 해
도, 여성의 나이를 묻는 것은 아직까지도 금기시되고 있었다.
　「탐보다도 훨씬 젊게 보이네요?」
　마침내 그가 물었다.
　「쉰다섯이에요. 그이는 저보다 열일곱 살이 더 많았어요. 데커가
태어났을 때, 탐은 예순하나, 전 마흔넷이었어요. 애는 우리 둘 다에
게 경이의 대상이었지요.」
　로다는 주저함 없이 대답하면서, 사랑이 담긴 손길로 아이의 머리
를 쓰다듬었다.
　데커는 묻고 싶은 것들을 마음속으로 정리해보았다. 가장 묻고 싶
은 것은, 천막까지 가는 동안에 충분히 대답을 들을 수가 없는 것이
었다. 다른 질문들도 그렇게 걸으면서 물을 수 있는 성질의 것들이
아니었다. 무엇을 물어야 할지를 몰라, 데커는 불편한 침묵을 지킬
수밖에 없었다. 로다가 자진해서 수수께끼를 좀 풀어주면 좋으련만,

그녀는 그런 친절을 베풀지 않았다.

*

도나핀가의 천막은 다른 것들과 흡사해 보였다. 대여섯 평이 못 되는 회색의 검소한 천막이었다. 천막 바깥이지만 여닫이 덮개가 있는 부분이 부엌 구실을 하는 것 같았다. 그들이 도착하자, 한 여자아이가 안식일 저녁식사를 분주하게 준비하고 있다가 미소를 지어 보였다.

「호손 씨, 이 아인 라헬이에요.」

자기 딸을 가볍게 끌어안으며 로다가 말했다. 라헬은 잘생긴 소녀였다. 대단한 미모라고 할 정도는 아니었지만, 부모 양쪽의 좋은 점을 합해놓은 것 같은 강렬한 인상이었다.

「라헬, 이분은 아빠의 오랜 친구분이신 데커 호손 씨야.」

소녀는 정중하게, 지대한 관심을 갖고 데커를 맞아주었다. 물론 그녀에게는, 가스불 위에서 끓고 있는 만나 단지와 지루한 부엌일에서 벗어날 기회를 갖게 되어 다행이라는 기분도 섞여 있는 것이 분명했다.

「라헬은 가운데 아이예요. 열여섯 살이랍니다.」

로다가 말했다.

「그리고 이 아이가 탐 2세.」

장남이 은촛대를 가지고 천막에서 나오자 로다가 말했다. 탐 도나핀 2세는 자기 아버지를 쏙 빼닮은 모습이었다. 마치 탐을 처음으로 만났던 당시가 재현되는 것 같았다. 가족을 모두 잃게 된 교통사고로 불쑥 튀어나오게 된 이마만 뺀다면 영락없이 탐 도나핀의 복사판이었다.

「탐, 이분이 데커 호손 씨다.」

탐 2세는 고개를 끄덕이고는 다가와서는 데커에게 악수를 청했다.

「스콧 로젠 아저씨가 결국 당신을 풀어주었군요.」

「더 지켜보아야겠지. 난 아직 여기 있으니까 말이다.」

데커가 대꾸했다.

「그 점에 대해서라면, 전 걱정 안 해요. 밖에 나가신다면 다시 들어오시기가 힘들걸요?」

탐 2세는 거기에 대해 뭔가 경험이 있는 것 같았다. 데커는 그 점을 확인하고 싶었다.

「그러니까, 스콧 로젠은 만날 이런 식이니?」

「아뇨. 당신이 유일할걸요?」

탐은 이상하다는 어투였다. 예외적인 대접을 받고 있으니 영광으로 생각해야 마땅하지 않느냐는 뜻이 암시되어 있는 것 같았다.

「탐은 올해로 열여덟이랍니다.」

로다가 구김살 없이 말했다.

*

곧이어 안식일 고유의 저녁식사가 시작되었다. 탐 2세가 아버지 역할을 했다. 마침내 데커가 질문을 하도 좋을 만한 시기가 된 것 같았다. 탐이 죽었다고 생각했던 날부터 그가 다시 나타났을 때까지의

21년 동안 무슨 일이 있었는지 궁금했다. 데커는 탐의 아이들 앞에서 탐의 죽음에 대해서는 한마디도 언급하지 않으려고 주의를 기울였고, 거기에 관련되는 사항이 튀어나올 만한 질문은 피해가려고 애썼다. 그런 질문들만 하다 보니, 로다에게는 안심이 되었을지 모르지만, 정작 지난 세월 동안의 궁금증들은 조금도 벗겨지지 않은 채로 남고 말았다.

하지만 이야기를 하다 보니 질문을 하는 쪽은 대부분의 경우 데커 호손이 아니라, 데커 도나핀 쪽이었다. 데커는 이야기를 하느라 식사의 진드를 맞추지 못했을 정도였다. 그가 하는 이야기가 그들 모두에게 진짜로 재미있는 것인지, 이야기를 꾸려나가는 노신사에게 그저 장단만 맞춰주고 있는 것인지는 알 수 없었다. 어쨌든 그에게는 지난 세월을 추억한다는 것 자체가 즐거운 일이었고, 탐의 아내와 아이들의 얼굴을 마주보고 있자니 더욱 진기하고 흥미로운 기분이었다.

식사가 끝난 후엔, 데커의 이야기 소리와 도나핀의 웃음소리를 들은 이웃들이 몰려와서, 이야기를 더 듣고 싶어했다. 처음에는 몇 명의 아이들이 왔을 뿐이었지만, 그들 부모들이 우연히 들른 척하면서 이 이례적인 손님을 만날 기회를 놓치지 않았다. 이야기를 듣는 사람들이 어느덧 스무 명을 넘기게 되자, 데커는 야릇한 감정이 이는 것을 어쩔 수가 없었다. 데커 자신은 이 사람들이 최악의 적이라고 생각하는 크리스토퍼와 가장 절친한 사이가 아닌가. 그 크리스토퍼의 암살자였던 사람과 자신이 함께 겪었던 일들을 이 사람들은 재미있다면서 듣고 있는 것이 아닌가.

밤이 깊어갔다. 잠자리에 들 시간이 지나자, 데커 호손과 도나핀네 식구들은 모두 천막 안으로 들어갔지만, 이야기는 그 후로도 한 시간 반 동안 더 계속되었다. 탐 2세와 라헬 도나핀은 10시 조금 전에 잠을 자러 갔다. 어린 데커는 이야기 내용을 진짜 이해하고 있는지 의심스러웠지만, 그런데도 30분을 더 버티다가 갔다. 마침내 로다마저도 눈꺼풀이 감겨오고 있어서, 데커는 바깥 공기를 좀 쐬자고 제안했다. 그에게는 아직도 해야 할 이야기가 남아 있었고, 아이들이 없는 곳에서 하는 편이 더 낫다고 여겨졌기 때문이었다.

「당신이 대답해주실 수 있을지 모르겠군요.」

데커가 입을 열었다. 혹시라도 이웃 천막에서 엿듣는 일이 없도록 그는 목소리를 한껏 낮추었다.

「저는 항상 궁금했어요. 그가 죽었다고 생각했던 지난 세월 동안 내내 왜 탐은 한 번도 절 만나려고 하지 않았던 것인지 말이죠.」

로다는 고개를 끄덕였다. 데커가 왜 그런 질문을 하는지 이해할 수 있다는 듯이.

「당신에게 모든 것을 다 설명해드릴 수는 없어요. 그럴 수 있기를 바라지만요. 전쟁 중에도, 또 직후에도, 그이가 연락을 하려고 했다는 건 알아요. 연락이 닿지 않았지만요. 그 이후로는 한 번도 연락을 하지 않았어요. 당신에 관한 이야기를 자주 하고, 언론기관의 회의가 있을 때면 꼭 지켜보곤 했기 때문에, 한 번은 왜 연락을 하지 않느냐고 물어보았죠. 그랬더니 그이는 랍비 코헨과 그 문제로 상의해보았는데, 기다리는 것이 좋겠다고 했다는 거였어요. 그는 당신께 자신이 잘 지내고 있다는 소식을 전하고 싶어했지만, 그럴 수가 없다고 말했어요. 아직은 때가 아니라는 거였지요.」

그것은 로다 스스로 의도한 것 이상의 답변이 되었다. 탐은 어떻든 코헨과 KDP의 꼭두각시라는 데커의 짐작에 확신을 준 셈이었기 때문이다.

「저도… 당신께 묻고 싶은 게 있어요..」

「말씀하세요.」

데커가 재촉했다. 그는 그녀의 마음이 편치 않다는 걸 알 수 있었다. 그녀가 주저하면서 말을 꺼냈다.

「그이가 죽었을 때 당신은 그이 곁에 있었어요. …그이가 고통스러워하던가요?」

데커는 세게 고개를 저었다.

「아니오. 고통스러워했던 것 같진 않군요.」

그녀는 고개를 끄덕이면서, 눈물을 참기 위해 입술을 깨물었다.

「저는 탐과 아주 잠시 함께 있었을 뿐이지만, 당신을 아주 많이 사랑하고 있다는 걸 알 수 있었어요.」

그가 덧붙였다. 사실 탐은 로다나 아이들에게 대해서는 몇 마디밖에 하지 않았다. 하지만 지금은 그런 사실에만 집착할 때가 아니었다. 로다를 위해서는 입에 발린 그런 말이라도 해두는 편이 나을 것 같았다.

「당신이 놀랄 만한 소식이 있어요. 스콧 로젠이 저를 납치하기 직전에 크리스토퍼는 제게 말했어요. 탐이 다시 파라과이의 한 가정에서 다시 태어났다고 하더군요. 이미 환생했다는 거예요. 당신만 좋으시다면, 제가 여기를 떠날 때, 당신이랑 아이들이랑 함께 가도 좋아요. 물론, 스콧 로젠이 진짜로 나를 보내줄 생각이라는 가정에서 하는 말이지만요. 제가 부탁하면, 크리스토퍼는 틀림없이 탐이 어디에서 살고 있는지 말해줄 거예요. 탐이 더 나이가 들 때까지는 자세한 사항을 당신에게 말해주지 않을지도 모르지만, 인내심을 갖고 기다리다 보면, 또 당신이 기꺼이 성찬을 받는다면, 당신과 탐은 틀림없이 재결합할 수 있을 거예요.」

깜짝 놀랄 만한 소식인데도 예상 밖으로 로다는 천천히 고개를 가로저었다.

「걱정해주신 데 대해서는 감사드려요, 호손 씨. 하지만 전 윤회를 믿지 않아요.」

「절 놀리시나요! KDP와 근본주의자들은 〈다시 태어나는〉 것을 입에 달고 다니잖아요. 저는, 바로 그 점에서는 크리스토퍼와 KDP의 생각이 다르지 않다고 생각했는데요.」

「호손 씨, 성서는 명백히 윤회에 찬성하지 않아요. 성서에서는 말하고 있어요. 〈사람이 한 번 죽는 것은 정해진 일이요, 그 뒤에는 심판이 있느니라.〉[60] 예수아가 거듭난다고 말씀하신 것은 윤회에 대한 것이 아니에요. 새로운 사람으로 다시 태어난 것처럼 우리의 삶 전체가 영적으로 완전하게 변화되어야 한다는 것을 말씀하신 거예요.」

「하지만 과거 생들을 기억하는 사람들도 있지 않아요? 그 당시에 살았던 사람이 아니라면 도저히 알지 못할 그런 일들을 기억하는 사람들도 있어요.」

데커가 반박했다.

「그들이 기억해냈다고 하는 것들은 대부분 꿈속의 일이었거나, 상상이거나, 자기 자신의 삶 속에서 비슷하게 경험했던 일들일 뿐이에요. 책에서 읽었거나 누구한테 들었거나 텔레비전에서 본 것을 이야

---

[60] 히브리서 9:27.

기하는 경우도 있을 거예요. 갖가지 종류의 가능성이 다 있겠지요. 하지만 그 자리에 그 사람이 없었다면 몰랐을 것을 귀신같이 알고 있을 경우, 누군가가 〈다른〉 생명체의 모습을 하고 거기 있었던 거라고 생각해요. 뉴에이지식으로 표현하자면, 사실은 〈상승한 마스터〉라든가 〈수호령〉이 그 사건을 기억해낸 거라고 말씀드리고 싶군요. 그런 존재들과 경험을 공유하는 거지요. 물론, 성서에서는 그런 〈상승 마스터〉나 수호령을 마귀라고 부르지만요.」

「당신은 진짜로 마귀를 믿어요?」

데커가 눈썹을 치뜨며 물었다.

「당신은 진짜로 상승한 마스터나 수호령의 존재를 믿어요?」

로다가 반문했다.

데커는 웃을 수밖에 없었다. 거기에 대해서는 가능성을 열어놓고 결론을 우보할 수밖엔 다른 도리가 없었다.

「좋아요. 그러니까 당신은 윤회를 믿지 않는다는 거군요. 크리스토퍼에게 탐의 재탄생 여부를 물어볼 생각은 확실히 없는 겁니까?」

「크리스토퍼가 지금 이 자리에 우리와 함께 있다고 해도 묻지 않을 거예요. 저는 탐이 어디에 있는지 알아요. 파라과이가 아니라는 건 너무나 확실해요.」

로다의 대답에, 데커는 길게 한숨을 내쉬었다. 주장해봐야 쓸모가 없을 것이 뻔했다.

「호손 씨, 저는 탐이 떠났을 때 분명히 알고 있었어요. 이 세상에선 그이를 다시는 만날 수 없게 되리라는 것을요.」

「탐이 어디로 갈지를 알고 있었단 말인가요? 그가 당신에게 말을 했나요?」

「어디로 가는지를 확실하게 알았던 건 아니에요. 하지만 죽임을 당하게 될 거라는 건 알았어요.」

「그런데 그를 가게 한 거예요? 붙잡으려고 하지 않았나요?」

「호손 씨는 이해하지 못하시겠지만, 어쩔 수가 없었어요. 탐을 처음 만난 날부터 그가 비참하게 죽게 되리라는 걸 알고 있었지요.」

그런 말을 하면서도 로다의 꿋꿋함은 변함이 없었다. 데커는 그녀가 강한 여성이라는 걸 알 수 있었다.

「어떻게 그런 걸 다 알 수 있었죠?」

「휴거 직후에, 하나님께서는 랍비 코헨을 통해 〈복수의 대리인〉에 관한 예언을 하셨지요. 〈그가 죽음을 불러와서 죽어야만 종말이 오고 새로운 시작이 오리라.〉 전쟁이 시작된 날 밤 랍비 코헨은 심하게 부상을 당한 탐을 저에게 데려왔고, 저는 그가 살아나지 못할 것이라고 생각했어요. 하지만 랍비 코헨은 고집했어요. 탐은 회복할 것이고, 회복하지 않으면 안 된다고요. 〈복수의 대리인〉이 되기 위해서는 살아나야만 한다는 것이었어요.」

데커는 움칠했다. 죽기 전에 탐이 그의 주머니 속에 슬그머니 넣어둔 쪽지의 내용이 바로 그것이었던 것이다.

「도대체 그게 무슨 뜻이죠?」

「십계명보다도 더 오래된 고대의 율법이 있어요. 모세[61]와 여호수아[62]와 다윗 왕[63]이 그 정당성을 인정한 바 있지요. 특정한 조건하에서이긴 하지만, 살해당한 사람의 친척 중 한 사람은 살인자를 죽임

---

61) 민수기 35:19~27, 신명기 19:6,12.
62) 여호수아 20:3~9.
63) 사무엘하 14:11.

으로써 복수를 할 수 있는 권한이 있어요. 야만적인 것처럼 들리실지 모르지만, 제 생각엔 그렇게 테두리를 정해놓았기 때문에 오히려 살인 사건의 수를 줄여주는 효과가 있었고, 씨족간에 닥치는 대로 죽고 죽이는 유혈 참극을 방지해주었던 것 같아요.」

「하지만 그것이 탐과 무슨 관계가 있다는 거죠?」

데커가 재촉했다.

「아이들이 태어나기 전에 탐은 자기 혈통 중에서 마지막 남은 독자였어요. 살면서도 그걸 모르고 지냈지만, 탐은 예수의 형제인 야고보의 직계 후손이었어요.」

탐이 그런 것을 어떻게 알 수 있었느냐고 묻고 싶은 생각이 들었지만, 그보다 먼저 분명히 해두어야 할 일이 있었다.

「예수이게 형제가 있는 줄은 몰랐습니다.」

「성서는 그것에 대해 특별히 언급하고 있어요.[64] 예수에게는 최소한 야고보, 요셉, 시몬, 유다의 네 형제들과, 적어도 두 명의 누이가 있었어요. 사실은 이부(異父) 형제들이요, 이부 누이들이라고 해야겠지요. 어머니는 동일했지만, 예수에게는 세상적인 아버지가 없었으니까요.」

흥미로운 정보라고 느꼈지만, 데커는 다른 질문으로 넘어갔다.

「탐은 어떻게 해서 예수와의 그런 관련성을 알게 된 거죠? 제 생각에, 탐에게 〈복수의 대리인〉이라고 말해준 사람은 사울 코헨이었을 것 같은데요.」

「어떻게 알게 되었는지는 모르겠어요. 그이는 나에게 말해준 적이

---

64) 마태복음 13:55~56.

없어요. 거의 막바지 무렵에야 알게 되지 않았을까요?」

「좋아요, 탐이 예수의 친척이라고 할지라도, 그것이 크리스토퍼를 암살하겠다는 결정과는 무슨 관계가 있는 거죠?」

데커가 본래의 문제로 돌아갔다. 암살에 대한 기억이 떠올라 데커의 목소리에는 자신도 모르게 분노가 실렸다. 로다가 그것을 자신을 향한 것으로 받아들일까 봐 걱정이었다. 다행히 로다는 기분이 상한 것 같진 않았다.

「창세기 3장에는 예수에 관한 최초의 예언[65]이 있는데, 사탄이 하나님 자손의 발뒤꿈치를 물 것이며 하나님의 자손은 사탄의 머리를 상하게 할 것이라고 말합니다. 여기에서 하나님의 자손이란 예수를 가리킵니다. 예수께서는 십자가 처형을 당할 당시 허리와 발에 못질을 당하여 발뒤꿈치를 상했습니다. 더욱더 치욕스러운 점은, 크리스토퍼가 창조된 것은 발뒤꿈치의 상처에서 나온 세포로부터였지요.」

데커의 얼굴 표정은 그런 정보를 어디에서 알 수 있었느냐고 묻고 있었다.

「당신은 크리스토퍼가 부활한 이후 인터뷰를 하면서, 굿맨 교수가 발뒤꿈치에서 세포를 발견했다고 말했어요.」

로다는 말해지지 않은 질문에 대답한 셈이었다.

「그런데 왜 그것을 치욕스럽다고 한 거죠?」

「생각해보세요. 사탄은 적그리스도에게 생명을 부여하기 위해, 세상의 죄를 대신 짊어지고 희생당한 그 상처에서 나온 세포를 이용한 거예요.」

[65) 창세기 3:15.

「내가 그 이야기를 믿었다면 아이로니컬하다고 느낄 수도 있었겠네요. 하지만 당신은 왜 크리스토퍼를 적그리스도라고 단정짓는 거죠? 내가 알기로는, 요한이 계시록을 쓰면서 크리스토퍼를 적그리스도라고 불렀어요. 하지만 크리스토퍼와 예수가 동일한 인격체라는 것을 당신도 아시지 않습니까? 크리스토퍼가 바로 예수예요. 그의 기억을, 그의 모든 권능을, 인류에 대한 전폭적인 사랑마저도 예수를 그대로 복제한 인물이라구요!」

로다가 웃음을 터뜨렸다. 그의 생각에 동의하지 않은 것이 분명했다.

「당신이 말한 것을 들어보면, 어쩌면 그렇게 적그리스도에 대한 예언과 똑같을 수가 있는지 놀라지 않을 수가 없어요. 너무나 똑같아요. 요한은 계시록의 한 부분에서, 천사는 장차 세상이 적그리스도를 따르게 될 이유 중의 한 가지를 이렇게 말했다고 적었어요. 〈전에는 있었다가, 지금은 없으나, 장차 다시 나타날 것이기 때문이다.〉[66]」

「무슨 뜻이죠?」

데커가 물었다.

「당신이 말씀하시고 있는 바로 그거예요. 당신은 크리스토퍼가 곧 예수라고 말씀하셨잖아요. 2천 년 동안 사라졌다가 지상에 다시 강림한 예수라고 하시는 거잖아요. 크리스토퍼의 몸을 입고 예수가 다시 왔다는 거 아니에요? AD 90년경 요한과 그 천사의 입장에서 보면, 요한이 천사의 말을 들을 당시는 아니었지만, 그는 미래에 다시

---

66) 요한계시록 17:8~11.

오기로 되어 있었어요. 그 때문에 세상 사람들은 크리스토퍼를 신뢰하고 따르게 된다는 거예요. 진짜 예수가 말하고 행한 모든 것은 거부하면서도 말이에요.」

데커는 로다의 말이 가진 의미를 헤아리며 한동안 잠자코 있었다.

「어디에선가, 크리스토퍼가 부활한 이후의 동일한 인터뷰에서였던 것 같은데, 당신은 굿맨 교수가 크리스토퍼라고 이름을 지은 것은 크라이스트를 따른 것이 아니라 크리스토퍼 콜럼버스를 따른 것이었다고 했어요. 당신은 또 말했지요. 굿맨 교수는 예수가 고도로 진화된 별에서 온 외계인이라고 믿었다고요. 그는 예수를 복제함으로써 그 외계인들에 대해서 많이 배울 수 있을 것이며, 심지어는 그들과 만날 수도 있을 거라는 희망을 품었다고 했어요. 굿맨 교수가 크리스토퍼라고 이름 지은 것은, 콜럼버스처럼 우리를 새로운 세상으로 인도해주기를 바랐기 때문이라고도 했어요.」

데커는 고개를 끄덕여 로다가 말한 것들을 인정했다.

「당신은 예수와 크리스토퍼가 동일인이라고 말하지만, 크리스토퍼가 이름 지어진 내력을 보면 중요한 차이가 있다는 것을 알 수 있어요. 예수는 우리가 하나님과 다시 연합할 수 있는 방법을 제공하기 위해 사람이 된 하나님이셨어요. 하지만 크리스토퍼는 하나님의 존재를 부정한 한 인간에 의해, 하나님에 대한 믿음을 극도로 진보된 외계인들에 대한 믿음으로 대체함으로써 인간을 하나님으로부터 더욱더 분리시키기를 희망했던 한 인간에 의해 창조되었어요. 게다가 크리스토퍼는 굿맨 교수가 의도했던 것보다 오히려 한 걸음 더 나아갔어요. 크리스토퍼는 하나님을 인류의 적으로 만들고 있으니까요. 하나님은 인간의 갈 길을 방해하는 힘이고, 인간으로 하여금 신성을 얻지 못하게 하는 세력이라고 말하지요.」

목소리 톤이 조금 높아지는 듯하자, 로다는 숨을 고르고 다시 말을 이었다.

「간단히 말씀드리자면, 예수는 인간의 몸을 입고 온 하나님이셨어요. 하나님과 인간을 화해시키기 위해 보내진 것이지요. 하지만 크리스토퍼는 인간을 진정한 하나님과 분리시키기 위해 인간이 만든 하나님이에요. 당신도 아시다시피, 탐이 크리스토퍼를 쏘았을 때, 그는 예스의 〈복수의 대리인〉 노릇을 한 거예요. 창세기의 예언대로 사탄의 머리를 상하게 한 거죠.」

데커는 로다의 설명에 머리를 흔들며 부정했다. 그러고는 한참 후 말했다.

「저는 당신이 크리스토퍼를 한번 만났으면 싶어요. 직접 만나본다면, 그에 관해서 당신이 말한 내용들이 사실이 아닐 수도 있다는 것을 깨닫게 되실 거예요.」

「전 당신이 요한과 코헨을 만날 수 있었더라면 하는 생각이 들어요.」

로다가 대꾸했다.

「우린 예루살렘 거리에서 만난 적이 있어요.」

「그런 뜻으로 말씀드린 것이 아니에요. 그분들을 알 수 있는 기회가 있었더라면, 그분들이 얼마나 친절하고 고결하신 분들이라는 것을 실감하셨을 텐데요.」

로다는 데커를 이해시키기 위해 이야기를 좀더 구체적인 데로 돌렸다.

「탐이 여러 달 동안 눈이 먼 상태였다는 것은 당신도 아시죠? 하나님께서는 랍비 코헨에게 그를 치유하라고 명하셨지요.」

「그 이야긴 탐이 하더군요.」

데커가 대꾸했다.

「하지만 당신은 그 사람 말을 믿지 않았지요. 그렇죠?」

「못 믿을 이유는 없었습니다. 코헨은 매우 능력 있는 사람이었지만, 그 능력을 과연 탐을 위해 사용했는지에 대해서는 확신할 수가 없더군요. 제 생각엔 자신의 목적을 위해 탐을 이용한 것입니다. 크리스토퍼를 암살하도록 〈복수의 대리인〉이라는 생각을 그에게 주입시킨 거지요. 탐이 눈이 먼 상태로 남아 있었더라면, 크리스토퍼를 쏠 수도 없었을 테고, 지금까지도 살아 있었을 겁니다.」

로다는 데커를, 데커는 로다를 노려보았다. 둘 다 상대방을 납득시키지 못하고 있다는 것을 알 수 있었다. 하지만 서로 의견이 달랐음에도 로다의 기분이 상한 것 같진 않았다. 오히려 함께 얘기 나누는 것을 진심으로 즐기고 있다는 것을 느낄 수 있었다. 그런 그녀의 모습을 보며 데커는 탐이 그녀를 얼마나 사랑했을지 느낄 수 있었다. 그들은 이심전심으로 풀리지 않는 문제는 풀리지 않은 채로 놓아두기로 결심했다. 데커의 입장에서는 최소한 탐이 남긴 쪽지의 의미에 대해서는 해답을 얻은 셈이었다. 하지만 로다가 설명해줄 수 있기를 바라는 것이 또 한 가지 남아 있었다.

「탐이 죽기 직전에 마지막으로 저를 향해 남긴 말이 있어요. 〈그는 날 남겨두려고 했어.〉 당신은 그 의미가 무엇인지 아시겠어요?」

로다는 고개를 저었다.

「죄송해요. 모르겠군요.」

                                    *

　데커가 오두막으로 돌아오자, 문에서 그를 맞아주는 사람이 있었다.

　「돌아오셨군요, 호손 씨. 어서 오세요.」

　「간수 양반이시군. 난 당신이 가버렸을 줄 알았는데?」

　데커가 응수했다.

　「전 떠날 수가 없는 몸이에요. 여기를 운영해야 할 사람이 가긴 어딜 갑니까. 더구나 당신을 위한 〈만나 특선 요리〉도 완성시키지 못한 주제에 말이에요. 지금 바야흐로 그 요리를 하고 있는 중이에요. 가시기 전에 드시고 가세요.」

　데커는 로젠이 과연 자신을 진짜로 보내줄 것인지를 아직 확신하지 못하고 있었다. 하지만 다른 사람들은 모두 그걸 믿고 있다는 것을 처음으로 실감할 수 있었다.

　「좋아요.」

　데커가 흔쾌히 대답했다.

　「한 가지 더 말씀드릴 게 있어요, 호손 씨. 이제부터는 가든지 오든지 당신 마음대로지만, 앞으로는 더 이상 〈간수〉라고는 부르지 말아주셨으면 좋겠어요. 제 이름은 찰리예요.」

　「알았소, 찰리.」

10
마지막 말의 의미

NA 4년(AD 2026년) 6월 6일 페트라

데커는 페트라에 온 이후 처음으로 아주 다디단 잠을 잤다. 아침이 되자 노크 소리가 나더니, 뒤이어 그와 이름이 같은 어린 친구의 목소리가 들려왔다.

「호손 아저씨.」

데커 도나핀의 목소리였다.

「일어나세요, 호손 씨. 엄마가 아침식사 일보 직전이래요. 늦게 갔다간 탐이 다 먹어치울 거예요.」

「그럼 안 돼지. 빨리 천막으로 뛰어가서 우리 몫을 챙겨줄래? 나도 곧바로 뒤따라갈 테니까.」

데커가 일어나 앉으며 대답했다.

「엄마가 기다리랬어요.」

「그래? 음, 좋아. 몇 분이면 될 거야.」

데커는 재빨리 칫솔질을 하고는, 수건으로 얼굴을 문지르며 달려

가서 옷을 걸치기 시작했다. 입을 수 있는 옷가지는 몇 되지 않았다. 자신의 옷이라고는 납치되던 날 밤에 입었던 것 한 벌뿐이었고, KDP가 제공한 반질반질하지만 깔끔하게 손질한 몇 벌이 있었을 뿐이었다.

두 명의 데커는 곧 출발할 수 있었다. 천막까지는 1킬로미터 남짓 되는 거리였다. 거의 절반쯤 갔을 무렵에야, 데커는 무엇 때문에 마음이 그렇게 허전했는지를 깨달았다. 그는 어린 친구의 이름을 불렀다.

「데커, 오늘 아침엔 왜 만나가 없는 거지?」

데커 도나편은 별걸 다 묻는다는 듯이 어이없어하며 어른 데커를 빤히 쳐다보았다.

「안식일이잖아요, 호손 씨. 안식일엔 만나가 떨어지지 않아요. 그것 때문에 우린 금요일에 두 배의 양을 줍지요. 내일은 또 만나가 내릴 거예요.」

로다와 라헬은 아침식사로 과일과 만나 팬케이크를 준비해놓고 있었다. 만나는 조금 싱거운 듯한 맛이었지만, 그렇게 여럿이 함께 하고 있다는 것이 단조로운 맛을 보충하고도 남았다. 아침식사가 끝나자 로다와 아이들은 캠프 모퉁이에 있는 예배당으로 갔다. 데커에게도 함께 가자고 했지만 그는 사양했다. 대신 그는 주변을 어슬렁거리면서 산책하는 쪽을 택했다.

예배를 마치고 돌아온 로다는 페트라의 고대 유적지를 돌아보자면서 소풍 도시락과 간단한 의료 가방을 챙겼다. 그들은 먼저 로마 병사들의 무덤과 르네상스 무덤, 트리클리니움(고대 로마 주택의 식당. – 역주)부터 둘러보기로 했다. 거기에서 와디 파라사를 지나, 그 도시의 남쪽 끄트머리에서 쉬기로 했다. 로다는 몇 군데 들러서 환자들을 보아줘야 한다고 했다. 그녀가 환자를 돌보는 동안, 데커와 데커도나핀이 여행을 계속하고 있으면 나중에 따라올 것이라고 했다.

로다의 계획을 듣고 있자니 한 가지 의문이 떠올랐다.

「이해할 수 없는 게 한 가지 있소. 왜 여기에서도 의사가 필요한 거죠? KDP들은 치유 능력을 가지고 있는 걸로 아는데. 아프거나 다치면 KDP에게로 가면 되지 않나요?」

「치유의 능력을 가진 것은 KDP가 아니라 하나님이세요. 때로 하나님께서는 누군가를 치유할 대리인으로서 KDP를 선택하시기도 하지만 그런 것을 결정하는 것은 우리가 아닙니다.」

로다가 대답했다.

「당신이 만약 아프다면, 당신은 야훼의 기분 상태가 매우 좋기를 바라지 않으면 안 되겠군요. 야훼의 기분이 좋지 않다면 의사를 불러야 할 테니 말이오.」

논쟁을 하겠다고 생각한 것은 아니었지만, 데커 자신도 모르게 빈정거리는 투가 되었다.

「그건 아니에요.」

로다가 미소를 지었다. 다행히 데커의 말을 그녀의 신앙에 대한 도전으로서보다는 농담으로 받아들인 것 같았다.

「그것은 하나님의 기분에 달린 문제가 아니지요. 그분의 뜻이 그 사람을 살리는 쪽에 있느냐에 달린 문제지요. 하나님께서 우리를 위해 모든 것을 다 해주시지는 않아요. 하나님은 우리에게 걸을 수 있는 두 발을 주셨고, 생각할 수 있는 두뇌를 주셨고, 일할 수 있는 손을 주셨어요. 야훼는 창조적인 하나님이고, 그분의 자녀로서, 창조하는 것은 우리의 본성이에요. 농부로서든, 건축가로서든, 의사로서든, 일을 할 때 우리는 하나님의 창조 사역(使役)에 참여하고 있는 것이에요. 농부는 하나님이 창조하신 땅과 씨앗과 물을 가지고 자기 가족을 먹여 살릴 곡식을 생산해요. 건축가는 하나님이 창조하는 재료를 가지고 집을 짓지요. 저는 의사로서, 하나님이 창조하신 인간의 몸을 연구하여, 누군가가 다치거나 병이 나면 고치기 위해서 내가 할 수 있는 조처를 취해요. 하나님의 계획 속에는 항상 일을 하는 것이 들어 있어요. 아담과 하와는 에덴 동산을 돌보라는 명령을 받았지요. 예수께서 재림하셔서 자신의 왕국을 세우고 난 뒤에도 우리는 계속해서 일을 하도록 되어 있어요.」

그들은 바위 위에 앉아 잠시 쉬기로 했다. 그들 앞에는 페트라의 평지 위로 천막이 수 킬로미터에 걸쳐 뻗어 있었다. 중간중간에 과일나무 숲이나 어린이 놀이터, 만남의 장소, 간이 화장실 등도 눈에 띄었다.

「페트라에 대해서 말해주시겠습니까?」

데커가 사방으로 눈길을 돌리며 물었다.

「알고 계시는 줄로 알았는데…, 페트라란 이름은 그리스어 〈페트로스〉가 어원으로 바위라는 뜻이에요. 그렇게 이름이 붙게 된 기원은 너무나 분명해요.」

데커가 고개를 끄덕였고, 로다가 계속했다.

「본래 페트라와 이 주변 지역에는 아브라함의 손자 에서의 후손들인 에돔 종족이 살았다고 해요. 나중에 BC 3,4세기 무렵에는 아라비아와 지중해 연안을 오가며 무역을 하던 나바테아인들이 정착해서 살게 되었어요. 페트라는 4백 년 동안 그들의 수도였지요. 한때는

25만 이상의 나바테아인들이 여기에 살았다고 해요. 페트라는 그들에게 풍부한 물을 공급해주었고, 시리아와 홍해, 인도와 걸프 만, 지중해를 이어주는 요충지이기도 했지요.

1세기에는 로마의 속국인 시리아의 한 부분으로 취급되었어요. 세월이 흘러 로마의 영향으로 나바테아 문화가 기울고, 무역로가 로마가 선호하는 쪽으로 변하자 페트라는 점차 쇠퇴해갔어요. 결국 십자군 원정 무렵에는 아무도 살지 않는 폐허가 되고 말았지요. 등산을 하실 수 있다면, 십자군이 12,3세기에 페트라를 점령했을 당시에 지은 세 개의 요새들의 잔해를 보실 스 있을 거예요. 그들이 떠나고 나자 도시는 텅텅 비고 말았지요. 얼마 지나지 않아 그 위치마저도 완전히 잊혀져서 전설로만 남게 되었지요. 트로이의 아라비아판이라고 할까요.」

그녀는 호머의 일리아드에 나오는 전설적인 도시를 들먹였다.

「1812년 메카에 들어가기 위해 아랍인 이슬람교도로 변장한 스위스 탐험가가 페트라를 가로질러가면서 자신이 발견한 것들을 세상에 알렸어요. 그 이후, 문자 그대로 수백 조에 달하는 고고학 탐험대와 수십만의 관광객들이 페트라로 몰려들었지요.」

「지금은 어떻죠? 오늘의 페트라에 대해서도 한 말씀 해주시죠.」

데커가 페트라 전체를 싸잡는 동작을 하며 말했다.

「아…….」

로다는 잠시 호흡을 고르며 생각을 다듬었다.

「요한계시록을 보면, 하나님께서는 환난의 후반기에 이스라엘 백성들이 사탄으로부터 도피할 장소를 예비하실 거라고 되어 있어요.[67] 휴거 이전에, 많은 이들이 그 장소가 페트라가 될 것이라고 믿었어요. 랍비 코헨과 스콧 로젠의 부모님을 위시한 소수는, 그 도시를 방어할 무기 구입 자금을 모으기 시작할 정도였습니다. 얼마 후, 하나님께서 페트라를 방어하실 것이므로, 자신들의 노력은 불필요하다는 사실을 깨달은 그들은, 모금한 돈을 씨앗들과 농기구를 구입하는 데다 썼지요. 하나님께서는 우리를 위해 광야에 도피처를 마련해주실 것을 약속하셨고, 물도 충분히 공급해주시겠다고 하셨어요.」

로다는 말을 멈추고 페트라에 물을 대부분 공급하는 수로인 아인 무사를 가리켜 보였다.

「또 갖가지 나무들[68]과 우리가 먹을 만나도 매일 아침 주시겠다고 하셨습니다. 하지만 하나님께서 우리에게 가지각색의 다양한 것을 다 주시겠다고 약속하는 것은 아닙니다. 우리가 스스로 밭에 가꾸어야 할 것도 있는 거지요. 물론 그 씨앗들을 자라게 하는 것은 하나님이십니다. 우리가 맡은 역할을 하면, 나머지는 하나님께서 다 하십니다. 물론 우리는 밭일을 해야 하고, 그건 단조롭고 지루하기까지 한 일이지요.」

「당신은 하나님께서 페트라를 방어하실 것이라고 하셨는데, 무엇으로부터 방어를 한단 말이죠?」

데커가 의아해하며 물었다.

「말할 나위도 없이, 크리스토퍼로부터이지요.」

데커는 믿을 수 없다는 듯이 머리를 거세게 흔들었다.

「도대체 왜 야훼가 크리스토퍼로부터 페트라를 방어할 필요가 있단 말인가요? 크리스토퍼가 페트라를 위협할 무슨 짓인가를 한 적

67) 요한계시록 12:6.
68) 이사야 41:17~20.

이 있나요?」

「아직은 아니지요. 하지만 할 것입니다. 페트라 주변을 지키는 하나님의 천사들이 없었다면, 그는 오래 전에 그렇게 하고도 남았을 거예요.」

「KDP는 당신으로 하여금, 크리스토퍼가 당신들을 치기 위해 군대를 보내려고 한다고 믿게 만들었군요?」

놀라움과 혐오감을 동시에 드러내면서 데커가 말했다.

「KDP만 그렇게 말한 게 아니에요. 성서도 그렇게 말하고 있으니까요.」

데커는 한숨을 쉬고는, 캠프 쪽에 시선을 주며 물었다.

「여기에 있는 사람들 모두 크리스천이고, KDP의 추종자들인가요?」

「아니에요, 여기 있는 대부분의 사람들은 예수아를 믿지 않아요. 곧 믿게 되겠지만요. 그들은 KDP가 그렇게 나쁜 집단은 아니라는 것을 알고, 또 페트라가 크리스토퍼와 UN이라는 거대한 적들로부터 도피처를 제공해주기 때문에 이곳으로 온 유대인들이에요.」

「얼마나 오래 이곳에 머물게 되죠? 그런 계획이 있나요?」

데커가 어이없어하며 물었다.

「그리 오랜 기간은 아닐 거예요. 9월 안에 크리스토퍼는 우리를 치기 위해 세상의 군대를 이끌고 이리로 올 거예요. 그때가 되면 예수아가 그를 파멸시키기 위해 재림할 것이구요.」

「분명히 말씀드리지만, 크리스토퍼는 페트라에 군대를 보낼 생각이 전혀 없어요.」

데커가 말했다. 더 이상 문제를 방관하고 있을 수만은 없었다.

「곧 바뀌게 될 거예요.」

「바뀌지 않는다면요?」

「바뀌게 될 거예요.」

로다가 확신했다.

「하지만 바뀌지 않는다면요?」

데커 역시 고집을 부렸다.

「하지만 바뀔 거예요. 의문의 여지가 없어요.」

데커는 더 이상 따지지 않았지만, 물론 로다의 말에 동의해서는 아니었다.

「이것은 가설일 뿐이지만, 제 추측에는 크리스토퍼가 페트라를 향해 진격해오지 않는다면, 그때는 우리가 틀린 거지요.」

로다가 내키지 않는다는 듯이 말했다.

「그러면 당신은 페트라를 떠날 겁니까?」

「일이 그렇게 되진 않겠지만, 만약 그렇다면 떠나야지요. 그러면 많은 이들이 페트라를 떠나게 될 거예요.」

로다가 마지못해 인정했다.

「그때가 되면 10월에 바빌론으로 오세요.」

「10월에 우리가 만나게 된다면, 그건 바빌론에서가 아닐 거예요. 예루살렘에서일 거예요.」

데커의 초대의 말에 로다가 응수했다.

「왜 예루살렘이죠?」

「예수아가 자신의 왕국을 세울 만한 데가 거기말고 또 있나요?」

「아, 그러니까 당신은 제가 크리스천이 될 거라고 말씀하시는군요.」

「물론이지요.」

「당신 생각에는 아직도 제게 희망이 남아 있는 것 같나요?」

데커는 그러면서 킥킥 웃었다.

「희망은 항상 있습니다, 호손 씨. 스콧 로젠은 당신이 꽤나 터프한 손님이라고 했지만요. 하지만 처음엔 탐도 그랬어요. 물론 탐은 주먹으로 누군가를 때리진 않았지만요.」

「로젠의 이야기가 꽤나 설득력이 있다는 건 저도 인정합니다. 그는 정말로 많은 연구를 했어요. 하지만 그나 당신이나 어느 누구도 명쾌하게 설명할 수 없는 것이 두 가지 있어요. 첫째는 요한과 코헨에 의해 죽음과 파괴가 야기되었다는 점이고, 둘째는 근본주의자들이 성찬 클리닉 앞에서 무고한 남자들과 여자들을 죽였다는 점이에요.」

데커는 더 이상 변명의 여지가 없을 핵심을 찔렀다.

「클리닉에서 일어난 일에 책임이 있는 것은 근본주의자들이 아니에요. 그 점은 확실히 말씀드릴 수 있어요. 크리스천들이 클리닉 입구를 평화적으로 가로막으려고 시도했고, 사람들에게 표식을 받지 말라고 하려 한 건 사실이에요. 하지만 폭력과 살인에 대한 책임이 그들에게 있는 건 아니에요.」

「그렇다면 도대체 어떻게 된 거란 얘기죠?」

로다의 대답에 기막혀 하며 데커가 물었다.

「크리스토퍼와 UN이 저지른 짓이에요. 크리스천들과 야훼에 대한 증오와 히스테리를 부추기기 위해서지요. 물론 당신은 그렇지 않다고 생각하시겠죠. 당신은 세상 사람이고 난 여기 페트라에 격리되어 살고 있으니 당신이 옳고 내가 그르다고 생각하실 게 분명해요.」

로다가 힘주어 말했다.

「그런 생각을 한 건 사실입니다.」

데커가 대답했다. 마음을 실토하겠다는 뜻에서가 아니라, 옳은 것을 옳다고 명백하게 밝히기 위해서였다. 사막 한가운데에 사는 로다 같은 입장에 처해 있는 사람들이, 세상에서 진짜로 무슨 일이 벌어지고 있는 줄을 무슨 수로 알 수 있겠는가? 설령 안다고 해도 얼마나 알 수 있겠는가?

「목격자들도 있습니다.」

그가 덧붙였다.

「물론 그렇겠죠. 하지만 크리스토퍼가 사람들을 선동하여 폭탄 테러와 살인을 저지르도록 사주할 수가 있다고 한다면, 목격자들도 역시 조작할 수가 있는 거예요.」

「그럴 순 있겠지요.」

말로는 그런 가설의 가능성을 인정했으나, 데커의 목소리에는 단한 순간도 그런 가설을 믿을 수는 없다는 의지가 역력히 드러나 있었다.

「목격자들이 공식적으로 UN에 의한 조작이라고 밝힐 리 없지만, 비공식적으로는 그런 것이 틀림없어요.」

그녀가 주장했다.

「무슨 뜻이죠?」

「뉴스 매체들이 근본주의자들에 대해 뭐라고 말하는지 다 들어보셨잖아요? 근본주의자들은 인간 축에도 끼지 못하는 것처럼 말하지 않았던가요? 〈목격자들〉이 주장하는 것을 들어보면, 어떤 이들은 마치 자신들이 세상을 위해서 크리스천을 제거하는 것을 돕는 큰일을

하고 있기라도 하는 것처럼 느끼고 있는 것 같아요. 현대판 마녀사
냥이 벌어지고 있는 거죠.」

데커는 마녀사냥이란 말이 마음에 걸렸으나 목격자들의 진술에
대한 그녀의 의견을 무시해버릴 수만은 없었다.

「감정을 주체하지 못한 사람들도 있었다는 건 나도 인정해요.」

「근본주의자들에 대해서 그들이 하는 말은, 2차 세계대전 당시에
나치가 유대인들에 대해서 했던 말과 너무나 흡사해요.」

「언론 매체가 하는 말을 모두 크리스토퍼나 UN의 책임으로 돌릴
수는 없지 않습니까?」

데커는 어떻게든 크리스토퍼에 대한 오해를 풀어주고 싶었다.

「그럴 순 없지요. 하지만 크리스토퍼가 당신이 주장하는 것처럼
그렇게 자상한 사람이라면, 언론 매체가 근본주의자들에 대해 막연
히 인상 보도를 하는 것을 문제 삼기라도 했어야지요. 다른 소수 집
단에 대해 그런 일이 벌어졌다고 해도 그냥 방치했을까요? 근본주
의자들에게는 그런 일이 벌어져도 괜찮은 건가요?」

데커는 뭔가 대답하고 싶었지만, 마땅히 할말이 없었다. 로다가
이 대목에서는 점수를 딴 것이다.

「유대교와 그리스도교만이 실질적인 증거를 갖고 입증될 수 있는
종교예요. 하지만 박해를 받고 있는 유일한 두 종교이기도 해요.」

「거기에 대해서는 로젠에게서도 잘 들었어요. 하지만 도대체 무엇
을 실제로 증명할 수 있다는 거죠? 우리가 이미 대화를 나눈 그런
것들을 어떻게 1백 퍼센트 확신할 수 있는 거죠? 당신들은 꿈속에서
살고 있는 것 같아요.」

데커가 슬그머니 화제를 돌렸다.

「진짜 질문은 어떤 사람이 무엇을 1백 퍼센트 확신할 수 있느냐의 여부가 아니겠지요. 진짜 질문은 이것 아닌가요? 어떤 다른 것을 믿어야 할 만큼 그것이 불합리하다는 충분한 증거가 있는가? 예수가 메시아셨다는 증거는 충분해요. 아무리 완강한 회의주의자라도 불신하는 마음을 접어두고 시간을 갖고 조사한다면, 반드시 확신에 이르게 돼요. 그리스도교에 관한 한, 질문이 있다면 그것은 〈당신은 믿을 수 있는가?〉가 아니라 〈당신은 믿으려고 하는 의지가 있는가?〉예요.」

데커는 실망한 나머지 고개를 흔들었다.

「로다, 이 모든 것이 다 부질없는 짓이에요. KDP가 좁은 마음으로 배타적인 진리를 주장하는 것을 그만두고, 자신들에게 동의하지 않는 사람들은 모두가 다 지옥에 가게 될 것이라고 말하지만 않는다면, 크리스토퍼는 그들을 받아들일 것이라고 제안한 바 있어요. 나는 그가 그런 제안을 기꺼이 다시 한 번 할 것이라고 믿어요. 당신들이 받아들이기만 한다면, 당신들 모두가 성찬을 받도록 허락할 거요. 당신들이 원한다면 예수를 받들어 모실 수도 있을 거예요. 크리스토퍼는 다른 신앙들에 대해서 대단히 열린 마음을 갖고 있어요. 불교도든 힌두교인이든 시크교도든 이슬람교도든 전혀 상관하지 않습니다. 수백만에 달하는 그리스도교의 여러 주요 종파들이 이미 성찬을 받았어요.」

「크리스천이라면 어느 누구도 성찬이나 표식을 받아서는 안 돼요. 이름만 크리스천인 사람들은 영원히 망하게 될 거예요.」

「로다, 그것이 바로 모든 문제를 야기하는 좁은 마음 자세인 거예요. 어떻게 그렇게 편협할 수가 있지요? 다른 사람들은 몇 조각의 진리도 가질 수가 없다는 거예요? 당신과 KDP가 갖지 않은 진리의 몇 조각을 다른 사람이 갖고 있으면 안 되나요? 왜 그걸 그렇게도 인정할 수가 없는 거죠?」

데커의 목소리가 격앙되었다.

「우리의 믿음이 편협한 것으로 비칠 수밖에 없으리라는 건 저도 알아요, 호손 씨. 하지만 사실은 그 반대예요. 왜냐하면 우리가 믿는 하나님에 이르는 한 길, 하나의 진리어는 아무런 제한이 없기 때문이에요. 어느 누구나 완전히 자유롭게 접근할 수 있고, 믿을 수 있어요. 완전히 공짜예요. 하나님은 우리 중의 누구도 멀리하시지 않아요. 그분을 찾고 구하는 우리의 뜻이 멀 뿐이죠. 당신에게 묻고 싶어요.」

그녀는 언젠가 사울 코헨이 자기 남편에게 했던 말을 거의 그대로 인용했다.

「사람이 살아가자면 숨을 쉬는 오직 한 길밖에 없다고 말한다면, 그것을 좁은 소견이라고 하실래요? 당신은 〈공기는 누구나 다 이용 가능하다〉고 말씀하시겠죠. 하지만 호손 씨, 하나님 역시 그러하답니다. 성경에 의하면, 하나님께서는 우리들 각자의 내면에 하나님을 알 수 있는 지식을 놓아두셨어요.[69] 유대인이든, 힌두교인이든, 불교인이든, 이슬람인이든, 크리스천이든, 무신론자든, 불가지론자든, 우상 숭배자든 다 마찬가지입니다. 이것은 어떤 보물찾기 같은 것이 아닙니다. 하나님이 어디에 계시는지, 1번 문 뒤냐, 2번 문 뒤냐, 3번 문 뒤냐를 맹목적으로 선택하는 게임이 아닙니다. 행운이나 기민

---

69) 로마서 1:18~25.

한 동작에 의해서 상이 따르는 그런 놀이가 아닙니다. 각자의 내면에서 우리는 이미 올바른 문이 어디인지를 알고 있습니다. 하나님은 우리를 부르셔서 자신이 무엇과 같은지, 자신이 진정 누구인지, 어디에서 자신을 발견할 수 있는지를 말씀해주십니다. 우리는 그의 이름을 알지 못할지도 모르지만, 그의 본질은 알고 있습니다. 그의 부르는 소리를 들을 수 있으며, 그의 힘은 우주 전체에 두루 내재한다는 것을 알 수 있습니다. 하지만 하나님의 부름에 응할 것인지의 여부는 우리들 각자에게 달려 있습니다.

어떤 사람이 자기 자신을 사랑하듯이 하나님을 사랑하고 이웃을 사랑하면, 하나님은 그 사람이 경험하는 시간 속에 자기 자신을 점점 더 많이 드러내셔서, 그로 하여금 마침내 깨닫도록 해주십니다. 그가 섬기는 하나님은 사실은 성서의 하나님이시라는 것을. 그리고 그의 죄를 용서받게 하기 위하여 하나님의 아들이신 예수께서 자신을 희생하셨다는 것을.

누가 지옥에 가게 되느냐에 대해 말씀드리자면, 어느 누구도 지옥에 갈 필요가 없다는 것이 최종적인 결론입니다. 사실, 지옥에 가게 될 사람들은 천국에 가기를 거부하는 사람들뿐일 것입니다. 지옥에 떨어지는 것은 우리가 우리 스스로에게 부과하는 형벌입니다. 하나님께서는 하나님을 추구하는 사람에게는 누구에게나 구원받을 수 있는 지식을 충분히 제공합니다. 가장 기본적인 토대는, 호손 씨, 이것입니다. 하나님은 존재하시고, 사랑하시며, 어디에서나 만날 수 있다.」

로다는 분명히 말을 마쳤지만, 데커는 아무 말도 하지 않았다. 더 이상 논쟁을 벌이고 싶지 않아서였다.

「방문해야 할 환자들이 몇 분 있어요.」

데커가 더 이상 대꾸하지 않을 것임이 분명해지자 로다가 말했다.

「당신만 좋으시다면, 데커하고 계속해서 구경하시도록 하세요. 저녁식사는 일몰 직후에 할 거예요.」

「좋아요. 꼬마 데커랑 어울려보지요.」

「호손 씨를 너무 성가시게 하지 말아라.」

그녀는 꼬마 데커를 향해 말했다.

「그럼요, 엄마.」

데커 도나핀이 얌전하게 말했다. 그녀는 아들에게 키스를 하고는 돌아서서 걷기 시작했다.

「이젠 너와 나, 둘뿐이구나.」

로다가 떠나자 데커가 말했다.

「먼저 어디로 갈까?」

「라이언 기념관에 가면 안 될까요?」

꼬마 데커가 말했다.

「정말!」

데커가 흥분해서 외쳤다. 힘든 등산이 기다리고 있을 줄은 전혀 알지 못한 채.

*

어른 데커와 꼬마 데커는 오후 내내 걷고, 오르고, 땀을 흘렸다. 한 번은 인접한 두 건물 전면이 이어지는 터널 안에서, 칠흑같이 어두운 길을 더듬어서 가야 했다. 어른 데커가 꼬마 데커의 손을 붙잡으려고 더듬거렸다. 너무 어두워서 아무것도 보이지 않았다.

「무섭니?」

꼬마 데커의 손을 꼭 붙들며 어른 데커가 물었다.

「엄마는 겁낼 이유가 아무것도 없다고 말씀하세요. 예수아가 저와 함께 있으니까요. 아저씨는 무서우세요?」

「조금.」

어른 데커가 대답했다.

「사실 저도 그래요. 조금요.」

데커 도나핀이 자백했다.

「이제 다른 데로 가볼까?」

데커 도나핀이 고개를 끄덕였지만, 데커 호손에게는 물론 보이지 않았다.

몇 군데를 더 둘러본 후, 어른 데커는 좀 쉬어가자고 제안했다. 그들은 튀어나온 절벽에 반쯤은 기대고 반쯤은 앉아서 휴식을 취했다. 저 아래로는 수도원이 보였다. 잠시 동안은 어느 쪽도 입을 열지 않았다. 어른 쪽은 숨이 가빠서였고, 꼬마 쪽은 무엇인가를 골똘히 생각하느라 바빠서였다. 데커 도나핀이 먼저 입을 열었다.

「아빠에 대한 추억이 많으실 것 같아요. 엄마나 탐이나 라헬이 가끔씩 아빠 얘기를 하지만, 저는 전혀 기억이 안 나는 게 많아요.」

함께하는 시간 동안 내내 두 사람의 마음속을 떠나지 않고 있었던 것이 마침내 화제로 떠오른 셈이었다. 탐 도나핀에 대한 추억은, 그날 내내 그들이 무엇을 하든, 그들의 기억 속을 떠다니고 있었다. 하지만 그때까지는 누구도 그 이야기를 꺼내지 않았던 것이다. 꼬마 데커의 말이나 행동거지 모두가 어른 데커의 옛 친구를 떠오르게 했고, 아버지와 아들이 어떻게 다른지를 생각하게 했다. 꼬마 데커 역시 어른 데커를 열심히 살펴보면서, 무엇 때문에 아버지가 그토록 이 사람을 좋아했는지를 궁리하곤 했다.

「전 아빠가 보고 싶어요.」

「나도 역시 보고 싶구나.」

「엄마는 아빠가 매우 훌륭하신 분이었고, 하나님을 사랑하셨다고 말씀하세요. 그리고 엄마는 이제 곧 아빠를 만나게 될 거래요. 예수아가 재림하게 될 때 말이에요.」

데커는 어떻게 대꾸해야 할지 알 수 없었다.

「네 아빠는 좋은 친구였지.」

잠시 후 그는 간신히 말했다.

「엄마는, 아빠가 돌아가셨을 때 아저씨가 옆에 계셨다고 하시던데요?」

「그랬지.」

데커는 이 소년이 끔찍한 그때의 일을 더 이상 묻지 말아주기를 바랐다. 다행히 더 이상 걱정할 필요는 없었다. 데커 도나핀은 꼬치꼬치 물을 생각은 없었던 것이다. 잠시 말없이 앉아 있던 데커는, 소년의 눈에서 눈물이 흘러내리는 것을 보았다. 그는 잠시 주저하다가 꼬마 데커를 자신에게로 당겨 안아주었다. 데커 도나핀은 눈물을 흘리면서 그를 끌어안았다.

*

그날 저녁식사가 끝난 후, 데커는 다시 한 번 옛날이야기를 꽃피웠다. 주로 탐과 함께 《뉴스월드》 일을 하던 때의 추억담이었다. 몇 가지는 로다가 탐에게서 들은 적이 있는 이야기였다. 하지만 데커의 이야기는 좀 달랐기 때문에, 로다는 어느 쪽이 진짜 사건의 진상인지 궁금증이 일기도 했다. 데커는 자신과 탐이 어떻게 해서 붙잡혀서 레바논으로 끌려갔는지, 고문당했을 당시의 세부 사항을 빼먹긴 했지만, 어떻게 그 시간을 견뎌냈는지를 이야기했다. 아이들은 자기 아버지가 한때 인질로 잡혀 있었다는 것은 알고 있었지만, 거의 3년 가까이 포로 생활을 했다는 것은 모르고 있었다.

이야기는 밤늦도록 계속되었다. 처음에는 꼬마 데커가, 다음에는 탐과 라헬이 잠을 자기 위해 빠져 나갔다. 다시 한 번, 로다와 데커는 이야기를 더 나누기 위해 천막을 벗어났다.

「내일 떠나실 건가요?」

로다가 물었다.

「내일 아침 일찍이요.」

데커는 대답하면서 자신의 목소리에 배어 있는 자신감에 스스로 놀랐다.

「우리와 함께 여기 계셔도 좋을 텐데요. 페트라 바깥에서 당신을 기다리고 있는 것은 죽음뿐이에요.」

데커는 고개를 저었다.

「데커에게 저 대신 인사를 좀 전해주세요.」

「작별 인사를 할 기회는 있을 거예요. 그 아인 늘 일찍 일어나니까요. 떠나시기 전에 그 아일 보고 가셨으면 좋겠어요.」

데커가 고개를 끄덕였다.

「그게 좋겠소.」

*

그날 밤, 데커는 자리에 누워 지난 며칠 동안의 일들을 떠올려보았다. 페트라를 벗어나 과연 살아서 바빌론으로 돌아갈 수 있을지의 염려는 어느덧 사라지고 없었다. 어떻든지 간에 이제 와서는 그렇게 되리라는 확신을 느끼고 있었다. 그의 생각은 어린 데커와 로다를 비롯한 도나핀 가족에게로 모아졌다. 어쩔 수 없이 알게 된 페트라의 다른 사람들도 한 사람씩 떠올렸다. 모두가 다 바깥세상에서 일어나고 있는 일들에 대한 두려움 때문에 혼돈에 휩싸여 잘못 이끌려 들어온 사람들이었다. 전에 단지 KDP의 추종자들이라는 점만 생각했을 때는, 그들을 올바른 사람으로 생각할 수도 없을 정도였다. 그런데 이제 그들을 더 잘 알게 되었다. 얼굴과 얼굴을 맞대고 그들을 보았고, 그들과 이야기를 했고, 그들을 이해하기 시작했다. 납치되고 나서야 그런 것들을 알게 되었다는 사실이 부끄러울 정도였다. 스콧 로젠 또한, 그의 실수와 잘못에도 불구하고, 자신이 최선이라고 생각하는 것을 행했을 뿐이었다. 어떻게 해야 할지 확신이 서지는 않았지만, 그는 어떻게든 이 사람들로 하여금 크리스토퍼가 그들의 적이 아니라는 것을 알게 하고 싶었다. 크리스토퍼가 세상에 약속했던 것들은 두려워해야 할 것이 아니라 기꺼이 환영해야 할 것임을 실감하게 해주고 싶었다.

크리스토퍼가 부활한 이후 예루살렘으로 가는 비행기 안에서, 크리스토퍼는 데커의 역할이 뉴에이지의 개념에 익숙하지 않은 사람들에게 크리스토퍼의 메시지를 알리는 일이 될 것이라고 말했었다. 지금까지는 그 역할을 잘해왔다고 할 스 있었다. 하지만 그것은 3년도 더 지난 일이었고, 그 일은 거의 끝난 셈이었다. 인류의 진화에 관한 크리스토퍼의 메시지는 전 세계에 이미 알려진 상태였다. 사람들은 대부분 천리안이나 텔레파시, 염력, 치유력 등을 경험했고, 전 세계 인구의 87퍼센트가 성찬과 표식을 이미 받은 터였다. 전에는 그런 생각은 해본 적이 없었는데, 지금 와서 생각해보니 데커는 자신이 거의 하는 일 없이 지내오고 있었다고 느껴졌다.

하지만 이제는 새로운 사명이 있었다. 해야 할 새로운 일이 생긴 것이다. 그것은 크리스토퍼의 적들이었던 사람들조차도 돌아서게 만드는 일이었다. 아이로니컬하게도, 그러한 전향의 수단을 제시해 준 사람은 다름 아닌 스콧 로젠이었다. 로젠은 이제 곧 지구에 재난이 닥치게 된다고 말했고, 로젠과 로다 모두 크리스토퍼가 이제 곧 군대를 끌어 모아 페트라를 향해 진군해올 것으로 믿는다고 말했다. 그것은 많은 부분, 그렇게 될 수밖에 없는 예언이었다. 되풀이되는 황폐화이 직면한 크리스토퍼는 그런 황폐화를 재촉한 야훼의 대리인들을 치지 않으면 안 될 것이었다. 데커가 어떻게 해서라도 KDP에 의해 예고된 사건들을 변경할 수만 있게 된다면, 그래서 크리스토퍼가 페트라를 향해 진격하지 않게 된다면, KDP와 그 추종자들은 자신들이 잘못을 범했다는 것을 인정하지 않을 수 없을 것이다. 이 점에서 그들이 잘못을 범한 것이 확실하다면, 다른 점에서도 역시 잘못되어왔다는 것이 분명해진다. 자신들의 무오류성에 대한 KDP의 주장은, 사람들에게 〈가장 강한 것이 가장 쉽게 무너질 수 있다〉는 본보기로 남게 될 것이다. 카드로 만든 집처럼, 단 한 장의 카드만 제거해도 전체 구조가 와해되고 말 것이다. 하나의 예언이 빗나간 것을 보여주는 것만으로 충분한 것이다.

다른 모든 것이 진실이라 할지라도, 설령 지구에 또다시 재난이 닥친다고 해도, 뒤집어질 수 있는 가능성은 여전히 남아 있다. 군대를 모아 페트라로 진격하는 대신, 크리스토퍼는 평화의 사절단을 보낼 수도 있을 것이다. 아니, 그냥 아무런 조처를 취하지 않아도 된다. 그것만으로도 크리스토퍼는 그 예언이 진실이 아니라는 것을 입증할 수 있게 되고, 평화를 지키는 자로서의 진정한 면모를 세계에 보여줄 수가 있게 된다. KDP가 주장하는 악마의 야수가 아니라 덕이 높은 지도자임을 입증할 수가 있게 되는 것이다. KDP가 무엇을 계획하고 있는지를 앎으로써 크리스토퍼는 거기에 대한 대응책을 강구할 수 있을 것이고, 그럼으로써 그들이 예고한 재앙의 피해를 줄일 수도 있을 것이다.

꾸벅꾸벅 졸다가 화들짝 잠이 깬 데커는, 로젠이 취한 행위들은 결국 운명의 부름이었으며, 데커를 다시 한 번 〈적시적소〉에 가져다 놓기 위한 길목이었다는 것을 깨달았다. 그가 페트라로 오게 된 진짜 이유는, 이 사람들이 누구인지를 알고 이해하기 위해서였다. 그럼으로써 야훼와 크리스토퍼에 관한 진실을 그들에게 알려줄 방안을 그로 하여금 강구할 수 있도록 하기 위해서.

*

「아저씨.」

「아저씨.」

「일어나요, 아저씨. 가셔야 할 시간이에요.」

데커는 눈을 뜨고 방안을 둘러보았다. 몸을 비틀어 자리에서 일어나 앉으니, 손과 발을 묶고 있었던 로프가 마치 사이즈가 큰 장갑이나 신발처럼 스르르 벗겨졌다.

「가야 할 시간이에요, 아저씨.」

어린 소년의 목소리가 다시 들렸다.

데커는 눈을 비비고는 목소리가 나는 쪽으로 시선을 주었다. 그가 있는 곳은 페트라가 아니었다. 레바논에 히즈발라의 인질로 붙잡힌 상태였다. 열린 문가에는 열네 살의 크리스토퍼 굿맨이 서 있었다.

「크리스토퍼?」

도대체 어찌된 영문인지 알 수 없었다.

「그래요, 아저씨, 저예요.」

크리스토퍼가 대꾸했다.

「여기에서 무얼 하고 있는 거지?!」

데커가 혼동스러워하며 물었다.

「가야 할 시간이에요. 아저씨를 데리러온 거예요.」

크리스토퍼가 말했다. 더 자세한 설명은 해줄 생각이 없는 것 같았다.

크리스토퍼는 방에서 걸어 나가더니 그에게 따라오라는 신호를 보냈다. 데커는 자리에서 일어나 크리스토퍼를 따라 나섰다. 앞문을 향해 절반쯤 가다가 데커는 주저했다. 뭔가 중요한 것을 빠뜨린 것 같았다. 뒤에 남겨두어서는 안 되는 무언가 중요한 것을 그냥 놓고 온 것 같았다.

「탐!」

그가 갑자기 외쳤다.

「탐은 어디 있지?」

그러고 보니 레바논에 붙잡혀온 이래로 한 번도 본 적이 없었다.

크리스토퍼는 주저하더니, 천천히 팔을 들어올려 다른 문 쪽을 가리켰다. 데커는 납치자들의 동정을 살피려고 주변을 두리번거리며 가만히 문을 열었다. 지키는 사람은 아무도 없었다. 안에는 매트 위에 탐이 누워 있었다. 거의 3년 동안이나 그 위에서 자고, 앉고, 먹고… 살았던 매트 위에 그대로 누워 있었다. 탐의 얼굴은 벽을 향해 있었다. 데커는 안으로 들어가서 그의 발을 묶고 있는 새끼줄을 풀기 시작했다.

「탐, 일어나. 여기를 빠져 나가야 해.」

그가 속삭였다.

탐은 몸을 일키더니, 고개를 들고 자신의 구출자를 바라보았다. 그들은 잠시 동안 서로의 얼굴을 마주 바라보고 있었다. 그러다가 데커가 먼저 시선을 돌리고는 탐의 손의 결박을 풀기 시작했다. 붙잡혀 있는 동안엔 한 번도 거울을 본 적이 없어서, 몸이 쇠약해질 대로 쇠약해져 있다는 것은 알았지만, 자신의 얼굴이 어떠한지는 알 수가 없었다. 그런데 이제 탐의 얼굴을 보니 연민이 솟아나서 견딜 수가 없었다. 그는 눈물을 참느라 시선을 돌리지 않을 수 없었다. 아마도, 자신의 모습 또한 마찬가지일 것이다. 거울을 보지 않아도, 너무나 뻔했다.

아파트를 벗어난 데커와 탐은 복도를 따라 조심스레 걸어 내려갔다. 크리스토퍼는 그들 앞에서 걷고 있었다. 조금도 걱정하는 기색이 없었다. 그들은 부스러진 회반죽과 유리 조각, 쓰레기들로 뒤덮인 층계를 따라 내려왔다. 납치자들의 흔적은 어디에도 보이지 않았다. 환한 바깥으로 나서자 데커는 눈을 감았다. 햇빛이 너무나 부셨다.

「아저씨…, 아저씨…….」

데커는 눈을 뜨고 주변을 둘러보면서 자신이 있는 곳이 어디인지 기억하려고 애썼다. 문가에 데커 도나핀이 서 있었다. 그는 아직 페트라에 있었던 것이다.

「일어나요, 아저씨, 가셔야 할 시간이에요.」

데커의 눈 속에는 아직도 두려움이 가득 차 있었다. 그리고 그 순간 그는 알 수 있었다. 탐 도나핀이 했던 마지막 말의 의미를.

11
번뇌하는 자

NA 4년(AD 2026년) 6월 7일 일요일 오전 10시 5분 요르단의 광야

먼지를 뒤집어쓴 사륜구동 트럭이 피트라 북쪽 지역을 달리고 있
었다. 딱히 도로라고 할 만한 것이 있는 것도 아니어서, 바퀴자국이
나 있는 곳을 따라 달리는 형편이었다. 운전사는 자신이 태우고 가
는 승객과 대화를 나눌 생각을 포기한 지 오래였다. 결혼을 앞두고
있는 그녀는 이것저것 생각할 거리가 닿았다. 페트라 외곽에서 출발
한 지 벌써 한 시간이 지났지만, 그녀가 태우고 가는 남자는 열 마디
도 하지 않았다. 데커를 예루살렘까지 태워다주라는 임무를 받았을
때, 그녀는 그가 아직도 분노에 들끓고 있을 줄로 짐작했었다. 그런
데 데커는 무엇인가를 골똘히 생각하느라 거의 무아경에 빠져 있었
다. 그녀가 옆자리에 앉아 있는 것조차 모르는 사람 같았다. 그는 이
따금 한 번씩 손가락으로 성긴 머리칼을 쓸어 올리는 동작을 반복할
뿐이었다.

발로 바닥을 두드리다가 신경질적으로 발을 떠는 행위를 번갈아

하면서, 데커는 무엇인가 잊어버리지 말아야 할 것을 잊어버리고 있었던 것 같은 느낌이 무엇 때문인지 골똘히 생각하고 있었다. 그럼에도 탐이 한 말의 의미는 의심할 바 없이 분명한 것 같았다. 크리스토퍼는 탐을 레바논에 남겨두려고 했던 것이다.

데커는 골똘히 생각했다. 그가 겪은 최근의 상황과 오래 전에 레바논에서 일어난 일이 너무나 유사한 상황이라서 그런 꿈을 다시 꾸었던 것이 분명하다고. 그 장면은 단순하다면 단순했다. 그럼에도 거기에는 분명 더 큰 의미가 있었다. 그것은 아무래도 부인할 수가 없었다. 어떻게 그렇게도 오랜 세월 동안 그 생각을 하지 못했을까? 어떻게 그것을 단지 우연한 일로 돌릴 수가 있었단 말인가? 데커의 머릿속은 오직 한 가지 생각에, 그리고 그 생각이 몰고 오는 섬뜩한 두려움으로 가득 차 있었다. 그것이 무엇을 의미하는지는 알 수 없었지만, 우연일 수만은 없다는 점은 분명했다. 만약 그 생각이 옳다면, 그렇지 않았더라면 아무 흠집도 없었을 계획에서 단 하나의 실수를 찾아낸 셈이었다. 그 당시엔 아무 의미도 없는 것 같았다. 하지만 만약 그가 옳다면…….

한 시간이 더 지나서야 트럭은 진짜 도로를 만나, 뜨거운 아스팔트 위로 올라섰고, 서쪽으로 방향을 틀었다. 데커는 순간적으로 레바논의 한 도로가 떠올랐다. 존 한센 대사가 보낸 부대에 의해 호위되어 탐 도나편과 자신이 구출될 당시의 일들이 연속적으로 그려졌다. 그것은 정말로 단지 우연히 그렇게 되었을 뿐일까?

5킬로미터 정도 더 달린 후, 운전사는 차를 갓길로 몰더니 일제 스테이션 웨건 뒤에다 멈춰 세웠다.

「열쇠는 장갑 박스 속에 있어요.」

물이 가득 채워진 수통 하나를 건네주며 그녀가 말했다.

「서쪽으로 30킬로미터 가량 계속 가면 여리고에 닿을 거예요.」

「고맙소.」

데커는 건성으로 그렇게 말하고는, 물통과 엘리자베스의 성서가 든 가방을 집어 들고 트럭에서 내렸다. 하늘에는 구름 한 점 없었다. 36도가 넘는 폭염이었다. 하지만 데커는 그런 것들은 전혀 안중에 없었다. 차로 다가간 그는 아무 생각 없이 문을 열고는, 뜨거운 찜통 속으로 들어가 앉았다. 페트라에서부터 그를 태워온 운전자는 에어컨이 가동 중인 시원한 자기 차에 앉은 채로 그가 차를 출발시키기를 기다리고 있었다. 하지만 데커는 찜통 속에서 생각에 골몰한 채 그냥 앉아 있기만 했다. 그녀가 그에게로 와서 확인하려고 할 때에야, 데커는 열쇠가 장갑 박스엔가에 있다는 이야기를 떠올리고는 열쇠를 찾아 더듬거렸다.

데커는 트럭 운전사를 돌아보지도 않은 채 차를 출발시키고 떠나 버렸다. 운전대가 너무 뜨거워서 생각을 집중할 수가 없자, 데커는 셔츠 자락으로 운전대를 감고는, 에어컨 스위치가 어디에 있는지를 찾아 헤맸다. 차가 여리고 쪽으로 향해져 있었다는 것이 다행이었다. 데커는 그 트럭 운전사가 해준 말을 전혀 듣지 못했을 뿐 아니라, 자신이 어디로 가고 있는지에 대해서도 전혀 생각하지 않고 있었던 것이다.

*

데커는 별다른 일 없이 이스라엘 내의 UN 국경 초소를 통과했다.

초소에선 UN의 고위 관리가 예고 없이 도착한 것에 다소 당황한 것 같았지만 특별한 일은 없었다. 그들의 반응으로 보아, 데커의 실종이 보고되어 어떤 조처가 내려졌던 것 같진 않았다. 로젠이 옳았다. 데커가 4일 동안 보이지 않는다고 해서 크게 걱정하는 사람은 아무도 없었던 것이다. 그것을 알고 나니, 한편으로는 안심이 되었다. 그동안 어디에 있었는지, 그에게 무슨 일이 일어난 것인지, 해명할 기분이 전혀 아니었고, 거기에 대해서는 따로 생각할 시간을 가져야 했기 때문이었다.

그는 부러 사람이 별로 가지 않을 듯한 식당을 택해 그리로 들어갔다. 음식을 먹으면서도 그는 이젠 어떻게 할 것인지 생각을 쥐어짜고 있었다. 누군가에게 전화를 걸어야 하는 것만은 분명했다. 자신이 어디에 있는지, 별일 없이 잘 지낸다는 것을 알려야 하는 것이다. 별일 없이 잘 지낸다고? 아이로니컬한 얘기였지만, 그렇게밖에 말할 수가 없었다. 그는 지휘 계통상 자신의 바로 아래인 데비 산혜츠에게 알리는 것이 가장 좋겠다고 결론을 내렸다. 잠시 시간을 내서 휴가 중이며, 다음 주일에나 가게 될 것 같다고 말하는 것이다. 그러면 그녀는 알아야 할 필요가 있는 누군가 다른 사람에게 알릴 것이다. 데비는 왜 미리 말해주지 않았느냐고 화를 낼 것이다. 하지만 아직 신참인 그녀는 그에게 해명을 요구하진 않을 것이다. 처음에는 열을 좀 받겠지만, 시간이 좀 지나면 적어도 며칠 동안은 상관이 없이 지낼 수 있다는 점에 오히려 만족해할 것이다.

데커는 행운을 비는 마음으로, 전화기에 딸린 비디오가 고장나 있기를 바랐다. 별일이 없다는 것을 목소리로 알리는 것도 어려운데 표정관리까지 하려면 더욱 힘들 것 같아서였다. 비디오를 끄고 통화할 수도 있었지만, 그러자면 의문이 제기될 것이 분명했다. 모니터 귀퉁이에 비디오가 꺼져 있다는 표시가 나타날 것이기 때문에, 장비 고장이라는 뻔한 거짓말을 할 수는 없는 일이었다.

할 수 있는 한 최대로 얼굴을 매만진 다음 그는 다이얼을 눌렀다. 데비 산헤츠는 들어온 지 1년이 안 된 신참이었다. 데커로서는 그녀가 아무리 영리한 직원이라 할지라도, 그의 연기를 간파할 수준은 못 되기를 희망할 수밖에 없었다.

「산헤츠 사무실입니다.」

여자 목소리였다. 데커는 스크린을 보고 그녀가 크왈린다 오살라라는 것을 알 수 있었다. 그녀는 데비 산헤츠의 조수였다.

「국장님!」

목소리의 억양과 얼굴 표정으로 보아 놀란 것이 분명했다. 이것은 좋은 징조가 아니었다. 사방 군데에 알리고 찾는 데까지는 미치지 않았다 할지라도, 계획에 없는 그의 부재로 인해 이런저런 염려가 제기되었던 것이 분명했다.

「아, 예, 산헤츠 씨를 좀 연결해줘요.」

만사가 다 잘 되어가는 것처럼, 또 그녀의 놀람을 전혀 알아채지 못한 것처럼 데커가 말했다.

「국장님, 부장님은 외출중이십니다. 국장님을 대신해서 월드 프레스 클럽의 회의에 가셨습니다.」

데커는 자신이 연설을 하기로 되어 있었다는 것을 깜빡 잊고 있었던 것이다. 그는 낭패스러웠다.

「마틴은 자리에 있소?」

이번엔 데비 산헤츠의 바로 밑에 있는 과장급의 사람을 찾았다.

「그는 산혜츠 씨를 대신해서 회의 때문에 베이징에 가셨습니다.」

그녀가 대답했다.

데커는 비서에게 메시지를 남기고 싶지는 않았다. 4일 동안 자리를 비웠던 사람이 이제 와서 그렇게 나갈 수는 없는 일이었다. 그는 빠져나갈 구멍이 없다는 것을 알았다. 그때 크왈린다가 말했다.

「국장님, 잭키 한센이 당신한테서 전화가 오면 즉시 연결하라고 했습니다. 그녀는 자신과 통화를 할 때까지는 전화를 끊지 말라고 하셨습니다.」

데커는 얼른 머리를 굴렸지만 아무 생각도 떠오르지 않았다. 이런 식으로 일이 진행되리라고는 예측하지 못했었다. 잭키가 그와 통화하기를 그렇게 고집한다면, 그것은 아마도 크리스토퍼가 그와 이야기하기를 원했기 때문일 것이다. 그리고 그는 거기에 전혀 대비가 되어 있지 않았다. 이 모든 일이 도대체 어떻게 돌아가고 있는 것인지 생각할 시간을 가져야 했다. 그러고 나서야 대화를 하든지 말든지 해야 할 것이다. 하지만 그는 그녀와의 통화를 거부할 수가 없었다. 그로서는 다른 방책이 없었다. 그저 그녀에게 아무 일도 없었던 것처럼 달할 수 있기만을 바랄 뿐이었다.

「그녀를 연결시켜줘요.」

그가 억지 미소를 지으면서 마지못해 말했다.

「잭키 한센입니다.」

잭키가 대답하더니, 곧이어 환성이 나왔다.

「데커! 어디에 계셨어요!」

데커가 대답을 하려고 하는데, 카메라가 미치지 않는 곳에서 다른 목소리가 들렸다.

「데커?」

목소리가 묻고 있었다. 로버트 마일너였다.

「그와 통화를 좀 합시다!」

곧이어 마일너가 스크린에 비쳤다.

「데커, 어디에 있었던 거죠? 별일 없어요? 우리는 수색조를 막 보내려고 하던 참이었소!」

데커는 마음속으로 신음 소리를 내면서도, 얼굴에는 천연덕스런 미소를 띠고 있었다.

「전 괜찮아요. 휴가를 좀 내야겠다고 결정한 참이에요.」

데커가 아무런 해명도 없이, 자신들의 걱정을 사소한 것으로 만들어버리자 마일너는 어이가 없는 모양이었다.

「물론, 그럴 만도 하지요. 하지만 누군가에게… 최소한 참모진 중의 누군가에게는, 당신이 어디로 가고 있고 언제 돌아올 것인지 정도는 알려야지요.」

「진짜 미안합니다.」

그럴듯한 거짓말이 제발 좀 떠올라주기를 바라면서 그가 말했다.

「떠나기 전에 데비 산헤츠에게 말해두긴 했어요. 그리 큰일은 아니라고 생각을 했거든요. 더 분명하게 처리를 했어야 했는데 그랬네요. 모두에게 걱정을 끼칠 생각은 아니었는데.」

「그러니까 별일은 없으신 건가요?」

잭키가 끼어들었다.

「예, 전 괜찮습니다. 크리스토퍼가……?」

「아니에요, 당신에 관해서 어제 그분께 물어봤어요. 무슨 일인가로 그가 당신을 어디로 보낸 모양이라고 생각했죠. 하지만 내가 왜 당신 안부를 묻는지, 아무도 당신이 어디에 있는지 모른다는 것에 대해서는 말하지 않았어요. 뭔가가 잘못되었다는 것을 내가 확인하기 전에는 걱정을 안겨드리고 싶지 않았거든요. 그랬다면 그 즉시 마음에 걸려 했을 거예요.」

잭키가 선수를 쳐서 대답해주었다.

「좋아요, 좋아요.」

데커의 얼굴에 안도하는 표정이 여실히 드러났다.

「그럼 언제 돌아올 수 있는 거죠?」

마일너가 물었다.

「확실하진 않습니다.」

언제라고 정확히 못박고 싶지 않았지만, 그래도 대답을 해야 한다는 것쯤은 알고 있었다. 잠시 생각하다가 그는 마침내 대답했다.

「일주일 정도?」

「어디에 계실 거예요?」

잭키 한센이 물었다. 데커는 대답하고 싶지 않았다. 그에게는 방해받지 않고 생각할 시간이 필요했다. 이 대화가 끝나고 나면, 크리스토퍼와 가까운 누구와도 잠시 동안은 이야기를 하지 않아도 되기를 바랐다. 크리스토퍼로부터 직접 전화를 받는 상황은 더욱 원치 않았다. 그렇게 되면 크리스토퍼는 데커의 속마음을 꿰뚫어보고는 뭔가가 잘못되었다는 것을 알아차리게 될 것이다. 하지만 어쨌든 대답은 해주어야 했다.

「메릴랜드의 제 집에 있을 거예요. …그러면 다시 출근할 때 만나도록 해요.」

대화가 그걸로 끝나주기를 바라면서 그가 말했다.

「그래요, 당신에게 별일 없으시다니 기뻐요.」

다행히 잭키는 더 붙잡지 않았다.

「고맙소.」

「그럼 좋은 시간 보내요. 그리고 다음번에 떠날 때는 반드시 전화를 챙겨가도록 해요.」

「아, 미안합니다. 사무실에다 놓고 온 것 같아요.」

데커는 그렇게 말하고는 전화를 끊었다. 마일너는 뭔가 잘못되었다는 것을 알고 있다는 생각이 들었다. 〈그는 날 믿지 않아.〉 뭔가 그에게 빌미를 줄 만한 것은 없었는지, 자신이 했던 말들을 재빨리 되새겨보았다. 그러자 생각이 났다. 데비 산헤츠는 그가 떠나기 전날 사무실에 없었다. 만약 마일너가 거기에 대해서 확인을 해본다면, 그는 사실과는 다르다는 걸 알게 될 것이고, 그러면 뭔가가 잘못된 것을 알아차리게 될 것이다.

데커는 레스토랑을 떠나기 전에 두 군데 더 전화를 걸었다. 하나는 미국으로 가는 UN 전용기의 좌석을 예약하는 것이었고, 다른 하나는 그의 집을 돌보는 관리인인 버트 톨린슨에게 몇 가지 준비를 해달라는 부탁 전화였다.

*

그날 저녁 데커는 텔아비브에서 뉴욕 행 UN군 수송기를 탔다. 평소 익숙하던 것과는 달리 좌석이 텅텅 빈 채여서, 승무원 외에는 아무도 없었다. 적어도 남의 눈을 피할 필요는 없게 된 셈이었다. 아무리 애써도 잠이 오지 않았다. 뉴욕에 도착하자 워싱턴 DC의 레이건

공항으로 가는 비행기로 갈아탔다. 워싱턴 행 비행기 안에서와 워싱턴에서 집으로 가는 길에 그는 예전에는 상상도 할 수 없었던 뭔가 큰 의미가 드러나려 하고 있다는 예감을 느끼기 시작했다.

여덟 개의 시간대를 가로질러 데커는 메릴랜드 주의 더우드에 도착했다. 텔아비브를 떠났을 때와 거의 똑같은 시각이었다. 데커는 갖가지 생각들로 마음속이 어지러웠지만, 뒤뜰에 있는 가족 묘지에 먼저 들른 다음, 들어와서는 그대로 잠이 들었다.

NA 4년(AD 2026년) 6월 8일 월요일　메릴랜드 더우드

데커는 돌아누웠다가 가만히 눈을 떴다. 그러나 다시 눈을 감고, 가르릉거리는 신음 소리를 내고는, 다시 잠에 떨어졌다. 눈이 똑 떨어지도록 깨어난 것은 정오에서 7분이 지난 시각이었다. 무의식 속에서는 여러 시간 동안 숙고가 계속되었던 모양인지, 눈을 뜨자마자 한 가지 생각이 분명하게 떠올랐다. 푹 자고 나서, 바깥은 햇살이 눈이 부시고 새들이 지저귀는데, 크리스토퍼에 대해 예전에는 감히 해 본 적이 없던 무서운 생각을 떠올리다니, 이상한 일이 아닐 수 없었다. 그렇다, 거기에는 해명되어야 할 뭔가가 있었다. 생각으로 결정화되었다가는 미쳐서 돌아버릴 것 같은 무슨 일인가…….그러니 생각조차 하고 싶지 않았다. 생각나는 것을 생각하고 싶지 않다니, 이런 어리석은 일이 있는가, 하고 그는 코웃음을 쳤다. 그는 믿을 수 없다는 듯이 고개를 세차게 가로저었다.

물론, 데커로서는 마음의 평정을 잃을 수밖에 없는 상황이 벌어졌다고 할 수 있었다. 무엇보다도 그는 납치된 것이다. KDP가 그를 해칠 의향은 없었지만, 당시에는 그걸 알지 못했었다. 그것은 충격적인 경험이었고, 어찌 됐든 지대한 결과를 나은 것이 분명했다. 그런 일을 당하고도 초연할 수 있다고 생각한다면, 어리석어도 한참 어리석은 생각이 아닐 수 없으리라. 의심할 나위 없이 그런 치명적인 결과 중의 하나는 아직도 풀어야 할 숙제가 있다는 점이었다. 결론은 아직 열려 있는 상태였다. 스콧 로젠의 제안에 대해서, 꿈이 암시하는 것들에 대해서.

침대 옆의 시계가 오후 12시 30분을 가리키고 있었다. 거기에 8시간을 더하면 바빌론 시각이니, 바빌론은 8시 30분이었다. 그는 전화를 걸어야 할지 곧바로 비행기를 타고 돌아가야 할 것인지, 생각 속에서만 오락가락했다. 결국 그는 후자를 택하기로 했다. 그는 즉각 침대에서 튀어나와, 아래층으로 내려가서, 아침 겸 점심을 준비할 참이었다. 그런 다음, 바빌론으로 가는 다음 비행기를 알아보아야겠다고 생각했다.

데커는 냉장고를 열어보았다. 냉동실도 확인했다. 버트 톨린슨은 역시 어김이 없었다. 그가 좋아하는 것들이 다 들어 있었다. 아주 짧은 순간, 즉시 떠나지 않아도 되지 않겠느냐는 생각이 떠올랐다. 사실, 휴가를 써도 되는 입장이었다. 베이컨과 와플과 커피 냄새가 퍼져 나가자, 좋았던 시절이 저절로 떠올랐다. 호프와 루이자와 함께 했던 아침식사, 지하철 정거장까지 가는 자동차 안에서 나누곤 했던 엘리자베스와의 키스…, 그런 시절을 돌이킬 수는 없으리라.

엘리자베스를 다시 만날 수 있다는 것에 생각이 미쳤다. 크리스토퍼는 그것을 약속했었다. 생각만 해도 즐거운 일이 아닐 수 없었지만, 크리스토퍼에게 의혹을 품게 된 지금은 오히려 가슴이 아려왔다.

데커는 식사를 거실로 가지고가서는 텔레비전을 켰다. 살아 있는 사람과 함께 식사를 하는 것과 똑같을 리는 없었지만, 그래도 혼자 먹는 것보다는 더 나았다.

텔레비전을 켜자마자 매우 이례적인 한 장면이 데커를 맞아주었다. 리포터는 이마와 뺨과 턱과 목 위에 반창고를 붙이고 있었다. 분명 불편해 보이는 모습이었다. 처음에는 그녀가 사고를 당했거나 노상강도에게 습격이라도 당한 모양이라고 생각했다. 하지만 한 명의 리포터만이 아니었다. 카메라가 다른 리포터에게로 옮겨갔지만, 그 리포터 역시 반창고를 붙인 데가 한두 군데가 아니었다. 화면은 거의 텅 빈 거리에 서 있는 한 리포터에게로 옮겨갔다. 그는 누구든지 눈에 띄는 사람을 붙들고 인터뷰를 하는 중이었다. 배경을 더 유심히 들여다보았더라면, 데커는 그곳이 워싱턴 DC의 듀퐁 거리라는 것을 알아보았을 것이다. 그곳은 그와 탐이 함께 일했던《뉴스월드》매거진에서 멀지 않은 곳이었고, 평소대로라면 워싱턴에서도 가장 번잡한 곳 중의 하나였다. 하지만 데커는 그곳이 어디인지에 대해서는 관심이 없었다. 그의 주의를 끈 것은 화면에 나오는 거의 대부분의 사람들이 반창고를 붙이고 있다는 점이었다. 반창고와 거즈가 동이 나는 바람에 감출 수가 없게 된 몇몇만이 빨갛게 부어오른 보기 흉한 상처를 내보이고 있었다.

「TV 멈춰.」

데커가 말하자, 화면이 정지했다.

「이 프로그램의 처음으로 돌아가.」

즉각 프로그램이 다시 시작되었다. 쌍방향 TV의 유용함 중의 하나가 바로 이런 점이었다. 두 달 안에 방영된 것은 어떤 프로그램이든 다시 볼 수가 있었다. 방금처럼 진행 중인 프로그램이라도 처음부터 볼 수가 있었다.

처음부터 되돌리고 나서야 윤곽이 잡혔다. 전 세계적인 종기의 창궐을 다루고 있는 프로였다. 뉴스 앵커에 따르면, 유행하는 병은 피부에 붉은 반점이 나타나는 것으로 시작되어 슬금슬금 가려워지다가, 점점 더 심해져서 마침내는 곪아 터진다는 것이었다. 그러고 보니 그때껏 주의를 끌지 못했던 한 가지가 갑자기 생각났다. 너무나 사소하여 별다른 생각 없이 넘겨버렸지만, 이제 와서 돌이켜보니, 만나는 사람들마다 아주 심하게는 아니었지만 반복적으로 어딘가를 자꾸 긁어대곤 했던 것이다. 워싱턴으로 오는 비행기와 공항 지하철 안에서는 그런 모습이 너무 역력했었다. 기억을 돌이켜보니, UN군 수송기 안에서도 승무원들 중 몇몇이 긁어댔고, 예루살렘에서 들른 식당에서 만난 사람들도 그랬다. 잭키 한센과 전화 통화를 할 때도, 그녀가 긁어댔다는 것이 생각났다.

데커는 이리저리 채널을 빠르게 돌려보았다. 주요 채널은 다 마찬가지였다. 반창고를 붙인 리포터들이 역시 반창고를 붙인 보건성 관리나, 반창고를 붙인 정치가나, 반창고를 붙인 거리의 사람들을 인터뷰하고 있었다. 거의 모든 상업 활동이 중단되다시피 했다. 배짱좋은 사람들만이 바깥으로 나왔다. 세계 각국의 정부는 필수적인 민원 봉사를 제외하고는 문을 내렸다. 나중에야, 보건 담당 고문들이 나와서 종기가 더 퍼지는 것을 막으려면 어떻게 해야 하는지 그 처치법을 알려주기 시작했다. 거즈와 반창고, 진통제를 사려는 사람들이, 아직 문을 열고 있는 얼마 안 되는 약국 앞에 길게 줄을 서서 기다리는 모습도 보였다.

「다음은 종기의 원인으로 넘어가보겠습니다.」

한 리포터가 말하는 것을 듣고, 데커는 채널을 고정시켰다.

「대부분의 과학자들이 자료 수집과 분석이 이루어지려면 아직 시간이 필요하다고 말하고 있는 가운데, 질병 예방 센터에 근무하는 한 과학자는 비공개를 전제로, 종기가 난 사람과 그렇지 않은 사람 사이에는 뚜렷하게 구분되는 요인이 한 가지 있다고 말했습니다. 지금까지는 성찬을 받은 사람들에게만 종기가 났다는 것입니다. 건강을 누리고 싶다는 기대와 희망 때문에 그렇게도 많은 사람들이 성찬을 받았건만, 이제 와서 성찬 자체가 불가사의한 전염병의 원인일 수도 있다는 것은 쓰디쓴 아이러니가 아닐 수 없습니다.」

데커에게는 점점 더 분명해지는 생각이 있었다. 로젠이 세상 일이 빠르게 악화될 것이라고 한 말이 바로 이런 일을 가리키는 것이 아닐까. 이런 일들이 벌어지는 것과 KDP들이 페트라로 속속 모여드는 것 사이에는 분명 어떤 연결고리가 있음에 틀림없었다. 연관이 있다는 것은 분명했지만, KDP의 다음 행보가 어떠할지에 대해서는 데커로서는 전혀 알 수 없는 일이었다.

*

데커는 그날 바빌론으로 돌아갈 비행기 편을 예약하지 않았다. 다음날 것도 예약하지 않았다. 그는 서두를 필요가 없다고 중얼거렸다. 사람들 앞에 나선다면, 크리스토퍼와 그렇게 가까운 인사가 종기가 나지 않은 것을 보고는 성찬과 표식을 받지 않았다는 것을 알아차리고, 납득할 수가 없다고 생각할 것이다. 동시에, 밖에 나가서 성찬을 받는다는 것도 의미가 없었다. 종기가 날 것이 뻔하지 않은가 말이다. 음식은 얼마 동안은 버틸 수 있을 만큼 충분했다. 필요한 것이 있을 때는 버트 톨린슨에게 부탁하면 될 것이다. 기다려보는 것이 훨씬 더 타당한 일이었다. 하지만 꿈에 관한 그의 생각이 전적으로 틀리다면? 그는 다시 고민하기 시작했다. 어떻게 해서 그의 마음이 바뀌게 되었을까? 아직은 어떤 변화가 자신에게 일어났다는 것조차 인정할 수가 없었음에도, 고민이 되는 건 사실이었다. 몇 시간 전까지만 해도 그렇게도 확신했던 믿음이 어떻게 갑자기 증발하듯이 사라질 수가 있을까? 예전보다 더 투명하게 생각하게 된 것인지, 아니면 2천 년 전에 그가 맡았던 역할을 다시 한 번 되풀이하기 위해 말려들고 있는 것인지, 아무래도 알 수 없는 일이었다. 2천 년 후인 이제 와서 또다시 〈유다〉의 역할을 수행하기 위해, 이미 발을 깊숙이 들여놓은 것은 아닐까.

12
핏빛 물결

NA 4년(AD 2026년) 6월 10일 수요일 오전 11시 25분 더우드

전염병이 돌기 시작한 지 이틀 후인 수요일 아침, 크리스토퍼는 무서운 속도로 번져가는 종기의 창궐에 대해 세계를 향해 연설했다. 데커는 텔레비전으로 지켜보았다.

「세계 시민 여러분, 뉴에이지의 인간 종족 여러분, 대가를 치르지 않고서는 가치 있는 것을 얻을 수 없습니다. 그 점은 뉴에이지라고 해서 다르지 않습니다.」

크리스토퍼가 가라앉은, 그러나 도전적인 어조로 시작했다.

「저는 오늘 영양가 없는 서론을 길게 늘어놓을 시간이 없습니다. 간명하기 말씀드리자면, 인류는 공격을 당하고 있습니다. 세계는 지난 3년 동안 평화를 누려왔습니다. 전쟁도 기근도 없었습니다. 질병도 거의 근절되다시피 했습니다. 인류의 미래는 우주 전체가 지켜보는 가운데, 찬란하게 빛나는 것처럼 보였습니다. 빛나는 미래가 두 팔 벌리고 모든 사람들을 기다리고 있었습니다.

어느 누구도 새로운 비전에, 새로운 대의명분에, 새로운 진취적인 정신에 합류해달라고 강요받지 않고, 평화롭게 자신의 삶을 영위할 자유를 누려왔습니다. 인류 역사상 그 어느 시기도, 행성 전체에 미치는 폭넓은 변화가 이렇게 평화스럽게 이루어진 적은 없었습니다.

하지만 어떤 사람들에게는 선택이 너무나 큰 짐이 되는 모양입니다. 다른 사람들이 내리는 선택조차도 말입니다. 그들의 영적인 선배들, 여성의 법적, 성적, 출산의 자유에 반대했던 사람들, 비현실적이고 청교도적인 마약 법안에 찬성했던 사람들, 죽을 시간을 선택할 수 있는 개인의 권리에 반대하는 사람들과 마찬가지로, 우리의 반대자들은 선택에 대한 반대자들이기도 합니다. 그들은 다른 사람들이 스스로 결정을 내리는 것조차 허용하려 들지 않습니다.

우리를 반대하는 자들이 성찬 클리닉의 문을 닫게 하기 위해서 가증스런 폭력을 행사했을 때조차도, 우리는 그들이 다른 사람들의 권리를 방해하지 못하도록 충분한 힘을 발휘하는 선에서만 대응했습니다.

오늘, 인류와 자유를 사랑하는 모든 이들은 우리의 앞길을 방해하고자 강박관념에 사로잡힌 야훼의 고통과 절망을 느끼고 있습니다. 여러분이 당하고 있는 상처에 의해서 그것을 알고 있습니다. 그런데 아직까지도 우리의 적들은 야훼가 〈사랑의 하나님〉이라는 터무니없는 주장을 계속하고 있습니다.

저는 여러분의 고통을 알고 있습니다. 저는 비록 종기의 고통을 참고 있진 않지만, 저 또한 전 인류를 위한 뉴에이지의 도래를 위해 죽기를 각오하고 진통을 겪어왔습니다. 여러분에게 제발 당부하니, 물리적인 육체에 대한 이런 일시적인 불편으로 인해, 육체에 가해지는 사악한 공격으로 인해, 여러분의 영적인 목표가 흔들리도록 하진 말아주십시오. KDP와 근본주의자들이 섬기는 사악한 신으로 하여금 우리의 갈 길을 방해하도록 허용하지 마십시오. 우리의 목표는 너무나 고귀한 것이고, 우리의 목적은 너무나 위대한 것이며, 우리의 야망은 너무나 지고한 것이어서 인간이든 신이든 그 어느 누구에게도 팔아넘길 수 없는 것입니다.

그러니 여러분의 상처를 영광과 도전의 배지로 여기시고 용기를 내십시오. 야훼와 그 추종자들이 행하는 악은 메아리 없는 외침이 되고 말 것입니다. 야훼가 이 행성 위에서 믿을 수 있는 유일한 구석이라곤, 그와 공모한 KDP와 근본주의자들의 결속력뿐입니다. 그들의 결속이 깨어진다면, 이 지구 위에 남아 있는 야훼의 마지막 자취 또한 사라지게 될 것입니다.

이러한 결속을 깨뜨리기 위하여 안전보장이사회는 다음의 조처를 취하기로 의결했습니다. 첫째, 성찬이나 표식을 받지 않는 사람은 누구든지 더 이상 물건을 사거나 팔 수 없으며, 위반시에는 체포될 것입니다. 둘째, 근본주의자들과 KDP 지도자들의 즉각적인 체포를 위하여 영장이 이미 발부되었습니다.

사고파는 권리의 제한은 자신들을 나머지 인류로부터 분리시키기를 바랐던 그들의 욕구에 부응하는, 적절한 조처이기도 합니다. 그들이 분리를 고집한다면, 그들은 분리될 수밖에 없습니다. 다른 나머지 사회가 없이, 그들이 얼마나 잘 지낼 수 있는지 지켜보도록 합시다. 근본주의자들의 지도자 여러분은 정중하게 대접받을 것이며, 인류에 반하는 운동을 더 이상 하지 않겠다고 서약만 하면 즉시 석방될 것입니다.

우리의 대응이 충분히 강하지 않다거나, 근본주의자들과 KDP는 더 지독한 전염병을 내려달라고 비는 것으로 대응할 것이라고 두려워할 다수가 존재할 것입니다만, 예방 차원에서 처벌하는 것은 우리가 바라는 바가 아닙니다. 우리는 단지 인류에 반하는 행위들이 소기의 성과를 거두지 못할 것임을 분명히 해두고자 할 뿐입니다. 이런 조처들로서 희망하는 바는, 우리에게 질병을 내린 자들로 하여금 인류를 공격하는 것은 반드시 처벌을 받게 된다는 것뿐만 아니라, 우리가 정의롭고 또 자비롭기까지 하다는 것을 깨닫게 하는 데에 있습니다. 불법적인 행위에는 그에 상응하는 처벌이 있을 뿐 그 이상도 그 이하도 아닙니다.

그럼에도 불구하고, 우리의 적들인 KDP와 근본주의자들에게 말합니다. 야훼에 대한 당신들의 맹목적인 복종으로 인해 당신들이 지구상에 야기한 온갖 고통에도 불구하고, 우리는 여전히 당신들에게 평화의 올리브나무 가지를 내밀고자 합니다. 고통과 재난을 야기하는 당신들의 신에 대한 충성을 포기하십시오, 그러면 우리는 여러분을 형제와 자매로서 기꺼이 환영할 것입니다!

하지만 이 전염병이 계속되거나 다른 질병이 이어진다면, 확실히 알아두십시오. 인류는 당신들의 악의에 찬 행위로 인해 계속해서 고통받고만 있지는 않을 것입니다.」

강조를 위해 주먹으로 가볍게 연단을 두드리면서 그가 결론을 내렸다.

「우리는 우리의 갈 길을 변경시키려 하거나, 우리의 운명을 부정하고 단념시키려고 하는 자들은, 당신들이든 누구든, 결코 허용하지 않을 것입니다!」

데커는 환호를 하고 싶었다. 확실히 감동적인 연설이었다. 크리스토퍼는 확고한 결심과 함께 적들을 더 가혹하게 내치지는 않을 것이라는 대단한 인내심을 동시에 보여주었다. 하지만 그런 기분은 잠시뿐이었다. 바로 그 순간부터, 사고파는 권리의 제한이 성찬을 받지 않은 데커에게도 적용될 것이 너무도 분명했기 때문이다.

세계보건기구의 통계에 따르면, 전 세계 인구의 87퍼센트인 25억 미만의 사람들이 성찬과 표식을 받았고, 3억7천5백만의 사람들이 아직 받지 않은 채로 남아 있었다. 크리스토퍼의 연설 직후에 행해진 여론 조사에 따르면, 성찬을 받은 사람들 중에는, 사고파는 권리를 제한시킨 안전보장이사회의 조처가 적절하다는 응답이 64퍼센트였고, 그러한 조처로는 미약하다고 느낀다는 응답이 36퍼센트였다. 그러니 그런 조처가 너무 가혹하다고 느낀 사람은 아무도 없었던 셈이었다. 표식을 받지 않은 사람들의 경우는 매우 달랐다. 93퍼센트가 그 조처에 찬성하지 않았다. 찬성한 7퍼센트는 거의 모두가 다음 주일 내에 성찬을 받겠다고 했다. 찬성하지 않은 사람들의 이유는 여러 가지였다. 0.5퍼센트 가량은 시민의 권리에 위배된다고 답했고, 근본주의자들로 추정되는 3퍼센트는 종교적인 이유로 성찬이나 표식을 받지 않을 것이라고 답했다. 남은 96.5퍼센트는 피부병을 앓고 싶지 않기 때문에 성찬을 원치 않는다고 답했다. 97퍼센트에 달했던 크리스토퍼에 대한 지지율이 피부병이 돌기 시작한 직후 85퍼센트로 떨어졌던 것이, 연설 후에는 5퍼센트 상승하여 90퍼센트를 기록한 것으로 나타났다.

NA 4년(AD 2026년) 6월 14일 일요일 오전 5시 15분 캘리포니아

아모스 힐은 두 개의 금속제 통 중 두번째 것을 자신의 목선 안으로 던져놓고는 자신의 트럭을 출발시켰다. 통 안에는 낚시 도구의 일종인 2백 미터짜리 주낙이 들어 있었고, 주낙에는 2백50개의 목줄과 낚싯바늘에 오징어 미끼가 끼여 있었다. 정상적이라면 이보다 두 배는 많은 주낙을 가져갔겠지만, 두 손과 팔에 돋아난 종기 때문에 미끼를 끼는 작업을 하기가 매우 불편했다. 할 수 있는 수단은 다 했지만, 종기 부위는 계속해서 쑤시고 쓰라렸다. 그런 상황이라면 일을 때려치우고도 남았겠지만, 고기잡이 나간 지가 꼬박 일주일이 되었고, 지불할 것은 밀려 있었다.

그는 몬터레이 항구 쪽으로 트럭을 몰았다. 캘리포니아 중에서도 몬터레이는 고기잡이가 다시 시작된 이래 빠르게 성장하고 있는 도시였다. 해일과 지진이 서부 해안 대부분을 파괴하고, 음산한 붉은색 녹병이 태평양을 휩쓸어 식물성 플랑크톤은 물론이고 미국에서 중국에 이르는 바다 전체의 생물을 전멸시킨 지도 벌써 5년이 지났다. 이제는 물고기가 돌아왔을 뿐만 아니라, 경기가 나아지는 기미를 어디에서나 읽을 수 있었다. 특히 건설업계는 호황이었다. 지난 주까지만 해도 아모스 힐은 건설 현장에 나가서 새로운 기초 공사나 벽을 올리는 일을 했다. 하지만 종기가 창궐하기 시작하자, 일하러 나가는 사람이 거의 없어지고 말았다. 그러나 이제 종기가 낫든 낫지 않든, 생계를 위해 일하기로 결정한 사람이 아모스 힐만은 아니었다. 배를 가진 사람들은 트럭에 도구들을 싣고 다시 일을 나갈 준비들을 했다. 이렇게 일찍은 아니더라도, 자명종 시계가 울리는 대로 눈을 비비고 일어나서 바다로 나갈 사람들이 적지 않을 것이었다. 일하러 나갈 만큼 컨디션이 좋은 사람은 아무도 없었지만, 일주일이 지난 지금 다른 선택의 여지가 없었다. 이런 현상은 세계 대부분의 지역이 마찬가지였다.

아모스 힐은 보트를 물에 띄우고, 시동을 건 다음, 항구를 벗어났다. 물보라로 인해 소금기가 닿으면 상처가 더 쓰라리고 아팠기 때문에, 평소보다 훨씬 속력을 줄였다. 45분이 더 걸려서 낚싯줄을 드리우곤 하는 지역에 도착했다. 보트의 고물과 우현을 바라보면서, 그는 해변 쪽에서 바위가 툭 튀어나온 지점을 확인했다. 그런 식으로 위치를 확인하여 그는 물 밑의 암초 바로 위쪽으로 배를 몰고 갔다. 대구를 잡으려면 거기에다가 낚싯줄을 푸는 것이 최상이라는 것을 그는 알고 있었다. 대부분의 어부들은 수심계를 사용하여 암초의 위치를 파악했으며, 주낙 대신 그물을 사용했다. 하지만 아모스 힐은 아버지에게서 배운 대로 여전히 주낙을 사용해온 터였다. 그의 주요 고객인 레스토랑과 어시장에서 그물에 다치지 않은 고기들은 값을 더 쳐주기 때문이기도 했다.

닻을 내리고 첫 낚싯줄을 드리우기 시작한 지점을 나타내는 부표를 띄운 다음, 아모스는 배를 천천히 북쪽으로 움직여가면서 낚싯줄을 던졌다. 바람과 조수가 좋은 신호를 보내주고 있었다. 경험으로 미루어보아, 오늘은 운수 대통할 것 같았다. 첫번째 것을 다 던지고 난 그는 첫번째 것이 끝난 언저리에서 바로 두번째 것을 던지기 시작했다. 평소대로라면 1백여 미터 떨어진 자리에서부터 시작했을 테지만, 고기잡이라는 것이 늘 그렇듯이, 대부분은 본능과 직관에 따르는 것이 옳을 경우가 많았다. 오늘도 직관에 따라 그렇게 하기로 한 것이다.

20분 후, 두번째 낚싯줄을 다 던진 그는 첫 부표를 띄운 곳으로 되돌아가서, 첫번째 것을 걷어 올리기 시작했다. 낚싯줄을 드리워놓고 너무 오래 방치하지 않는 것이 중요했다. 미끼를 문 물고기들을 다른 약탈자들의 밥으로 제공할 이유는 없는 것이다.

낚싯줄의 무게로 보아 이번에는 틀림없다는 것을 즉시 알아차릴 수 있었다. 첫 세 개의 낚시에는 8파운드 이상은 족히 나가는 몰바대구가 걸려 있었다. 거기서부터는 대부분 해덕대구로, 금빛이 나는 오렌지 색깔의 입이 불쑥 튀어나온 놈들이 연달아 올라왔다. 그놈들은 어시장의 얼음깔개 위에 누워서 아름다운 빛깔을 자랑하게 될 것이다. 거의 모든 바늘에 뭔가가 걸려 있었고, 대부분이 식용이었다. 아주 가끔씩은 색깔이 휘황찬란하지만 독이 있는 쥐고기가 걸려 올라왔다. 어쨌든 아모스 힐로서는 해일 이후 처음으로 경험하는 운수 대통한 날이었다.

두번째 낚싯줄을 거의 다 끌어올렸을 때, 그의 시선을 붙드는 뭔가가 있었다. 그는 낚싯줄에서 고개를 들어 태평양의 먼 바다를 주시했다. 뭔가가 잘못된 것이 분명했다. 아모스 힐은 줄감개를 돌리던 동작을 멈추고는 이마의 땀을 훔치면서 다시 한 번 서쪽을 향해 눈길을 주었다. 7,8백 미터 전방에서부터 그가 있는 쪽으로 검은 물결이 빠르게 닥쳐오고 있었다. 그는 재빨리 낚싯줄을 감아올리면서 최대한 빠른 속도로 고기를 떼기 시작했다.

그것이 그의 앞에 당도했을 때는, 아직 50개의 낚싯바늘이 남아 있었다. 바다는 검은빛을 띤 붉은색으로, 죽음의 냄새를 피우고 있었다. 그것은 정상적인 조류를 타고 움직이지 않았다. 조류의 영향을 전혀 받지 않은 채, 놀랄 만큼 빠른 속도로 퍼져나갔다. 거대한 핏빛 물결이 그의 보트 아래쪽을 지나 해변을 향하고 있었다. 그때부터, 그가 걷어 올린 낚싯줄에 걸린 고기는 모두 죽어 있었다. 냄새 때문에 구역질을 하면서, 아모스 힐은 나일론 줄을 자르고, 남은 부분은 바다 속으로 던져버렸다.

시동을 걸고 출발하면서, 그는 다시 한 번 바다를 보았다. 정상적인 바닷물보다 훨씬 더 걸쭉하다는 것을 알 수 있었다. 엔진을 냉각시키는 부분에 자꾸만 거치적거리는 바람에 그는 아예 엔진을 끄거나 과열될 위험을 감수하거나 해야 했다.

화물창을 물고기로 가득 채운 상태에서, 아모스 힐은 노를 끄집어내어 젓기 시작했다. 내키지 않았지만 어쩔 수 없는 일이었다. 고기가 상하기 전에 4킬로미터 가량을 노 저어가서 선착장에 닿을 수 있기를 바랄 뿐이었다.

*

소행성이 침입하여 태평양이 철 입자들로 붉게 물들었던 5년 전과는 달리, 이번에는 핏빛 바다가 한 대양에만 그치지 않았다. 세계의 모든 바다가 붉게 물들었다. 24시간이 채 안 되어 지구의 모든 바다가 핏빛이 되었고, 바다 안에 있는 모든 생물이 죽었다. 크리스토퍼는 이번에도 역시 곧바로 반응했다. 세 시간이 안 되어 그는 UN과 세계를 향해 연설했다.

「상상할 수도 없는 이런 잔혹한 행위를 보면서 깊은 슬픔을 느끼지 않을 수 없습니다. 우리 모두가 같은 느낌일 줄 압니다.」

천천하고도 또박또박한 어조였다. 그의 얼굴에는 도저히 믿기지 않는다는 불신과 충격이 그대로 드러나 있었다. 스크린 모퉁이에는, 핏빛 바다 위를 떠다니는 죽은 바다 성물들의 모습이 비치고 있었다.

「단 한 번의 강타로, 야훼는 수만 종의 생물을 멸종시켰습니다. 믿을 수 없을 만큼 다양한 종류의 물고기, 조개, 고래, 돌고래, 해우, 수달, 바다표범 등이 지구를 위협하여 지배하고자 하는 야훼의 비열한 야망으로 인해 잔인하게 멸절되었습니다. 수족관 안에 있는 몇 종이 살아남긴 했지만, 대부분은 영원히 사라지고 말았습니다.

야훼와 그의 지지자들이 이 행성과 주민들을 상대로 전쟁 상태에 돌입했다는 것을 이젠 더 이상 의심할 여지가 없게 되었습니다. 야훼가 바다에 대해 행한 것들을 보십시오. 인류가 의지의 힘을 완전히 발휘하지 않는다면, 그는 행성의 나머지 부분에 대해서도 틀림없이 그렇게 하고 말 것입니다. 하지만 우리가 한데 뭉치는 한, 야훼는 우리를 패배시킬 수가 없다는 것을 알고 있습니다. 그래서 그는 바다에서 평화롭게 살아가는 아무런 방어 능력이 없는 생물들을 침으로써, 우리의 사기를 저하시키고 용기를 잃게 하고자 획책한 것입니다.

이 터무니없는 파괴와 죽음의 실상을 지켜본 사람들은, 스스로 〈하나님〉을 자처하는 이에게 충성을 맹세했던 사람들이 이제야말로 틀림없이 그의 진정한 됨됨이를 볼 수 있게 되었으리라고 생각할 것입니다. 그럼에도 그들의 고백에 따르자면, 체포된 근본주의자들의 지도자들은 그들의 하나님에게 인류의 파괴를 위해 계속해서 기도를 하고 있습니다. 그들에게 동조하지 않는 친구들과 이웃들의 죽음을 위해, 심지어는 그들 친족들의 죽음을 위해 기도하기도 합니다. 이 지상에 독재적인 신정국가(神政國家)의 설립을 위해 기도합니다. 야훼를 반대하는 이들은 모두 포도처럼 으깨어줄 야훼의 독재정권 확립을 위해 기도합니다.

예전에도 제가 말씀드렸다시피, 이 행성 위에서 야훼의 유일한 지지 기반은 그의 공모자들의 결속력에 있습니다. 더 큰 파괴가 일어나기 전에, 그의 손에 더 많은 죽음이 닥치기 전에, 그러한 결속은 어서 빨리 깨지지 않으면 안 됩니다.

사태의 절박함과 범죄의 심각함에 비추어볼 때, 적절한 대응이 즉각적으로 강구되어야 합니다. 나나 안전보장이사회의 어느 누구도 원하지 않고, 다른 대안이 있기만 하다면 될수록 피해가고 싶긴 하지만, 어쩔 수가 없습니다. 야훼의 공격을 고스란히 당하고만 있을 수는 없기 때문입니다. 근본주의자들은 야훼의 손 안에 쥐어진 총이며, 인류 전체의 심장을 향해 불을 뿜을 태세가 갖추어져 있습니다.

우리는 그러한 위협을 좌시할 수 없으며, 그냥 피해가기만 바랄 수도 없게 되었습니다. 따라서 안전보장이사회는 인류의 진보를 거스르고자 기도하는 모든 활동이나 이 행성을 다시 장악하려고 시도하는 야훼를 지원하고 돕는 자를 색출하여, 극형에 처하도록 하는 법안을 만장일치로 통과시켰습니다. 하지만 우리는 여전히 어느 누구도 멸망시키기를 원하지 않기에, 자비를 베풀어 이러한 형벌은 지도자들에게만 제한될 것입니다. 그들 중에서도 활동을 중단하기로 맹세하는 자들에게는 완전한 은사(恩赦)를 베풀어 사면시킬 것입니다.

남아 있는 근본주의자 여러분, 저는 여러분에게 말합니다. 죽음의 하나님에 대한 여러분의 충성을 철회할 시간은 아직 남아 있습니다. 인류 전체는 여러분을 환영할 것이며, 여러분의 결정에 환호할 것입니다. 하지만 이것 또한 아십시오. 계속해서 야훼와 노선을 같이한다면, 여러분은 대가를 치러야 할 것입니다.

또한 앞으로 24시간 이후부터는, 사고파는 행위의 금지에 더하여, 성찬을 받지 않은 자는 누구든지 재산의 소유가 불가능하게 될 것입니다. 바다의 파괴는 행성에 대한 범죄입니다. 그러면서 이 행성의 무엇인가를 소유한다는 것은 적절하지 않습니다. 그런 사람은 존중받지 못할 것입니다.」

안전보장이사회는 신속하게 새로운 제한 사항을 현실화시켰다. 세계 각국의 정부는 성찬과 표식을 받지 않은 사람의 모든 재산을 몰수하라는 지시를 받았다. 재산권은 그들이 표식을 받을 때만 회복될 수 있었다. 거부하는 사람은 일주일 이내에 그 소유 재산에서 퇴거하도록 되어 있었다.

NA 4년(AD 2026년) 6월 17일 수요일 오후 1시 18분　더우드

조지프 러닝디어 경사는 현관 계단을 올라가 초인종을 눌렀다. 그의 아래 직급인 아만다 스미스 경장은 3미터 후방에서 지켜보면서 대기하고 있었다. 잠시 후 한 여인이 문가에 나타났다.

「누구시죠?」

여인의 얼굴에는, 예기치 않은 경찰의 방문을 받았을 때 흔히 나타나는 놀람의 표정이 그대로 드러나 있었다.

「저는 몽고메리 군 경찰의 러닝디어 경사입니다. 이 집은 마크 클리어리의 것으로 등기되어 있습니다. 클리어리 씨가 안에 계신가요?」

「예, 주무시고 계세요. 제가 불러드리도록 하지요.」

그녀가 친절하게 대꾸했다.

여인이 클리어리를 깨우러 달려가는 동안, 러닝디어 경사는 별 생각 없이 파트너인 경장을 돌아보려고 몸을 돌렸다. 경찰 일을 하다 보면, 파트너끼리 눈만 마주치고서도 서로의 생각을 알아차릴 수 있는 게 중요했다. 몸을 돌리는 순간 등에 난 종기가 터져 생살을 찢는 바람에 그는 자기도 모르게 얼굴을 한껏 찌푸렸다.

잠시 후 마크 클리어리가 반바지 차림으로 모습을 드러냈다. 얼굴에는 아직도 잠이 묻어 있었다. 한눈에도 그의 몸에는 종기가 나 있지 않다는 것을 알 수 있었다.

「무슨 일이시죠?」

「마크 클리어리 씬가요?」

러닝디어 경사가 이름을 확인했다.

「그렇습니다만.」

「이 부동산의 소유주이신가요?」

「그렇소만.」

「이 부동산은 메릴랜드 주 몽고메리 군에 의해서 압류된다는 것을 알려드리기 위해서 왔습니다. 부동산의 반환을 요구하시려면, 3일 이내에 언제든지 성찬에 참여하셨다는 증빙 서류를 제출하시면 됩니다.」

「하지만 전 어제 그걸 받았는데요. 보세요.」

클리어리가 오른손을 내밀어 러닝디어 경사에게 표식을 보여주었다.

러닝디어 경사는 클리어리의 손을 보았다.

「좋습니다.」

하지만 그의 목소리에는 그것만으로는 아무것도 달라질 수 없다는 단호함이 배어 있었다.

「한번 체크를 해봅시다.」

아만다 스미스 경장이 다가와서 허리춤에서 조그마한 데이터링크를 꺼내더니 조회를 시작했다. 이것은 오늘 처음 있는 일이 아니었다. 사실 종종 있어온 일이었다.

「전 이해할 수가 없군요. 당신네들의 컴퓨터는 서로 연결되어 있지 않나요? 전 어제 이것을 받았어요. 밤일을 하지 않으면 몇 달 전에 받았을 텐데.」

클리어리가 불평했다.

「죄송합니다, 클리어리 씨. 우리 시스템은 좀 느려요. 경장님이 지금 곧 체크를 하실 겁니다.」

「우리 시스템에는 아직 네거티브로 나오는데요.」

스미스 경장이 말했다.

「말도 안 돼요. 당신들이 직접 이 표식을 보고 있지 않소.」

「죄송합니다. 우리는 당신이 우리에게 표식을 보였다는 것을 기록에 남길 겁니다. 하지만 아무래도 법원에 가셔야 할 것 같군요. 퇴거를 당하지 않으려면 7일 이내에 이 문제를 깨끗이 해두셔야 할 겁니다.」

「방금 말했지 않소, 난 밤일을 한다고. 뻔히 종기를 잃을 줄 알면서도 표식을 받은 것으로 충분하지 않아요? 당신들의 컴퓨터가 느리다는 이유 때문에 잠도 못 자고, 일도 못 하고, 법원에 가야 한다고요? 왜 내가 그래야 하죠?」

클리어리가 거세게 항의했다.

「우리로서는 어떻게 할 수가 없습니다. 그것이 법이니까요. 일을 못한다는 것은 부차적인 문제일 뿐입니다. 표식이 없이는 어떠한 거래도 할 수가 없습니다. 그것은 불법입니다. 상품을 사고파는 것에만 국한되는 것이 아닙니다. 고용 관계나 품앗이 같은 경우도 해당이 됩니다. 당신이 표식이 없다면, 당신의 고용인은 통보를 받을 것입니다.」

「하지만 난 표식을 받았소.」

이를 악다물며 클리어리가 말했다. 그는 러닝디어 경사에게 그 표식을 다시 보여주면서 분노를 폭발시키지 않으려고 안간힘을 다했다.

「그래도 법원에 나가셔야 합니다.」

러닝디어가 되풀이했다. 일을 어렵게 풀어가려고 그러는 것이 아니었다. 그는 다만 자기 할 일을 하고 있을 뿐이었고, 때로는 지금처럼 짜증이 날 때도 없지 않았다.

「나 대신 다른 사람을 보내면 안 됩니까?」

자제하려고 애쓰면서 클리어리가 물었다.

「안 됩니다, 선생님. 법에 따라 당신이 직접 가셔야 합니다.」

클리어리는 진절머리가 난다는 듯 고개를 흔들었다. 다른 도리가 없는 것 같았다.

「몇 분만 할애하시면 될 것입니다.」

러닝디어가 말했다. 하지만 그는 실정을 너무나 잘 알고 있었다. 일단 법원에 가게 되면 무슨 일이든 단 몇 분으로 끝나는 법은 없다는 것을.

「귀찮게 해드려서 죄송합니다.」

깍듯이 인사를 한 뒤 그는 경찰차로 돌아갔다. 앞으로 이런 건이 얼마나 더 있을지 한숨이 절로 나왔다.

그는 조심스레 경찰차에 탔다. 종기가 계속해서 신경이 쓰였기 때문이었다.

「다음은 어디지?」

러닝디어의 질문에, 스미스 경장은 명단에서 다음번 방문하게 될 사람을 확인했다.

「미크레스 가의 데커 호손요.」

러닝디어 경사가 놀란 표정을 지었다.

「어디 한번 보자구.」

「뭐가 잘못되었어요?」

명단을 확인하는 러닝디어를 향해 스미스가 물었다.

「이 사람이 누군 줄 모르겠나?」

스미스는 잠깐 생각에 잠기더니 전에 어디선가 그 이름을 들은 적이 있다는 것을 기억해냈다.

「그 데커 호손이 맞을까요?」

「당신 생각에는 데커 호손이라는 이름을 가진 사람이 몇 사람이나 될 것 같아?」

「모르겠어요. 저는 그가 여기에 살고 있다는 것도 몰랐어요.」

그녀가 당황해서 대꾸했다.

「살진 않아. 하지만 자주 들르지. 아직도 여기에 집을 갖고 있으니까.」

러닝디어가 조심스레 손으로 머리를 긁으면서 말했다. 가르마 바로 위쪽에도 종기가 나 있었다.

「설마 이 사람은 다른 얼빠진 놈이겠죠.」

「체크를 해봐야겠군.」

그가 무전기의 호출 신호를 누르면서 말했다.

「급송. 여기는 독수리 날개.」

「독수리 날개, 말하시오.」

무전기에서 대답이 흘러나왔다.

「데커 호손이 명단에 정확히 포함되는지, 마틴 서장님의 확인 바랍니다.」

10초 정도 시간이 흘렀다.

「독수리 날개, 다시 한 번 반복하시오.」

「우리 명단에는 데커 호손이 들어 있습니다. 그것이 틀림이 없어요?」

러닝디어 경사가 다시 말했다.

「누군가가 장난을 친 것 같소.」

「장난이든 아니든, 그가 우리 명단 속에 있는 건 확실해요.」

「서장님을 바꾸어드리지요.」

담당자가 서장에게 무전을 돌리는 동안, 러닝디어 경사와 스미스 경장은 기다렸다.

「독수리 날개, 마틴 서장이오.」

무전기가 찌지직거렸다.

「서장님, 그 사람이 맞나요?」

「지금 즉시 확인해보지.」

에드 쿡 경장이 성찬을 받은 사람의 명단 속에서 데커의 이름이 있는지를 확인하는 동안, 마틴 서장은 목을 빼고 어깨 너머로 그것을 지켜보고 있었다. 잠시 후, 그들은 해답을 찾았다.

「러닝디어 경사, 우린 그 임무가 적절한 것임을 확인했소. 호손은 성찬을 받지 않은 것으로 나타났고, 지난번에 파악된 위치는 6월 7일 레이건 국제공항이었소. 그는 지금 더우드의 자기 집에 있는 것 같소.」

잠시 침묵이 흘렀다. 이윽고 러닝디어 경사가 대답했다.

「국장님, 이번 지시를 취소해주실 것을 요청합니다. 지난번에 파악된 위치는 열흘 전 것으로 너무 오래 된 것입니다. 그는 아마 여기에 없을 것입니다. 여기에 있다고 해도, 데커 호손 씨에게 심려를 끼쳐드릴 필요가 있을까요. 이 일말고도 우리에게는 다른 할 일이 많습니다.」

마틴 서장은 잠깐 동안 생각해보았다. 아무리 생각해도 말이 안 되는 일이었다. UN법을 지키지 않았다는 이유로 UN 사무총장의 최측근 인사를 고발하는 그런 일이 있을 수 있을까. 하지만 한편으로는 지시를 무시한 데 대한 책임을 지고 싶지도 않았다. 그는 결국 상식의 손을 들어주었다.

「요청을 승인하겠소. 호손 씨의 사생활 침해를 이유로 우리가 UN의 항의를 받을 필요는 없을 것이오. 호손 씨에 관한 임무는 무시하고, 명단에 있는 다음 사람으로 넘어가시오.」

NA 4년(AD 2026년) 6월 18일 목요일 오후 4시 13분   더우드

데커는 시계를 들여다보았다. 바빌론 시각은 한밤중이었다. 크리스토퍼나 마일너로부터의 전화 없이 또 하루가 지나갔다. 바빌론의 자리를 비운 지가 벌써 15일째였다. 11일 전에 있었던 마일너와의 통화에서, 그는 일주일 정도 자리를 비울 것이라고 했었다. 마일너나 크리스토퍼, 그렇지 않으면 잭키라도, 조만간 전화를 걸어올 것이 틀림없었다. 하지만 그는 아직도 자신이 자리를 비우는 이유를 무어라고 해명해야 할지 대책을 세우지 못한 터였고, 따라서 전화가 달갑지 않았다.

데커는 성찬과 표식을 거부한 한 근본주의자 가족이 퇴거를 당하는 장면을 텔레비전으로 지켜보고 있었다. 경찰 편에서의 무자비한 행위는 없었다. 사실 경찰들은 소수의 성미 급한 이웃들로부터 그들을 보호하고 있다고 봐야 할 것이었다. 이웃들 중에는 자신들이 종기로 고통을 당하는 이유가 그들 근본주의자들에게 있다는 식으로 생각하는 사람들이 꽤 있었던 것이다. 데커는 경찰이 아직 그의 집에 찾아오지 않는 이유가 무엇인지를 생각해보았다. 성찬을 받지 않은 사람들에 대한 세계보건기구(WHO)의 데이터베이스에는 그의 이름이 올라 있을 것이 분명했다. 그가 집에 있다는 것을 아무도 알지 못하도록 행동을 극히 제한하긴 했지만, 경찰은 분명 그의 위치를 파악할 수 있을 것이다. 업무가 과중하여 뒤로 미루고 있으리라는 추측 외에는 다른 이유를 찾을 수가 없었다. 만약 그렇다면 그는 거기에 대비해야 할 것이다. 그는 재빨리 갖다 붙일 수 있도록 이미 대여섯 개의 거즈와 반창고를 준비해둔 터였다. 표식이 있어야 할 오른 손등 위에도 반창고를 하나 붙일 참이었다. 경찰이 나타나면, 그는 재빨리 반창고를 붙이고, 문으로 나가서, UN 신분증을 비치고—그가 누구인지를 모를 경우에만—그런 일로 성가시게 하다니 참지 못하겠다는 듯이 행동할 참이었다. 운이 좋다면 경찰을 을러댈 수 있을 것이고, 그러면 얼마 동안은 WHO의 데이터베이스와 상관없이, 혼자 지낼 수 있을 것이었다.

NA 4년(AD 2026년) 6월 19일 금요일 오후 6시 17분   텔아비브

지중해의 해변을 따라 1만5천여 명의 사람들이 기적의 현장을 목격하려고 운집해 있었다. 냄새 때문에 대부분은 가스 마스크를 쓰고 있었다. 로버트 마일너는 크리스토퍼가 부활할 당시에 입었던 긴 옷을 입고, 깊은 명상에 잠겨 모래사장 위에 결가부좌로 앉아 있었다. 손에는 크리스토퍼가 그에게 준 수정구 세 개가 들려 있었다. 그의 뒤쪽에는, 1백여 명의 보도진들이 숨을 죽이고 지켜보고 있었다. 그의 앞쪽으로는, 핏빛 파도가 역시 붉게 물들어 응고된 모래 위로 밀려오고 있었다.

해변에 떠밀려와 있던 수많은 죽은 물고기와 바닷새들은 그 행사를 위해 깨끗이 치워져 있었다. 해안선 가까운 곳을 제외하면 대부분의 바다 표면은 거대한 딱지가 들앉은 것 같았고, 바다 밑의 움직임에 따라 들썩임을 반복했다. 시선이 닿는 곳은 어디든지 구더기가 득시글대고 있었다.

해가 저물기 시작하자 로버트 마일너는 자리에서 몸을 일으켰다.

눈은 여전히 감은 채였다. 그는 손을 앞으로 쭉 뻗은 채로 바다를 향해 걷기 시작했다. 텔레비전에서는 그 장면을 전 세계로 내보내고 있었다. 파도가 얕은 곳에서 그는 멈추었다. 그 자리에 얼어붙은 듯이 선 자세로, 그는 황혼이 물들 때를 기다렸다가, 큰 소리로 자신이 위임받은 목적을 외치기 시작했다.

「빛의 사자의 이름으로, 그 아들 크리스토퍼의 이름으로, 나 자신과 나와 함께하는 사람들의 이름으로, 모든 인류의 이름으로, 나는 야훼로부터의 독립과 그에게 도전할 것을 선언하는 바이다! 질병과 압제의 신이여, 우리는 당신에게 굴복하지 않을 것입니다! 우리는 당신에게 절하지 않을 것입니다! 우리는 당신으로부터 자유를 선포합니다! 우리는 당신과 당신의 이름을 경멸합니다!」

그는 활시위를 당기듯이 손을 뒤로 뻗쳐 가지고 있던 여섯 개의 수정구를 바다 멀리로 내던졌다. 그것들은 둔탁한 소리를 내면서 바다 표면에 떨어졌다. 파도가 굽이침에 따라 그것들은 반짝이는 빛을 발했지단, 거대한 껍질 같은 것에 삼켜지고 말았다. 잠시 동안은 아무 일도 일어나지 않는 것 같았다. 하지만 수정구로부터 빛이 나오기 시작했다. 그것은 분명 카메라의 스포트라이트 때문이 아니었다. 수정구 자체가 빛나고 있는 것이 분명했고, 빛은 점점 광도를 더해 갔다.

수정구가 구더기들을 녹이고 핏빛을 희석시키기 시작하자 군중들은 서서히 흥분하기 시작했다. 갑자기 수정구 아래쪽 바다가 들끓으면서 빛을 발하다가, 마침내는 주변 지역이 보름달처럼 환해졌다. 그리고 그 빛은 믿을 수 없는 속도로 사방으로 퍼져나가, 핏빛 바다를 원래의 색깔로 바꾸어놓았다. 변화의 물결은 불과 몇 초 만에, 군중들이 들어찼던 해변 쪽으로 밀어닥쳤다. 파도가 해변에 부딪힘에 따라 딱딱했던 덩어리들이 녹아서 파도 속으로 섞여 들어갔다.

우레 같은 박수가 일었다. 승리의 환호성이 밤하늘에 울려 퍼져, 천국에까지 닿을 듯한 기세였다. 정화의 파도는 계속해서 번져나갔다. 시속 1천6백 킬로미터에 육박하는 속도였다. 정화의 파도는 황혼의 짧은 시간 동안만 육안으로 볼 수 있었고, 밤이 되자 부드러운 담요처럼 넘실대면서 지구 전체의 바다를 향해 퍼져갔다.

로버트 마일너는 돌아서서 승리의 신호로 두 손을 들어올리더니, 잠시 후엔 긴 옷을 머리 위로 잡아당겨 과감하게 벗어던졌다. 완전 나체였다. 그의 몸에는 적어도 10여 개의 종기가 나 있었다. 그는 돌아서더니 벌거벗은 채로 바다에 뛰어들었다. 많은 이들이 선 자리에 옷을 벗어놓고는 그의 뒤를 따랐다. 하지만 소금기 있는 파도가 종기를 쓸어내리자 참을 수 없이 쓰라려서, 진짜 강건한 몇 사람을 제외하고는 곧 되돌아 나오고 말았다.

24시간이 채 안 되어 변화는 세계 전체로 파급되었다. 바다는 정상을 되찾았다. 그럼에도 이미 멸종된 바다생물들이 되돌아올 길은 없었지만.

13

누가 괴물인가

NA 4년(AD 2026년) 6월 21일 일요일 오전 9시 34분

데커는 눈을 뜨고는 침대 곁의 시계를 보았다. 미국 동부에서의 또 하룻밤이 지나갔다. 바빌론도 이제 거의 하루가 끝나갈 시점일 텐데, 크리스토퍼에게서는 아직 아무 연락이 없었다. 잭키와 마일너와 통화를 한 지 이제 꼬박 2주가 지나간 것이다. 그동안 딱 한 번 데비 산헤츠에게 전화를 걸어, 휴가가 〈예정보다 길어지게〉 되었으며, UN의 어느 누구와도 통화를 한 적이 없다고 말해두었을 뿐이었다. 크리스토퍼는 조만간 전화를 걸어올 것이고, 그는 자신의 부재에 대해 해명을 하지 않으면 안 될 것이었다. 아직까지 왜 성찬을 받지 않았는지에 대해서는 말할 것도 없고. 그는 아직까지도 어떻게 말해야 할지 알 수가 없었다. 마일너가 그의 말을 믿었는지는 여전히 의문이었지만, 그에게 거짓말을 한 것도 마음에 걸렸다. 하지만 크리스토퍼에게 진실을 감추려고 한다는 것은, 그것과는 또 다른 차원의 문제가 아닐 수 없었다.

하지만 도대체 무엇이 진실인 것일까? 데커는 아직도 결론을 내릴 수가 없었다. 페트라에서 꾼 꿈을 므시할 수는 없었다. 크리스토퍼가 탐이 있는 곳을 말하기를 주저한 것은 분명 옳지 못한 일이었다. 그의 얼굴에는 탐을 거기에서 구출하든 말든 아무 상관도 없다는 무관심이 그대로 드러나 있었다. 탐이 없이는 데커가 떠나지 않을 것을 알기에, 탐이 어디에 있는지만 가르쳐주면 그만이라는 듯한 표정이었다. 그 모습이 자꾸만 어른거려서 그를 괴롭혔다. 하지만 그 꿈을 무시할 수 없다고 할지라도, 어느 누구와도 비길 수 없을 만큼 크리스토퍼와 가까운 사이였던 20년 이상의 세월 또한 무시할 수는 없는 일이었다. 도대체 그는 왜 그랬을까?

아마도, 하고 그는 생각을 계속했다. 아마도 페트라에서의 꿈은 레바논에서의 꿈과 아주 똑같지는 않을지도 모른다! 그는 기억을 더듬어 두 가지 꿈을 비교해보려고 애썼지만, 그걸 확인할 길은 없었다. 어쩌면 두번째 꿈에서는 크리스토퍼의 얼굴에 나타난 무관심이 덧붙여졌던 것인지도 모른다. 세월을 거슬러 추억을 더듬으면서, 첫번째 꿈에서 일어난 사건들에다가 상상력이 가미된 것인지도 모를 일이다.

그러자 새로운 가능성이 떠올랐다. 어쩌면 그의 상상력이 아니었을 수도 있다! 어쩌면 로젠이 텔레파시 능력을 발휘하여 그의 머릿속에다 이미지를 심어놓은 것인지도 모른다! 그리고 그가, 혹은 KDP의 다른 멤버가, 똑같은 짓을 탐에게 했던 것이리라. 크리스토퍼를 죽이겠다는 생각을 탐의 머릿속에 심어놓은 것이다. 일의 진상이 바로 그랬는지도 모른다! 로젠은 데커의 기억을 뒤바꿔놓고는, 페트라를 떠나 크리스토퍼를 배반하게 조작해놓은 것인지도 모른다! 바로 그것을 위해 그들은 그를 납치한 것이리라. 로젠이 신앙을 주입하려고 했던 것은 단지 그를 설득시키기 위해서가 아니라, KDP의 진짜 목적을 감추기 위한 겉치레였을 뿐일 것이다. 적절한 순간이 되면, 그들이 심어놓은 이미지가 되살아나서, 그로 하여금 크리스토퍼를 죽이지 않으면 안 된다고 믿게끔 몰아칠 것이다! 역사는 되풀이되게 마련인가? 그는 다시 한번 배반자 유다의 역할을 맡기로 운명지어져 있는 것인가?

하지만 로젠은 무엇을 얻기를 바랐단 말인가? 크리스토퍼가 다시 죽임을 당한다고 해도, 그는 다시 한 번 부활하게 될 것이 분명하다. 물론 하지 않을 수도 있다. 크리스토퍼가 몇 번이나 죽었다가 살아날 수 있을지는 알 길이 없다. 어쩌면 그런 일이 한 번 일어났던 것뿐인지도 모른다. 그렇지 않다면 로젠과 KDP는, 크리스토퍼가 죽은 채로 사흘 동안 누워 있는 동안 엄청난 광기의 만행을 저질렀듯이, 또 한 번 무자비한 계획을 실행에 옮기기 위해 크리스토퍼가 일시적으로나마 길을 비키도록 획책하고 있는지도 모른다. 혹은, 이번 기회에 모두를 다 죽이려고 궁리하고 있는지도 모를 일이다.

데커가 진짜 궁금한 것은 도대체 누가 괴물인가 하는 점이었다. 꿈이 정확하다면, 그래서 크리스토퍼가 자신의 계획과는 상관이 없다는 이유로 탐을 그냥 레바논의 인질로 남겨두려고 했다면, KDP가 주장하듯이 크리스토퍼는 괴물임에 틀림없을 터였다. 그러면 데커는, 그렇지 않았다면 완전했을 크리스토퍼의 연기에서 결정적인 흠집 하나를 찾아낸 셈이 된다. 반면, 그 꿈이 로젠과 KDP에 의해 조작된 것이라면, 그땐 데커 자신이 괴물이 되고 만다. 그래서 인류의 새로운 황금시대를 끝장낼 시한폭탄을 안고 있는 당사자가 바로 데커 자신이 되는 것이다. 인류를 가축의 수준으로 끌어내려 다시 한 번 전제군주에게 복종하게 함으로써, 이 행성을 어둠의 시대로 뒷걸음질치게 할 장본인이 되는 셈인 것이다. 데커는 머리를 손으로 감싸고는 낮은 신음 소리를 냈다. 그 응답을 신뢰할 수 있는 자비심 많은 신이 존재한다면 얼마나 좋을까! 그래도 비교적 확신할 수 있는 유일한 것이 있다면, 이 모든 것이 확실해질 때까지는, 그 자신이나 크리스토퍼를 위해 지금 있는 자리에 그대로 머무는 것이 낫겠다는 생각뿐이었다.

데커는 눈을 비비고는, 심해지는 두통을 가라앉히려면 기분전환이라도 해야겠다고 생각했다. 그는 욕실로 가서 아스피린을 먹기 위해 수돗물을 틀어놓고, 한편으로는 생리적인 욕구를 해소했다. 그는 순간적으로 아직까지 전화가 오지 않는 것에 생각이 미쳤다. 하지만 언뜻 눈가로 들어온 이상한 색깔이 주의를 끌었다. 세면대를 내려다보던 그는 주둥이에서 흘러나온 물이 핑크빛이었다가 더 짙은 빛깔로 변해가는 것을 확인할 수 있었다. 오줌을 다 누었을 때는 물이 짙은 핏빛으로 변해 있었다.

「아니, 이럴 수가!」

자신도 모르게 그런 비명이 나왔다. 도대체 어떻게 이런 일이 있을 수 있을까. 습관적으로 변기 물을 내리려던 그는, 변기 손잡이가 마치 독사라도 되는 것처럼 얼른 손을 거두어들였다.

데커는 수도꼭지를 잠그고는 침실 안에 있는 텔레비전 앞으로 달려갔다. 그의 두려움을 확인하는 데에는 한 순간도 걸리지 않았다. 화면이 여러 장소를 이동해가면서 보여주는 동안, 앵커맨이 스토리를 요약했다. 세계 전체의 모든 물 공급원들, 모든 강과 샘들, 모든 호수와 연못과 저수지가 핏빛으로 물들었다. 물탱크에 있는 물이라든가, 수영장의 물 등 외부의 공급원과 이어져 있지 않는 곳의 물만이 핏빛으로 변하지 않은 것으로 나타났다.

데커는 욕실로 다시 돌아가서 변기 뚜껑을 열어보았다. 예상했던 대로 안의 물은 아직 깨끗했다. 흘러내려 보내지 않음으로써 그는 4리터 정도의 깨끗한 물을 확보할 수 있었다. 아래층 변기까지 합하면 8리터 정도가 확보된 셈이었다. 다음으로는 냉장고와 식품 창고로 가서는 마시기에 적합한 모든 품목들을 파악해보았다. 냉장고 안에는 1리터 정도의 우유와 1리터짜리 소다수 세 병이 있었다. 냉동실에는 아이스메이커에 얼음이 가득 차 있어서 녹이면 3리터가 조금 넘을 것 같았다. 식품창고에서는 테킬라 한 병뿐이었다. 모두 합하면, 대략 20여 리터는 확보될 것 같았다.

그는 다시 텔레비전 앞으로 왔다. 장면은 버지니아 주의 한 슈퍼마켓 주차장을 보여주고 있었다. 한 여인이 피가 흥건한 가운데 아스팔트 위에 누워 있었고, 경찰이 테이프를 둘러쳐서 구경꾼의 접근을 막고 있었다. 신선한 물이 피로 변했다는 메인 뉴스가 방영되던 중에 갑자기 단순 살인사건으로 넘어간 것에, 데커는 처음엔 의아하지 않을 수 없었다. 하지만 곧 리포터가 그 연관성을 설명했다. 물이 핏빛으로 변한 것은 이른 아침이었고, 그러자 대부분의 식료품 가게에서는 문을 열자마자 30분도 안 되어 모든 우유와 병에 든 물, 갖가지 드링크 류가 동이 났다. 푸른 콩과 옥수수 같은, 캔에 든 채소류까지도 다 팔려나갔다. 나중에야 가게에 도착한 사람들은 제정신을 잃고는 남아 있는 것을 조금이라도 차지하려고 아귀다툼을 벌였다. 버지니아 주의 이 슈퍼마켓에서는 마지막 남은 2리터들이 우유를 놓고 두 여인이 서로 다퉜다. 싸움에서 진 여인은 가게를 떠나 차로 갔다가, 총을 가지고 돌아왔다. 총을 든 여인은 다른 여인이 가게를 떠나기를 기다렸다가 자기 차를 향해 다가가는 그녀의 뒷머리에 세 발을 발사하고는 달아났다. 생명을 잃은 시신 가까이에는 깨어진 우유병이 나뒹굴고 있었다.

*

거의 모든 사람들이 하루 종일 물을 확보하기 위한 전쟁에 혈안이 되었다. 신선한 피는 마실 수가 있었지만,[70] 이 경우에는 그것마저 불가능했다. 순식간에 박테리아가 강과 샘에 번식하여, 질병과 악취의 열린 시궁창처럼 변해버렸기 때문이었다. 절망에 빠진 사람들은 딱지가 앉은 것 같은 물의 표면을 걷어내고 그 아래에 흐르는 핏물을 마시기도 했지만, 극도의 불쾌감에 휩싸여 다 토하고 말았다. 그럼으로써 체액을 더 많이 잃게 되어 탈수증을 재촉했을 따름이었다.

머리가 잘 돌아가는 사람들은 물을 모으기 위해 여러 방안을 강구했다. 비가 내리면, 사람들은 저마다 항아리든, 사발이든, 프라이팬이든, 빗물을 받을 수 있는 것은 무엇이든 내다놓았다. 침대 시트 같은 것을 접어서 깔때기처럼 만들어 빗물을 모으는 기지를 발휘하는 사람도 있었다.

공용 텔레비전 프로그램에서는 어디에서 어떻게 물을 모을 수 있는지를 말했다. 변기 탱크는 말할 것도 없고, 최근 사용한 정원용 호

---

70) 케냐의 마사이 족은 우유에다가 암소의 피를 섞어서 마시곤 한다.

스에서도 소량은 발견할 수 있었다. 그 프로그램은 또, 에어컨이나 냉장고의 용기에 응결된 물을 모을 수 있는 방법에 대해서도 말했다. 습도가 낮은 지역이 아니라면, 냉장고 문을 열어둠으로써 하루에 1리터 정도는 모을 수 있다고 했다. 해변 지역에서는 30분마다 한 번씩 해수를 마시지 말라는 경고 방송이 반복되었다. 소금은 실제로 더 많은 체액을 흡수하기 때문에 물을 더욱더 보충해주어야 한다는 것이었다. 하지만 해수를 끓여서 식힘으로써 찬 표면에 응결된 물방울을 모을 수 있었다. 한 가지 매우 생산적인 방법은 냉장고 안에 전기 프라이팬이나 전기솥을 놓아두고 해수를 끓이는 것이었다. 그렇게 하면 김이 냉장고 벽에 응집되어 냉장고 용기 안으로 떨어진다고 했다. 이 방법으로는 하루에도 꽤 많은 양을 모을 수가 있어서, 해변 가까이에 사는 사람들은 믿을 수 없이 비싼 가격으로 구매자들에게 팔아넘기는 신종 사업에 나서기도 했다. 같은 방법으로 피를 증류해도 물을 얻을 수는 있었지만, 역겨움을 견뎌낼 수 있는 사람은 실로 드물었다.

크리스토퍼와 마일너는 그 주일 내로 사태를 해결할 것을 약속했다. 텔레비전 카메라는 바빌론의 UN 빌딩 옥상에서 깊은 명상에 잠겨 있는 마일너의 모습을 포착했다. 그는 전 세계의 바다를 정화시킨 것과 같은 정도의 엄청난 기적을 일으키기 위해 그 준비 작업의 일환으로 먹지도 마시지도 않고 있다고 했다. 하지만 거기에 기대를 거는 사람은 극히 드물었다. 물을 가진 사람들은 가능한 모든 방법을 다 동원하여 그것을 지키려고 하는 반면, 가지지 못한 사람들은 그것을 얻기 위한 모든 수단과 힘을 다 사용했다. 집집마다 수영장이 갖춰져 있는 부자 동네의 근처는 전쟁 지역이 되어버렸다. 부자들에게 빌붙으려는 이웃들이 자기들의 마실 거리를 확보하려고 대리전쟁을 불사했기 때문이었다.

　물론 수영장이나 냉장고, 전기솥, 수세식 변기 같은 것과는 거리가 먼 지역들이 아직도 많았다. 아시아, 남아메리카, 아프리카, 인도 같은 저개발 지역이 그런 곳이었다. 그런 지역에서는 불과 며칠도 안 되어 사람들과 동물들이 탈수증에 시달렸다. 성찬을 받은 사람들이 그렇지 않은 사람보다 더 오래 견뎠지만, 결국은 물 부족으로 인해 수천만의 희생자가 나왔다. UN은 그런 지역에 최대한 물을 보내려고 했지만, 공급은 극도로 제한되었고 제대로 배분되고 있다고 보기도 어려웠다.

NA 4년(AD 2026년) 6월 35일 목요일 오후 6시 30분　더우드

　조지 롤린스는 헛간에서 갈퀴, 삽, 톱, 전정가위 따위의 도구들을 뒤적이면서, 문을 따기 위해 쓸 수 있는 것을 찾고 있었다. 하지만 워낙 아무렇게나 늘어놓은 터여서, 자귀와 망치를 합해놓은 도구를 보자 계획을 변경하여 그것을 써보기로 결정했다. 3년 동안 작동시키지 않았지만 조만간 작동시키려고 다음먹은 낡은 잔디깎이 기계 위로 기어 내려오면서, 그는 자기 아들인 조지 2세를 소리쳐 불렀다.

　「이것들을 좀 받아줘.」

　아들에게 두 개의 플라스틱 들통을 넘겨주면서 그가 말했다. 들통 바닥은 페인트가 말라붙은 채였다.

「문을 따려구요?」

조지 2세가 아버지의 손에 든 자귀를 보면서 물었다.

「다른 방법이 없다면 그래야겠지. 잠기지 않은 창문이 있을지도 몰라. 없다면, 창문을 부수든지 자물쇠를 부수고 들어가야겠지.」

「집에 누가 있으면 어떡하죠?」

아들이 물었다. 그건 어리석은 질문임이 분명했다. 이웃 사람들 모두가 거기에는 아무도 살지 않는다는 것을 알고 있으니까. 그래도 누군가의 집을 부수고 들어간다는 생각이, 열 살짜리 소년에게는 아무래도 마음에 켕기는 일이 아닐 수 없었다.

「우리가 여기에서 산 지가 벌써 3년째지만, 그 집에는 지금껏 아무도 살지 않았다. 그냥 안으로 들어가서, 변기 탱크에 있는 물을 들통에다가 담아가지고 나오면 돼. 몇 년째 고여 있었을 테니까, 마시기 전에 끓여야 할 거야.」

「경찰이 오면 어떡하죠?」

「조지, 경찰은 바빠. 여기까지 신경을 쓰진 못할 거다. 우리는 그저 물을 좀 얻으려고 하는 것뿐이야. 그런 것 때문에 우리를 나무랄 사람은 없어. 더구나 우리가 하지 않으면 다른 누군가가 하고 말 거야. 우린 가장 먼저 생각해낸 것뿐이야.」

아버지가 다짐하듯이 말했다.

그 집에 도착하자 아버지가 다시 말했다.

「먼저 뒤로 돌아가 보자. 될 수 있으면 아무에게도 들키지 말아야지. 그렸다간 괜히 다툼이 일어날지도 모르니까 말이다.」

그들은 부엌으로 통하는 유리문을 열려고 해보았지만, 꿈쩍도 하지 않았다. 그 다음엔 창문을 열려고 해보았지만 모두 잠겨 있었다.

커튼이 모두 내려져 있었지만 조지 롤린스는 그 집의 구조를 알 수 있었다. 자기 집과 방향만 거꾸로였기 때문이었다. 집 뒤쪽에서 마지막으로 시도해볼 수 있는 곳은, 롤린스의 집에서는 텔레비전 시청실로 쓰는 방으로 통하는 문이었다.

「여기 봐요, 아빠.」

조지 2세가 세 개의 비석을 가리키며 말했다.

「그래, 대재난 때에 죽은 분들이야.」

조지 2세는 알 수 없다는 표정을 지었다. 그 사건에 대해서는 들어본 적이 없었다.

「나중에 이야기해주마. 네가 태어나기도 전에 있었던 일이란다.」

아빠가 말했다.

조지 2세는 아빠보다 먼저 문 앞에 당도하여 열어보았다. 놀랍게도 문이 조금 열렸지만, 더 이상 열리지는 않았다.

「내가 해보마.」

조지 롤린스가 말했다. 그는 아들 앞으로 나서더니 문을 잡고 흔들어보았다. 조금도 움직이지 않았다.

「음, 홈에다가 열리지 않도록 빗자루를 끼워놓았네. 하지만 조금 구부러졌어. 세게 밀치기만 해도 열릴 것 같은데… 한번 해볼까. 어!」

그 순간 문이 열렸다.

「앗!」

소년이 비명을 질렀다.

문간을 가로질러 걸려 있던 커튼이 젖혀지더니, 70대의 노인이 모습을 드러냈다. 그는 엽총을 들고 있었다.

「원하는 게 뭐지?」

조지 롤린스의 얼굴에 총을 겨누며 그가 물었다. 얼굴 여기저기에 반창고가 느슨하게 붙어 있었다. 만 열두 살이 아직 안 된 조지는, 그 나이의 아이들이 대부분 그런 것처럼 표식을 아직 받지 않은 상태였고, 따라서 종기도 없었다. 하지만 종기 위에 반창고를 붙인 어른들과 십대들을 늘 보아온 터였다. 어쨌든 노인의 얼굴에 붙은 반창고는 그가 들고 있는 총만큼이나 무서움을 더해주는 것 같았다.

본능적으로 손을 높이 치켜든 조지 롤린스는 더듬거리며 말했다.

「미안합니다! 우린… 우린 아무도 살고 있지 않은 줄로 알았어요!」

「이렇게 살고 있지 않소!」

그 남자가 으르렁거렸다.

「당장 내 집에서 꺼지시오!」

「물론입죠!」

조지 롤린스는 이미 대문 쪽을 향하고 있는 아들을 뒤쫓아 허둥지둥 달려갔다.

데커 호손은 잽싸게 문을 걸어 잠그고는, 빗자루를 다시 홈에 걸쳐놓았다. 커튼도 닫아걸고는, 소파 위로 몸을 던졌다. 한 손에는 시간이 없어 장전도 하지 못한 엽총을 아직도 들고 있었다. 위기의 순간이 지나간 셈이었다. 그들이 문을 열려고 했을 때, 그는 서둘러 거즈와 반창고를 붙였었다. 그들이 안으로 들어와서 반창고나 종기가 없는 그의 모습을 보았다면, 틀림없이 경찰에게 전화를 걸 것이고, 그러면 그는 꼼짝없이 근본주의자로 몰리게 되었을 것이다. 데커는 이제부터 아무리 불편하더라도 밤낮으로 항상 반창고를 붙이고 있어야겠다고 결심했다.

왜 아직까지도 경찰이 오지 않는 것인지, 데커는 아무래도 알 수 없었다. 크리스토퍼나 마일녀는 왜 아직도 전화를 걸어오지 않는 것일까? 암만 생각해도 알 수 없는 일이었다.

*

몽고메리 경찰서에서 1킬로미터쯤 떨어진 곳에서, 아만다 스미스는 파트너인 조지프 러닝디어 경사가 차로 돌아오기를 기다리고 있었다.

「좀 마시겠어?」

그가 에어컨과 이어진 차 밑의 기름통에 응결된 물을 모은 한 깡통의 물을 내밀었다.

스미스는 대답도 하지 않고, 깡통을 반갑게 받아들고는 한 모금 마시고 내려놓았다. 러닝디어 경사는 자기 팔 위에 돋은 종기에서 딱지를 긁어서 떼어내고 있었다.

「다음은 누구지?」

반창고를 다시 붙이면서 그가 물었다.

「한번 봐요.」

스미스가 러닝디어에게 명단을 넘겨주었다. 러닝디어 경사는 다음 이름을 보더니 주머니에서 펜을 꺼내들더니, 아무 설명 없이 명단 옆에 데커 호손이라는 이름을 휘갈겨 썼다. 그러곤 곧바로 다음 이름을 내려다보았다.

「카터, 니드우드 거리 바깥.」

「그자들은 지난주에 우리가 퇴거시켰는데?」

스미스 경장이 의문을 표시했다.

「이웃에서 신고가 들어왔대. 그자들이 집으로 돌아왔다고.」

그녀는 사우스 라이딩에 있는 카터의 예전 거주지를 향해 차를 몰았다. 그곳은 중산층 이상이 사는 동네였다. 움직임의 기미가 보이지 않는지 집의 동정을 살피면서 지나가다가 스미스는 러닝디어 경사가 차에서 내릴 수 있도록 속도를 한껏 늦추었다.

「60초만 기다렸다가 시작하라구.」

차에서 내린 러닝디어는 카터의 이웃집 뒤쪽으로 뛰어갔다.

아만다 스미스는 잠시 기다리다가 차를 후진시켜 카터의 집 앞쪽으로 가서는 경고등을 번쩍거리게 했다. 안에 있을 누군가에게 경찰이 왔다는 신호를 보낸 셈이었지만, 많은 경우 두려움을 조장하여 일처리를 쉽게 해주곤 했다. 근본주의자들은 체포를 당할 때 반항을 하지 않는 것으로 알려져 있었지만, 그래도 스미스는 이러한 체포 시에는 항상 권총을 꺼내들었다. 앞문으로 간 그녀는 경찰이 설치한 자물쇠를 누군가 손댄 흔적이 없는지 검사했다. 그런 흔적은 없었다. 그녀는 여섯 자리 숫자를 누르고는 천천히 문을 열었다. 그때 목소리가 들렸다.

「그자들이 안에 있어.」

러닝디어 경사가 그녀에게 외쳤다.

스미스 경장은 카터 가족들을 보았다. 시드와 조안 카터 부부, 그리고 그들의 두 아들이 식당 테이블에 둘러앉아 있었다. 경찰의 번쩍이는 경고등 때문에 곧 체포될 것임을 알아차린 그들은 머리를 앞으로 조아린 채 손을 맞잡고 있었다. 러닝디어 경사가 부엌으로 통하는 문으로 들어서며 말했다.

「카터 씨, 그리고 카터 부인, 당신들과 당신들의 가족을 인류에 대한 반역죄 및 정부 자산에 대한 침입조로 체포하겠습니다.」

UN의 가장 최근 지령에 따라 카터 가족은 체포, 구금되었다. 카운슬링을 받은 후, 인류의 진보에 반역하는 행위와 성찬 및 표식을 받을 것을 거부하는 자는 누구든지 교도소에 보내져서 수감될 것이었다. 기민하고 가차 없는 처벌이었지만, 신선한 물 공급원을 오염시킴으로써 엄청난 고통과 무수한 죽음이 초래되고 있다는 점을 감안하면, 대다수의 사람들에게는 처벌이 오히려 가벼운 것으로 여겨졌다. 이런 느낌은 투옥된 근본주의자들이 지상의 사람들에게 더 심한 벌을 내려달라고 야훼에게 기도하는 모습이 텔레비전에 자주 방영됨으로써 더욱 강화되었다. UN은 또 이와 관련하여, 근본주의자들에게 상품을 팔다가 붙잡힌 사람은 누구든지 투옥시키도록 조처했다. 형량은 각국 정부의 재량에 맡겨졌고 또 상황에 따라 달랐지만, 큰 원칙에는 변함이 없었다.

NA 4년(AD 2026년) 6월 26일 금요일 오전 8시 13분   더우드

데커는 커피 한 잔을 들고 침실로 돌아와 다시 텔레비전 앞에 앉았다. 많은 이들이 그 컵에 든 액체를 얻기 위해 살인을 저질렀지만, 데커는 물을 주의 깊게 아껴 쓴 결과 처음 모은 것의 절반 정도를 아직 남겨놓고 있었다. 대부분의 물은 냉장고에 응결되는 것을 모아서 썼고, 비축해둔 것은 아주 조금씩만 축냈다. 다른 사람들은 죽어가고 있는데 자신은 그래도 나은 편이라는 것이 심히 마음에 걸렸지만, 이런 식으로 얼마나 버틸지도 알 수 없는 노릇이었다. 물을 비축해두는 것이, 일주일 이내에 위기를 해결할 것이라고 말한 크리스토퍼와 마일너에 대한 신망의 결여를 반증하는 일이라 할지라도, 그 사실에 대해서는 더 이상 생각하지 않기로 했다. 어찌 됐든 안전을 강구하는 것이 최선이 아니겠느냐는 것이 그의 생각이었다.

「안녕하십니까. 오늘 스튜디오에 모실 특별 손님은 티모시 다우드 목사님이십니다.」

데커가 텔레비전을 켜자 TV 프로그램의 사회자인 수잔 라이트가 말했다.

「다우드 목사님은 창궐하는 피부병과 대양이 핏빛으로 변한 데 이어 신선한 물이 핏빛으로 변한 어제오늘의 파국에 대한 책임이 근본주의자들과 야훼가 서로 공모한 결과라는 것에 대해 말씀하시기 위해 이 자리에 나오셨습니다.」

그녀의 목소리에는 진지한 존경심이 담겨 있었다.

「책임이라고 말씀하셨지만, 그 정도 가지고는 부족한 것 같습니다. 투옥 중인 근본주의자들이 야훼에게 지구를 벌해달라고 기도하는 모습을 담은 비디오를 보더라도, 그들에게 책임이 있다는 것은 더 이상 의문의 여지가 없다고 생각합니다.」

다우드 목사가 자신의 의견을 피력하는 것으로 인사를 대신했다.

「우리 모두가 그 비디오를 보았고, 그들이 고백하는 내용을 들었습니다.」

수잔 라이트가 말했다. 그녀는 일종의 가정을 꽤 자신감 있게 피력하고 있었다. 녹화된 비디오는 전 세계의 거의 모든 방송국을 통해 여러 날 동안 방영되고, 분석되고, 평가되고, 숙고되고, 토론되고, 되풀이 방영되었다.

「하지만 저에게는 한 가지 의문이 있습니다. 야훼 자신이 마음먹은 일을 하기 위해서, 야훼는 과연 KDP와 근본주의자들의 지지와 기도를 진짜로 필요로 하는 것일까요? 자기 혼자서 할 수는 없는 걸까요? 그는 결국 신이 아닙니까?」

다우드 목사가 답변에 나섰다.

「물론 그렇게 생각하실 수 있습니다. 야훼가 진실로 전능한 신이라면, 다른 누군가가 어떻게 생각하든, 자신이 원하는 것은 무엇이든 할 수 있을 것이 아닌가? 그러한 의문에 대해 말씀드리자면,《신약성서》의 마가복음 6장에는, 야훼가 우리가 그렇게 믿어주기를 바라는 것처럼 실제로 그렇게 전능하진 않다는 내용이 나와 있습니다. 그 내용을 보면, 예수가 한 마을에 머무는데, 그를 믿는 사람이 너무나 적어서 몇몇 사람들을 치유한 것 외에는 특기할 만한 기적을 행할 수가 없었다고 되어 있습니다.[71]

우리 인간은 우리의 정신적, 영적 에너지를 사용하여 이 행성의 일들을 결정할 수 있을 만큼 막강한 힘을 가지고 있습니다. 야훼의 유일한 지지 기반은 그의 공모자들의 결속력에 있다고 했던 크리스토퍼의 말은 절대적으로 옳습니다. KDP와 근본주의자들(저는 그들을 〈야훼 종파〉라고 부릅니다만)이 없이는, 그들의 기도와 지지가 없이는, 그들의 결집된 정신적·영적 에너지가 없이는, 야훼는 진실로 할 수 있는 일이 별로 많지 않을 것입니다. 바로 여기에 열쇠가 있습

---

71) 마가복음 6:1~5.

니다. 사실, 지난 몇 주 동안 지구상에서 일어났던 일들은 야훼의 탁월한 능력의 결과가 아닙니다. 차라리 그것은, 인류를 계속해서 야훼에게 예속시키려고 하는 KDP와 근본주의자들의 결집력이, 야훼의 지배로부터 지구를 해방시키려는 크리스토퍼를 따르는 사람들의 결집력보다 더 우세한 결과라고 해야 할 것입니다.」

「탁월한 견해이십니다. 저는 그걸 미처 깨닫지 못했었습니다.」

수잔 라이트가 맞장구쳤다.

「마찬가지로, 우리는 크리스토퍼 또한 자기 혼자만의 힘으로는 야훼와 KDP와 근본주의자들을 물리칠 수 있을 만큼 막강하지는 않다는 것을 이해해야 할 것입니다. 크리스토퍼는 우리를, 우리 모두를 필요로 합니다. 우리는 정신적이고 영적인 에너지를 마지막 한 방울까지 끌어 모아 그를 지지해주어야 합니다. 우리들 사이의 알력과 불일치는 뒤로 미루고, 크리스토퍼와 로버트 마일너를 지지하는 데에 모든 힘을 한데 모아야 합니다.」

「목사님은 50년 이상 동안 목회 활동을 해오셨습니다. 아마도 빌리 그레이엄 이래로 가장 널리 알려진 목사님이실 것입니다. 목사님은 또 여러 해 동안 세계교회협의회(WCC)에서 봉사해오셨습니다. 그런데 목사님이 말씀하신 것으로 미루어볼 때, …그러니까 제게는 목사님이 야훼에 대한 신앙을 거의 상실하신 것처럼 들립니다.」

수잔 라이트가 조심스럽게 질문을 꺼냈다.

「그 문제에 관해 고민하지 않았다고 하면, 정직한 대답이 되지 못할 것입니다. 하지만 저는 아직 희망을 품고 있습니다. 저는 날마다 하나님께서 회개하시기를, 그래서 당신의 분노를 돌이켜주시길 기도합니다. 그는 우리가 독재적인 하나님을 필요로 하지 않을 정도로 성장했다는 사실을 깨달아야 합니다. 그는 이 행성의 주민들로 하여금 진화의 다음 단계를 위해 큰 걸음을 내딛을 수 있도록, 그래서 어느 날엔가는 그와 동등한 자격으로 연합하여 하나가 될 수 있도록 허용해주어야 할 것입니다.」

수잔 라이트는 깊은 생각에 잠겨 미소를 지으며, 다우드 목사의 희망에 찬 비전에 고무된 듯 고개를 끄덕였다.

「목사님이 방금 하신 말씀뿐만 아니라 목사님의 뺨에 있는 반창고로 미루어보더라도, 우리의 시청자들께서는 분명히 확신하실 수 있으실 겁니다. 비록 크리스천임에도⋯ 목사님은 자신을 크리스천이라고 생각하십니까?」

말을 고르느라고 애쓰다가 그녀가 둘었다.

「예, 물론입니다. 누군가의 머리를 쥐어박으면서 나의 길만이 유일한 길이라고 결코 강변하지는 않습니다만.」

「좋습니다, 그러니까⋯ 목사님은 크리스천이지만 근본주의자는 아니시란 말씀이군요.」

「하나님께서 허락하지 않으십니다.」

다우드가 조금 웃어 보였다. 그는 뺨의 반창고를 가리키면서 덧붙였다.

「이것 때문에 면도를 하지 못했습니다.」

「조금 전에 대기실에서 목사님과 이야기를 나누다가, 뺨에만 종기가 난 것이 아니라는 것을 알게 되었습니다.」

「물론입니다. 저는 성찬과 표식을 받았고, 그것을 입증하는 종기도 여러 개 있습니다.」

카메라 한 대가 그의 진술을 더욱 확고한 것으로 다져주려는 듯,

오른 손등에 있는 검은 표식을 클로즈업시켰다.

「목사님은 거기에 대해 자부심을 갖고 계신 것 같군요.」

「그렇습니다, 수잔. 크리스토퍼는 우리에게 종기를 영광의 배지로 여겨달라고 말했습니다. 저는 그렇게 생각하고 있습니다.」

「그가 한 말을 직접 인용하자면, 우리의 종기를 〈영광과 도전의 배지〉로 여겨달라는 것이었습니다. 목사님은 〈도전〉이라는 말을 어떻게 생각하십니까?」

수잔 라이트가 좀더 까다로운 질문을 날렸다.

「저는 그 말을 〈불굴의 정신〉으로 받아들이고 싶습니다.」

다우드의 대답에 라이트는 고개를 끄덕이며 이해와 승인의 뜻을 나타내 보였다.

「성찬은 피를 마시지 말라는 계명에 위배되는 것이며, 표식은 성서에 〈짐승의 표〉로 언급된 것이라고 말하는 사람들에게는, 무어라고 말씀하시겠습니까?」

티모시 다우드는 전혀 그렇지 않다는 듯 고개를 세차게 흔들었다.

「다시 입에 올리고 싶지 않을 정도로 케케묵은 변명거리에 지나지 않습니다. KDP와 근본주의자들은 성찬이 공표되자마자 그런 주장을 하기 시작했습니다. 굳이 말씀드리자면, 알약 두 알을 섭취하는 것을 어떻게 피를 마시는 것과 동일시할 수가 있을까요? 모두 그렇게 지나친 확대 해석을 하기 때문에 생기는 오류입니다. 피를 마시지 말라는 계명도 성서의 어디에 그런 근거가 있다는 것인지 확실치 않습니다. 그렇게 불확실한 것을 고집하다니, 믿을 수 없을 지경입니다. 그것은 그들이 얼마나 필사적인지를 보여주는 증거일 뿐입니다.」

「하지만 〈짐승의 표〉는 그보다는 더 확실한 것 같은데요. 안 그렇습니까?」

수잔 라이트가 반문했다.

「그렇습니다. 〈짐승의 표〉란 말은 지난 50년 이상 동안 가장 자주 인용되었던 성서 용어의 하나입니다. 하지만 바로 그러한 이유에서, 가장 잘 이해되지 않은 용어이기도 합니다. 그 용어는 근본주의자들과 괴짜들에 의해 계속해서 꼬여왔고, 음반과 책을 팔아먹으려는 록 뮤직 그룹들과 소설가들에 의해 남용되어 왔으며, 두려움을 조장하려는 우익 근본주의 설교가들에 의해 자주 인용되어왔는데도, 그 진짜 의미를 아는 자는 거의 없다고 할 수 있습니다. 당신은 현재의 은행신용시스템이 현금시스템을 대체하기 시작했던 몇 년 전을 기억할 것입니다. 당시에 극단적인 광신자 그룹이 바이오칩을 가리켜 〈짐승의 표〉라고 하면서 거칠게 항의했었습니다. 하지만 그 결과가 어떻습니까? 저주를 받기는커녕 매우 편리해졌을 뿐만 아니라, 조직적인 범죄를 막는 데에 가장 큰 기여를 하는 것으로 나타났습니다. 크레디트 카드, 운전면허증, 의료보험증, 그 밖의 다른 신분증은 말할 것도 없고, 동전과 지폐가 두둑한 지갑을 가지고 다녔던 옛날로 돌아간다고 생각해보세요. 얼마나 어수룩하고 불편한 일이겠습니까? 제가 속한 종파에서는, 계시록에 묘사된 사건들이 1세기에 예루살렘이 멸망할 당시 이미 일어났으며, 〈짐승〉과 〈666〉이란 네로 황제를 가리키는 용어라는 일관된 입장을 견지해왔습니다.」

「당신은 방금 당신의 메시지를 세계에 전달하는 강력한 종교개혁 운동을 시작하신 셈입니다.」

수잔 라이트가 말했다. 다른 많은 리포터들도 흔히 그렇듯이 지시

받은 질문들에 끼워 맞추기 위하여 자연스러운 대화의 흐름을 가로막고 나선 것이다.

「거기에 대해서 좀 말씀해주십시오.」

「수잔. 이것은 사실, 지난 몇 년 동안 제가 계속해오고 있는 사역(使役)의 일환입니다. 저는 개신교 주요 종파 지도자들은 물론이고 교황과 다른 주요 종교들의 지도자들과 더불어 세계교회협의회를 통해 그 일을 해왔습니다.」

「거기에는 어떠한 근본주의자들도 포함되지 않는다고 받아들여도 될까요?」

수잔 라이트가 불쑥 끼어들었다.

「물론입니다. 제가 함께 일하고 있는 분들은 모두 지성적이고, 합리적이고, 열린 마음의 소유자들이십니다. 그분들 중 다수가 성찬이 인류를 위해 제공하는 유익함과 막강한 파워를 인식하고 있으며, 자기들 종파의 멤버들 가운데 혹시라도 생길지 모를 불안과 염려를 잠재우기 위해 성찬을 받기 위한 맨 앞줄에 서 있었습니다. 그러니까 이미 말씀드린 것처럼, 저는 상당한 기간 동안 이 일에 매달려왔습니다. 하지만 피부병이 번지고 물이 피로 변한 최근에야 사람들이 귀를 기울이기 시작하더군요. 저는 저의 믿음을 어느 누구에게도 강요해본 적이 없습니다. 저는 항상 신앙이란 프라이버시에 해당하는 문제라그 믿어왔습니다. 저에게는 성서가 2천 년 전에 관해 말하고 있는 것보다도, 오늘 우리가 더 나은 삶을 위해, 인간 동료들과 다른 생물들을 위해 할 수 있는 일을 하는 것이 훨씬 더 중요합니다.」

「지당하신 말씀입니다.」

사회자가 고개를 끄덕였다.

「하지만 우리는 마음의 각오를 새롭게 다져야 합니다.」

다우드의 목소리가 갑자기 매우 진지해졌다.

「고통과 죽음의 행렬은 이제 멈추어져야 합니다. 우리는 고통과 죽음의 행렬을 멈추게 하는 데에 우리의 모든 힘을 다 쏟아야 합니다.」

그의 얼굴에는 열정과 더불어 심각한 번민이 그대로 드러났다. 그의 눈은 솟구치는 눈물을 참으려는 듯 잔뜩 찌푸려졌지만, 메시지를 전달하지 않으면 안 된다는 결의로 인해 간신히 버티고 있는 것 같았다.

「알려진 바에 따르면, 최근 물 부족으로 수백만이 이미 죽었으며, 수백만 이상이 죽음의 문턱에 있다고 합니다. 당신이 말씀하신 것으로 미루어보건대, 당신은 근본주의자들의 지도자들을 극형에 처하도록 하는 안전보장이사회의 결정에 찬성하실 것으로 느껴지는데요. 그렇다고 받아들여도 될까요?」

수잔 라이트가 대화의 방향을 틀었다.

「저는 평화주의자입니다. 일반론으로 말씀드리자면, 사형제도는 절대적으로 반대합니다. 하지만 당신이 말했듯이, 수백만이 이미 죽었고 수백만 이상이 죽음 직전에 있습니다. 흑백 논리로는 사물의 오묘한 질서를 커버할 수가 없는 법이지만, 지금은 다릅니다. 지금은 흑 아니면 백이 있을 뿐입니다. 〈야훼 종파〉의 훼방이 없었다면, 이러한 위기는 일어나지 않았을 것입니다. 우리가 말하고 있는 근본주의 지도자들은 2차 세계대전 당시의 나치들과 전혀 다를 바가 없습니다. 실질적인 살육 행위를 야훼에게만 위임하고 있는 점만 제외하면 말입니다. 소수 근본주의 지도자들의 생명을 강제적으로 종결시키는 일은 야훼에 대한 지지 기반을 무너뜨리게 될 것이고, 그로써 무고한 수백만의 생명을 구하게 될 것입니다. 우리 모두에게 불유쾌한 일이라고 해서 할 일을 하지 않음으로써, 우리 자신과 우리의 후손들에 대한 책임을 회피해서는 안 될 것입니다. 〈생명 종결〉 절차는 분노나 원한이나 앙갚음의 차원에서 수행되어서는 안 됩니다. 모든 인류의 이익을 위해서가 아니라면 수행되어서는 안 될 것입니다.」

「지금 당장은 지도자들만이 비자발적인 〈생명 종결〉에 직면하고 있다고 해야 할 것입니다. 우리 모두가 좀더 고려해야 할 문제는 여기에 있습니다. 과연 그것으로 충분한가? 처벌을 〈야훼 종파〉의 다른 멤버들에게까지 확대할 필요는 없을까요?」

라이트가 극형의 확대 문제를 거론했다.

「저로서는 알 수가 없습니다. 일단은 그것으로 충분하기를 바라야겠지요. 만약 그렇지 않다면 더 지독한 재앙이 뒤따를 것이 우려됩니다.」

「생각만 해도 끔찍하군요.」

수잔 라이트가 대꾸했다.

「그것이 바로 우리 모두가 크리스토퍼와 안전보장이사회에 전폭적인 지지를 보내야 하는 이유입니다. 저는 군인이 아니지만, 제가 이해하는 바로는 전시의 병사들에게는 지휘관을 지지해야 할 책임이 있습니다. 상황이 절망적일수록 더욱더 일사분란하게 명령을 따르는 것이 중요합니다. 크리스토퍼가 지적했듯이 우리는 전시 상태에 있습니다. 야훼는 지구를 향해 전쟁을 선포했으며, 좋든 싫든 우리는 지구 전사들입니다. UN의 방법 중 어떤 것들이 다소 마음에 들지 않더라도, 우리는 그러한 결정을 내린 분들이 누구보다도 전체 상황을 잘 인식하고 있다는 것을 인정해야 할 것입니다. 우리는 크리스토퍼와 안전보장이사회의 결정에 전심으로 지지를 보내야 합니다.」

「비자발적인 생명 종결에 대한 결정이 윤회에 관한 최근의 발견들에 의해 영향을 받은 것은 아닐까요? 어느 누구도 실제로는 죽지 않으며, 육신은 죽은 것처럼 보일지라도 얼마 후엔 다시 태어난다는 윤회설 말입니다.」

수잔의 질문에 다우드 목사는 고개를 끄덕였다.

「물론입니다. 한 가지 비유를 들어보겠습니다. 여성이 임신 중절을 하는 것을 근본주의자들은 죄악이라고 합니다. 하지만 정말 웃기는 노릇이 아닐 수 없습니다. 어떻게 그것이 잘못일 수 있단 말입니까? 그 여성은 자기 자신의 몸을, 자기 자신의 생명을 조절한 것뿐입니다. 그녀는 자기 자신의 유익을 위하여, 가족의 유익을 위하여, 사회의 유익을 위하여 그런 결정을 내린 것입니다. 많은 여성들에게 있어서 임신을 한다는 것은 빈곤의 고리—재정적인 빈곤은 아니라 할지라도 정서적이고 영적인 빈곤의 고리—안에 자신을 가두는 일입니다. 아이를 돌보느라 바빠서 다른 일을 할 수 없게 되고, 그럼으로써 진정한 자아 발견에 시간을 할애할 수가 없기 때문이지요. 원치 않는 아이는 그 엄마나 가족의 짐이 될 뿐 아니라 사회의 짐이 되는 경우가 빈번합니다. 원치 않는 아이들이 강도가 되고 살인자가 됩니다. 심리학자들은 그런 경우가 매우 많다고 합니다. 태어나지 않았더라면, 당사자들에게나 그 희생자들에게 더 나았을 것입니다. 모든 사랑 중에서도 자기 자신에 대한 사랑이 가장 위대하고 가장 중요합니다. 뉴에이지는 자기 사랑을 바탕으로 세워집니다. 자신을 잉태한 사람에게서 사랑받지 못한다면, 그 아이는 자기를 사랑하는 법을 배을 수 없습니다. 그들의 영혼은 지상에 태어나기 이전에, 칼 융의 용어를 빌리자면 〈집단 무의식〉으로 돌아가는 것이 더 나을 것입니다. 퇴행적인 사람들의 집단을 제거하는 것도 마찬가지입니다. 자기애를 달성할 수 없는 그들의 무능력은, 자신의 삶에 의미를 부여하기 위하여 다른 누군가에게, 이 경우에는 야훼에게 의존하는 것만 보아도 너무나 역력합니다. 그들은 사회에 막중한 짐을 지움으로써, 인류가 다음 단계로 진화해나가는 것을 가로막고 있습니다. 원치 않는 임신과 마찬가지로, 퇴행적인 자들은 나머지 인류의 진보를 위해 제거되어야 마땅합니다. 원치 않는 임신은 중절되는 것이 관련된 당사자에게 최선이듯이, 과격한 근본주의는 제거되는 것이 모두에게 최선이 될 것입니다.

물론, 최대한 인간적인 방식으로 수행되지 않으면 안 될 것입니다. 선고당한 죄수의 고통을 덜어주기 위한 방안들이 참작되어야 하며, 제 생각에는 안전보장이사회가 그런 생명 종결 방식을 선택한 것은 바로 그 때문인 것 같습니다.」

「그 점은 좀 의아스럽게 여겨집니다. 그러니까… 어, 제게는 매우 섬뜩하게 느껴집니다.」

라이트가 불편한 표정을 지으며 말했다.

「제가 의사들에게 들어 아는 바로는, 겉보기와는 달리 참수형이 신속하고 고통도 없다고 합니다. 우리가 느끼기에 덜 언짢은 길을 택할 것인지, 선고받은 당사자에게 가장 신속하고 고통이 적은 방법을 택할 것인지를 선택해야 할 때가 온다면, 우리는 무엇보다 먼저 당사자의 처지를 생각해야 할 것입니다. 그들이 인류에게 야기한 고통에도 불구하고, 우리 자신을 그들의 수준으로까지 낮추어 그들에게 고통을 야기할 필요까지는 없는 것입니다.

하지만 방법을 검토하는 데 있어서 간과하지 말아야 할 것이 또 한 가지 있습니다. 참수형은 그만큼 잔혹해 보이는 형벌이기 때문에 다른 근본주의자들로 하여금 자신들의 어리석음과 편협함의 무익함을 깨달을 기회를 줄 수 있다는 점입니다.」

수잔 라이트는 동의의 표시로 고개를 끄덕였다. 하지만 아직도 꺼림칙하게 여기는 구석이 있는 것은 분명해 보였다.

「하지만 우리 모두가, 또한 비자발적인 생명 종결을 경험하게 될 사람들마저도, 죽음이란 단지 일시적인 것일 뿐이라는 사실을 앎으로써 위안을 받을 수 있을 것입니다.」

「이제 시간이 거의 다 되었습니다.」

라이트가 다우드 목사의 말을 끊으며 말했다.

「죽음이라는 것이 무엇이라고 생각하시는지 짤막하게 정리해주시겠습니까?」

「제가 직접 체험한 것이 아니기 때문에 말하기 어렵지만, 어떤 방식으로든 자신의 전생을 체험한 사람들로부터 얻어진 정보라면 믿을 만하다고 할 수 있을 것입니다. 제가 말씀드릴 수 있는 것은, 우리가 죽게 되면 죽은 상태에 오래 머물지는 않는다는 강력한 증거가 있다는 점입니다. 많은 이들이 몇 년 안에 다시 태어납니다. 어떤 사람들은 단 며칠 만에 다시 태어나기도 합니다. 삶과 삶 사이에 20년 이상의 공백 기간이 있는 경우는 지극히 드뭅니다. 물론 한 인격체가 죽어서 다시 태어나게 되면, 대부분은 전생에서 경험한 일들을 기억하지 못합니다. 최면 등의 전생요법을 통해야만 기억을 되살릴 수 있고, 그 기억도 단편적인 경우가 대부분입니다. 이것은 무엇을 의미할까요? 비자발적인 생명 종결을 경험하게 될 사람들은, 사실은 재앙을 당해서 죽은 사람들도 역시 마찬가지이지만, 과거 생에서 배운 모든 퇴행적인 경향을 청산할 수 있게 됩니다. 그들이 낡은 패러다임의 옷을 벗고 새로운 삶 속으로 들어올 때는, 뉴에이지가 활짝 꽃피어 있을 것입니다. 다시 태어난 그들은, 야훼의 거짓된 면모들이 너무나도 명백해질 것이기 때문에 자연스럽게 진리를 받아들일 수가 있게 될 것입니다.」

「그러니까 극단적으로 광신적인 근본주의자들에게도 희망이 있단 말씀이시군요.」

수잔 라이트가 말했다. 그녀의 목소리 속에는 아무래도 믿기 어렵다는 느낌이 은근히 드러나 있었다.

「희망은 있습니다.」

다우드 목사가 확신에 차서 결론을 내렸다.

「오늘의 초대 손님은 티모시 다우드 목사님이었습니다.」

수잔 라이트는 청중들을 향해 낙관적인 미소를 지어 보이는 것을 잊지 않았다.

「다음 시간에 다시 뵙겠습니다.」

오후 6시 50분 인도 알라하바드

카메라가 지켜보는 가운데 수십만의 순례자들은 둑 위에서 초조하게 기다리고 있었다. 그곳은 야무나 강과 사라스바티 강과 강가 강이 합류하는 지점이었다. 버티고 서 있을 만한 힘이 남아 있는 사람은 극소수에 지나지 않았고, 많은 이들이 탈수증으로 기진맥진해 있었고, 수만 이상이 이미 죽어나갔다. 순례지인 이곳은 해마다 수백만의 힌두교 수행자들이 신성한 강둑에 죄를 씻기 위해 모여들었고, 성대한 축제가 열렸다.

마침내 바빌론의 예언자인 로버트 마일너가 텔아비브에서처럼 긴 옷을 입고 나타났다. 그는 황혼이 될 때까지 기다리면서, 강물이 합류하는 지점까지 맨발로 걸어갔다. 그곳은 딱딱한 껍질이 생기지 않을 정도로 피의 흐름이 원활한 곳이었다.

이번에 그는 수정구를 들고 있지 않았다. 예전과는 달리 멈춰 서지도 않았고, 피가 무릎 관절 부근까지 찰 때까지 강물 속으로 계속 걸어 들어갔다. 옷자락의 섬유는 밀짚처럼 작용하여 피를 허리 부근까지 끌어올렸다. 마일너는 옷자락 속에서 상아 빛 긴 칼을 한 자루 꺼내들었다. 손잡이에는 특이한 문양이 새겨져 있었다. 그것이 적어도 1백50년 동안 인도에서 비밀리에 향해졌던 제의 때에 쓰인 의식용 칼이라는 것을 알아보는 사람은 거의 없었다. 그 제의에서는 풍요를 기원하기 위하여 인간 제물이 바쳐졌다. 목을 졸라 죽여서 손발을 절단한 다음 그 시신을 들판에 뿌렸다.

마일너는 그 자리에 선 채로 눈을 들어 하늘을 보았다. 오른손은 불끈 쥔 채로 표식을 내보이듯이 손등을 하늘로 향하고 있었다. 왼손으로는 마치 신의 심장을 찌를 듯이 칼끝을 위로 향한 채 칼을 움켜쥐고 있었다. 그러고는 텔아비브에서 그랬던 것처럼 큰 소리로 외쳤다.

「빛의 사자의 이름으로, 그 아들 크리스토퍼의 이름으로, 나 자신과 나와 함께 하는 사람들의 이름으로, 모든 인류의 이름으로, 나는 야훼로부터의 독립과 그에게 도전할 것을 선언하는 바이다! 질병과 압제의 신이여, 우리는 당신에게 굴복하지 않을 것입니다! 우리는 당신에게 절하지 않을 것입니다! 우리는 당신으로부터 자유를 선포합니다! 우리는 당신과 당신의 이름을 경멸합니다!」

그는 세상이 지켜보는 가운데 팔을 쳐들고는, 쥐고 있는 칼끝으로 자기 자신의 오른쪽 손목을 겨누었다. 그러고는 곧이어 동맥을 향해 날카롭게 칼을 내리쳤다. 상처에서는 즉각 피가 솟구쳐서 팔을 따라 아래로 흘러내렸다.

가까이에서 지켜보던 사람들과 시청자들은 숨이 멎을 것 같이 놀랐다. 어떤 사람들은 차마 지켜보지 못하고 고개를 돌려버렸다. 카메라가 마일너에게 초점을 맞추고 있는 몇 초 동안, 그는 팔에서 피가 솟구치는데도 전혀 위축됨이 없이 칼을 높이 든 채 꼿꼿이 서 있었다. 몇몇 사람들은 그에게서 흘러내린 피가 그가 서 있는 자리의 피와 섞이게 되자 뭔가 변화가 일어나기 시작한 것을 알아차렸다. 그러고는 곧이어 모두가 다 그것을 보았다. 마일너 주변의 강물은 빠른 속도로 밝아져갔고 수정처럼 투명하게 변했다. 어느 누구도 일찍이 본 적이 없을 정도로 투명한 빛깔이었다. 변화는 대단히 빠른 속도로 강물 위아래로 번져나갔다. 3분도 안 되어 캘커타 남쪽의 강과 강 입구에 있는 벵갈 만에 이르렀다. 거기에서 시작된 변화의 물결은 다른 강과 샘으로 옮겨갔고, 세계 도처로 번져갔다.

그 자리에 있었던 보도진들 사이에서 잠시 갈채가 터졌을 뿐, 텔아비브에서와 같은 환호는 다른 곳에서는 일어나지 않았다. 대신 움직일 기운을 찾은 사람들은 모두들 물을 마시기 위해 강을 향해 걷거나 기어가고 있었다.

　로버트 마일너는 깊은 탄식과 함께 물살을 헤치고, 팔을 내려뜨린 채 다시 강가로 올라왔다. 카메라와 기자들을 헤치고 조용히 뭍으로 올라온 그는 기진맥진하여 땅바닥에 쓰러졌다. 염려와 걱정의 말들이 쏟아졌지만, 그는 그 자리에 누운 채로 주변 사람들에게 자신은 괜찮다고 말했다. 그러고는 곧 카메라가 지켜보는 가운데 놀라운 일이 벌어졌다. 그의 팔이 완전히 치유된 것이다.

〈5권으로 계속〉